SIEMPRE ETERNO

L.D. Felix

Título: Siempre Eterno
© 2025, L.D. Felix
©De los textos: L.D. Felix
Ilustración de portada:L.D. Felix y Axton G. Fioneli
Revisión de estilo: Axton G. Fioneli
Diseño editorial: Karla Salido Sánchez
1ª edición
Todos los derechos reservados

No te preocupes, confía en Dios y todo irá bien.
Padre Pío de Pietrelcina

A ti, Hermano. Gracias por estar siempre ahí.

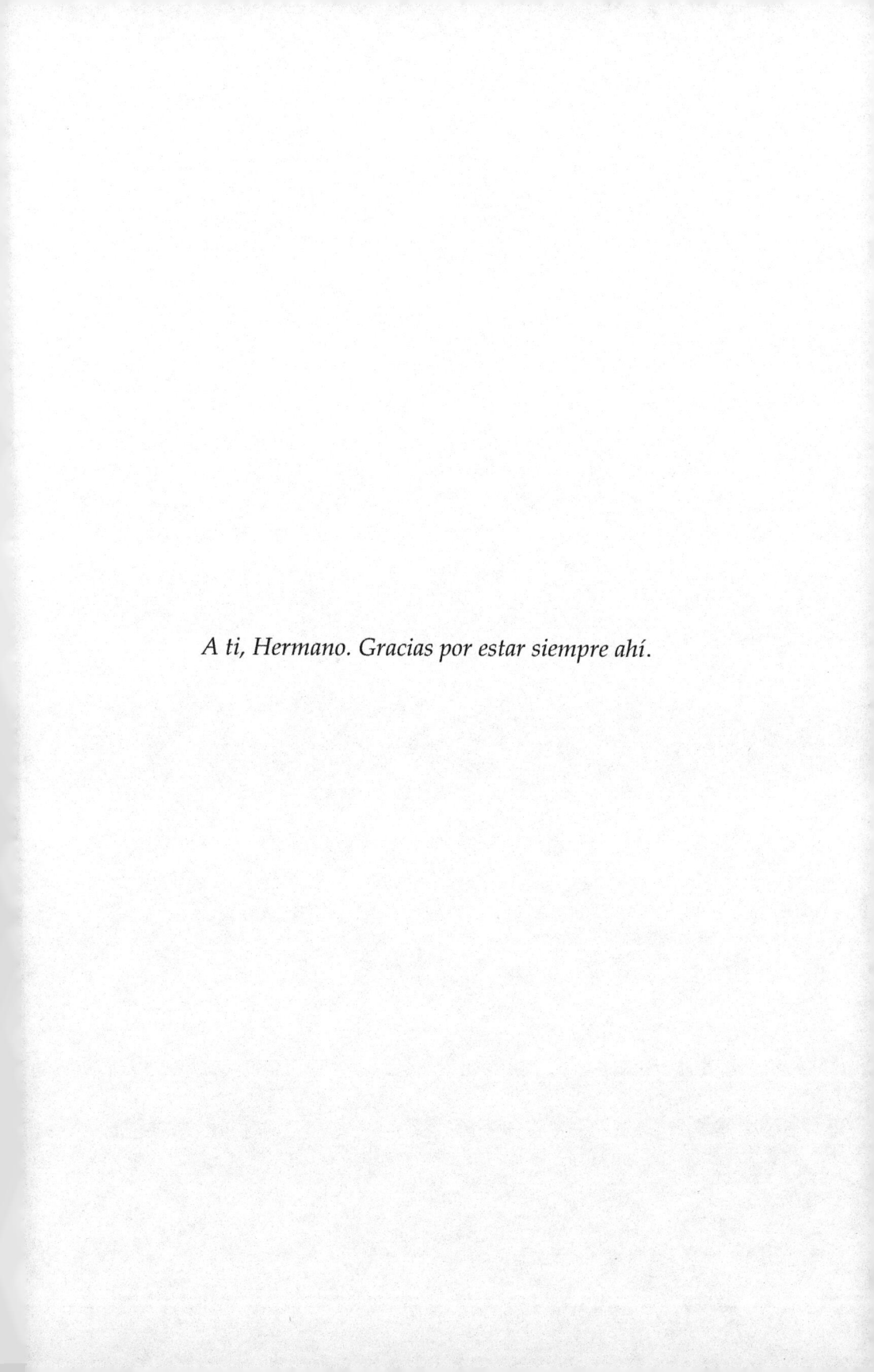

PRÓLOGO

¿Es preferible vivir un instante de felicidad intensa, aunque sea pasajera, o nunca haberla sentido y no tenerla en la memoria?

En el corazón de una ciudad que late bajo el riesgo constante de un suelo incierto, Juan y Emiliana se encuentran en medio del caos y la esperanza. Atrapados entre escombros y años que no se viven de la misma manera para cada uno, comparten la ilusión de que el tiempo no es un obstáculo definitivo, sino un puente que puede unir pasados y futuros. Con cada sacudida, la urbe revela la fragilidad de la vida y la fuerza del recuerdo.

Esta historia explora cómo el estruendo de un terremoto puede cambiar por completo el curso del destino, impulsando a sus protagonistas a buscar respuestas en las grietas del presente y en las sombras del pasado.

Mientras sus pasos resuenan en las calles que aún tiemblan, Juan y Emiliana descubrirán que el primer amor y la esperanza pueden surgir en medio de la devastación, y que hay emociones capaces de traspasar cualquier límite, permaneciendo siempre eternas.

PARTE 1

Capítulo 1

EL DÍA QUE EL MUNDO SE DETUVO

La librería era un oasis de quietud en medio del caos incesante de Ciudad de México. Un refugio donde la modernidad bulliciosa de la metrópoli parecía disolverse en la atemporalidad de los libros antiguos y las historias que resguardaban. Ese rincón de la ciudad, con su aire detenido en el tiempo, era el lugar que más la emocionaba en cada visita.

Emiliana, una joven de dieciséis años originaria de Nabocampo, Sonora, jamás imaginó que su vida estaría marcada por aventuras insólitas, pero encontró en ellas su destino. Tenía la suerte de cada año disfrutar un viaje al Distrito Federal durante las fiestas patrias, viaje que su padre le regalaba a pesar de las protestas de su madre, que siempre se quejaba de que «la niña perdía clases». Este evento, más que una tradición, se había transformado para ella en momentos irrepetibles, igualmente valorados por su padre.

—Son experiencias que la formarán más allá de

los libros de texto, solía decir él con una sonrisa de complicidad hacia ella, sabiendo que esas vivencias padre-hija las atesoraría en su corazón durante toda su vida.

El penúltimo jueves de septiembre, sería su último día en la ciudad, por lo que Emiliana llegó lo más temprano que pudo a la librería, una tarea lograda gracias a la confabulación de su progenitor, quien había intercedido para que pudiera explorar en solitario, antes de la apertura al público, pues sabía lo mucho que significaba para su hija pasar un rato a solas en ese santuario literario. Aún no eran ni las siete de la mañana, y el negocio aún no había abierto, lo que le daba el tiempo perfecto para disfrutar del espacio sin ninguna otra interrupción. El dueño de la tienda, a quien Emiliana llamaba cariñosamente «abuelo», le había prestado las llaves, un gesto que ella valoraba profundamente, otorgándole así acceso a cada recoveco del lugar, incluso a esa habitación diminuta oculta, llena de libros sepultados en el olvido, aquellos que consideraba los más valiosos. Estantes gastados por el paso de los años donde seguían rebosando historias atrapadas en esas páginas amarillentas. Esa área secreta fue desde siempre su lugar predilecto, y esa mañana no iba a ser diferente. Sin embargo, sentía algo especial en el aire, al menos así lo creía.

Había llegado preparada, con una pequeña mochila al hombro que contenía una manzana, agua y unos Gansitos. No quería que nada la obligara a perder tiempo, especialmente porque sabía que solo tenía una hora antes de que la librería abriera al público. Para aprovechar al máximo ese momento, esa mañana salió sin desayunar más que una taza de café con leche que su padre le insistió en tomar antes de salir.

Se dispuso a perderse entre los estantes. Absorta en su búsqueda, recorrió una y otra vez las repisas, buscando un incunable sobre Egipto que su padre había mencionado en varias ocasiones. Según él, se trataba de un libro con ilustraciones y mapas que desentrañaban misterios milenarios.

La librería no era un simple espacio comercial; era una puerta hacia otros mundos. Los anaqueles, de madera oscura y desgastada, se alzaban majestuosos hasta el techo, como guardianes de siglos de historia. Una escalera de hierro forjado recorría las alturas, permitiendo acceder a los tomos más inaccesibles. En el centro, mesas robustas exhibían pilas de libros actuales, un recordatorio de que, aunque el espacio llevaba consigo el peso de la historia, seguía albergando nuevas ideas y voces contemporáneas. Lámparas de vidrio esmerilado colgaban del techo, proyectando una luz cálida que invitaba a explorar sin prisa y en un rincón escondido, un sillón de terciopelo verde con reposabrazos desgastados ofrecía un refugio perfecto para sumergirse en la lectura.

A medida que avanzaba por el pasillo principal, Emiliana sentía que cada crujido del suelo de madera bajo sus pies le susurraba secretos antiguos añadiendo encanto al lugar, pero el verdadero tesoro se encontraba en el pequeño cuartito al fondo, donde los libros olvidados descansaban en un desorden casi poético. Ahí, entre las sombras y el polvo, estaba el corazón de la librería: un espacio donde cada ejemplar parecía tener una historia que contar, no solo entre sus páginas, sino también en su propia existencia.

Ese día, mientras exploraba meticulosamente los estantes, sus dedos tropezaron con un libro que coincidía con la descripción de su padre. Tenía una cubierta de cuero envejecida y letras doradas que apenas brillaban bajo la tenue luz. Estaba a punto de tomarlo cuando algo la sorprendió: unos ojos color aceituna al otro lado del mueble se encontraron con los suyos. El joven, de cabello oscuro y expresión intrigada, parecía querer tomar el mismo libro. ¿Cómo podía ser?, el abuelo nunca le daba las llaves a nadie más, mucho menos a esas horas.

Antes de que Emiliana pudiera preguntar quién era o qué hacía allí, el suelo comenzó a temblar. Lo que al principio fue un leve movimiento se transformó rápidamente en un terremoto violento. Los estantes vibraron, y los libros cayeron como cascadas caóticas. Sintió el rugido ensordecedor de la estructura y el crujido de las paredes que se agrietaban. Su cuerpo reaccionó instintivamente, y corrió hacia el marco de una puerta, recordando lo que siempre le habían dicho sobre los terremotos:

ese era el lugar más seguro.

El colapso fue inevitable. La librería, que había sido un refugio, se convirtió en un escenario de devastación. El polvo llenó el aire, oscureciendo todo a su alrededor. Apenas alcanzó a ver al joven antes de que la oscuridad los envolviera por completo. Sus miradas se cruzaron, reflejando el mismo miedo.

Cuando recobró la conciencia, Emiliana sintió un dolor punzante en todo el cuerpo. Sus músculos estaban rígidos, y el aire se sentía pesado, cargado de una bruma terrosa. Al intentar moverse, descubrió que algo la atrapaba bajo los escombros. Apenas podía abrir los ojos.

—¡Hola! ¿Estás bien?

Alcanzó a escuchar una voz que rompía el silencio. La voz masculina tenía un tono que mezclaba preocupación y esperanza. Emiliana giró la cabeza lentamente, enfocando la vista hasta distinguir al joven de los ojos verdes. Estaba a pocos metros de ella, con el rostro cubierto de polvo, pero intacto. Entre sus manos, increíblemente, aún sostenía el libro de Egipto, como si ese objeto representara su último vínculo con el mundo exterior.

—Hola… —respondió con voz débil, incapaz de creer lo que estaba sucediendo. Su voz temblaba, y todo su cuerpo se estremecía por el miedo y la confusión.

El joven levantó la mirada. Al principio, sus ojos estaban llenos de desconcierto, pero luego un destello de esperanza cruzó su rostro.

—Es un milagro que estemos vivos —dijo mientras intentaba liberar algunos escombros que la aprisionaban.

Emiliana trató de procesar lo que había ocurrido. Todo parecía irreal.

—¿Estamos?... ¿Qué pasó? —preguntó—, su voz temblando mientras su mente le gritaba *¡Tembló, tembló!* —¡Vamos a morir! —exclamó— ¿O quizá ya estamos muertos? ¿Qué es… qué está pasando?

Emiliana empezó a sollozar; su miedo se desbordaba.

—¡Ayuda, ayuda!, ¡Estamos aquí abajo!, ¡Estamos atrapados, ayuda! —gritó—, pero no hubo respuesta, solo el eco de su propia desesperación y el crujir de los despojos que caían aún por todo el lugar. El pánico la envolvía, y el miedo comenzaba a tomar el control.

Permanecieron en silencio por un instante. Era como si el tiempo hubiera dejado de existir, suspendido en una dimensión atemporal. Ambos compartían el mismo temor, la misma incredulidad, pero también la misma pequeña chispa de esperanza de que quizás alguien estaría allá afuera para rescatarlos.

—No sé qué está pasando —dijo él finalmente—, pero lo que sí sé es que no vamos a morir aquí. Se acercó un poco más a ella, moviendo con cuidado pedazos de concreto, madera y libros que los separaban. —No te preocupes, te lo prometo, no nos vamos a quedar aquí atrapados.

Emiliana suspiró. El dolor de su cuerpo la mantenía apenas consciente, pero no podía dejar de pensar en la situación tan aterradora en la que se encontraba. El pánico y la angustia la invadían.

—¿Cómo estás tan tranquilo? —le preguntó, buscando algo que distrajera su mente de su abatimiento.

—No lo sé... supongo que no tiene sentido perder el control —respondió él, su voz temblando ligeramente mientras intentaba mantener la compostura. Aunque sus manos temblaban y el miedo brillaba en sus ojos, se esforzaba por proyectar calma, tal vez para convencerla a ella, o quizá para convencerse a sí mismo de que aún había esperanza. Sin dejar de hacer espacio, continuó moviendo escombros con movimientos precisos pero apresurados.

—Gracias...—contestó—, sin saber realmente por qué. La palabra escapó de sus labios como un reflejo, como si necesitara cortar la ansiedad que se enredaba en su pecho. ¿Cómo... cómo te llamas? —continuó—, ahora hablando casi sin pensar, como hacen las personas cuando los nervios o el miedo las empujan a decir lo primero que pasa por su mente. Hablar era su forma de no aceptar la realidad que veía, una verdad tan cruel que parecía imposible de creer.

—No sé si estaremos aquí mucho más tiempo, y al menos quiero saber con quién estaré en mis últimos momentos...

Su voz se quebró, y las palabras, atropelladas por

la desesperación, parecían salir por sí solas, sin control.

—Y si tenemos que... morir... al menos quiero saber con quién...

La oscuridad densa y el peso aplastante de su alrededor parecían robarle el aliento y la angustia de la incertidumbre hizo que no pudiera contener las lágrimas. Él intentó tomar su mano con suavidad, aunque los dedos apenas lograron rozar los de ella.

—Soy Juan... Pérez —agregó—, como si su nombre tuviera el poder de anclarlo a algo firme. Y no vamos a morir, alguien llegará, lo sé. Seremos rescatados —dijo, pero detrás la seguridad de esas palabras, su voz temblaba levemente. Había un rastro de miedo que trataba de ocultar. Él también estaba aterrado, pero se esforzaba por controlarse tanto por ella como por sí mismo, como si al sonar fuerte pudiera convencerse de que era verdad. Se aferraba a una idea de fortaleza que, en su mente joven, era lo que un hombre debía mostrar: ser el fuerte, el consolador, el que calma, aun cuando el terror le revolvía el estómago y el sudor frío resbalaba por su frente.

—Yo soy Emy... Emy Haza, tengo diecisiete años... De sus ojos brotaron más lágrimas. Su cuerpo se estremeció y rápidamente alejó su mano de la suya.

—Yo, dieciocho —dijo muy quedo, por no saber qué más podía decir.

Un crujido que pareció cercano los interrumpió,

los hizo callar. El silencio se apoderó del aire, pero sus ojos se encontraron, buscando certeza en la mirada del otro. El miedo, la desesperación, el dolor y una conexión inexplicable entre ellos flotaban en el ambiente.

Juan, con la determinación de quien no está dispuesto a rendirse, buscaba entre la estructura colapsada algo que pudiera servirles: trozos de madera para apoyarse o pequeños espacios donde pudieran ganar algo más de aire. Tras varios intentos, logró mover lo suficiente para liberar un área: un pequeño refugio donde ambos pudieran estar juntos, a salvo del peso aplastante de los restos. La aparente calma con la que trabajaba impresionó a Emiliana, quien, a pesar del miedo, sintió que con él a su lado estaría segura. En su interior dio gracias de no estar sola.

—No te preocupes, Emy... todo va a estar bien. Te lo prometo —le susurró, tratando de ocultar las dudas que también lo invadían.

Emiliana, con la respiración entrecortada, no sabía si su mente estaba atrapada en el mismo caos que su cuerpo o si, de alguna manera, algo más profundo la conectaba con Juan, con quien compartía un destino incierto. La oscuridad, el dolor y el miedo los rodeaban, pero sin que estuvieran consientes algo más nacía entre ellos, un lazo más fuerte que la atrocidad que los había unido en ese momento.

A medida que la luz del día comenzaba a filtrarse a través de las grietas, entendieron que el rescate podría tardar. Pero también supieron que, pese al caos y la incertidumbre, tenerse el uno al otro era un alivio que los sostendría.

Emiliana movió la mano y se dio cuenta de que aún sujetaba el incunable. Lo apretó con más fuerza, como si el libro fuera un amuleto o un objeto clave para que todo aquello tuviera algún sentido. Miró a Juan, que parecía absorto en encontrar una forma de abrirse paso, con la mirada fija en la grieta que dejaba entrar luz. Cuando él la miró, sus ojos se encontraron, y por un instante, los dos parecieron descubrir algo en el otro: una chispa de esperanza en medio de la desesperación.

Entre risas nerviosas y momentos de silencio cargado, los dos comprendieron que ese había sido uno de los días más aterradores de sus vidas. Pero también fue el día en que aprendieron la fuerza que nace de la conexión humana, incluso en los momentos más oscuros.

Capítulo 2

EN EL SILENCIO
DE LOS ESCOMBROS

El lugar estaba sumido en una penumbra inquietante, donde los restos de concreto y madera rota formaban un paisaje caótico de sombras. Libros aplastados yacían entre los escombros, recordando lo que alguna vez fue un espacio vibrante. La luz apenas se filtraba a través de pequeñas grietas, dejando entrever partículas de polvo suspendidas en el aire, que saturaban cada respiración. El silencio, interrumpido solo por sus propios movimientos y susurros, se sentía opresivo, amplificando la sensación de aislamiento. En medio de la incertidumbre, hablar se volvió su única herramienta para anclarse a la realidad y mantener viva la conexión con el mundo exterior.

Juan, con las manos heridas y el rostro cubierto de una mezcla de sudor y polvo, intentaba apartar un fragmento de pared que bloqueaba el espacio frente a él. Cada movimiento era lento y doloroso, pero estaba impulsado por la necesidad urgente de no sucumbir al desamparo.

—¿Estás... estás bien? ¿Te lastimaste? —preguntó con voz quebrada, la tensión evidente en su tono.

—Estoy bien... solo un poco... atrapada. —Suspiró, intentaba sonar tranquila, aunque su respiración acelerada y las pausas en su discurso delataban su ansiedad. Se acomodó en el reducido espacio que quedaba entre las ruinas, apoyando su espalda contra una losa inclinada. Es... extraño, ¿no? —dijo—, estar aquí, atrapados, como si este fuera otro mundo, separado de todo lo que conocemos.

El tiempo parecía diluirse en esa penumbra, con los rayos de luz que se filtraban actuando como marcadores de un reloj invisible. Cada minuto transcurrido se sentía como una eternidad. Emiliana observaba las partículas de polvo flotando en el aire, moviéndose lentamente como si incluso el tiempo estuviera atrapado junto a ellos.

—Sí... otro mundo —respondió Juan, levantando la vista hacia una grieta en el techo que dejaba entrar un haz de luz. Sus palabras salieron entrecortadas, cargadas de resignación. Nunca pensé que algo como esto pudiera pasar... sólo vine por unos minutos a la librería para buscar algo interesante para leer, y de repente... —se quedó en silencio, intentando no desesperar... —todo cambió —terminó la frase.

—Yo... también estaba en la librería... buscando un libro. Pensé que tendría tiempo de sobra para encontrarlo y leer un rato. Mi abuelo me dio las llaves, y vine lo más temprano que pude. Nunca imaginé que…—su voz se quebró, y respiró profundamente antes de continuar— que el mundo se derrumbaría.

Juan permaneció en silencio por un momento, observando cómo la luz jugaba con las vistas. Luego, como si las palabras se le escaparan del pecho, confesó:

—Nunca imaginé que sería el final de todo. Siento que… que mi vida acaba aquí, en este rincón oscuro.

—No digas eso. No te rindas. —La voz de Emiliana adquirió una firmeza que sorprendió a ambos. Había algo en su tono que parecía una promesa inquebrantable. —Algo dentro de mí me dice que esto no es el final. Vamos a salir de aquí, aunque no sepamos cómo.

Las palabras se colgaron en el aire, resonando en el silencio pesado que los rodeaba. Ambos compartían un miedo que parecía más profundo que el espacio en el que estaban atrapados, pero también empezaban a construir algo nuevo: una conexión que trascendía el caos.

El paso del tiempo se volvía cada vez más abstracto. Cada movimiento, por pequeño que fuera, se sentía monumental. Juan rompió el silencio con una risa amarga:

—Siempre pensé que la librería era un refugio, un lugar donde nada malo podía suceder. Ahora… supongo que incluso los lugares más seguros pueden convertirse en trampas.

Emiliana esbozó una sonrisa leve, apenas perceptible en la penumbra.

—También lo podemos ver como el lugar que nos ha salvado. Un lugar que nos ha servido de santuario mientras pensamos cómo salir de aquí —dijo ella, con una mirada perdida pero esperanzada. Sin embargo, la desesperación no tardó en hacerse presente de nuevo.

De repente, Juan gritó— ¡Ayuda! ¡Por favor, estamos aquí! Su voz resonó como un eco entre las ruinas, pero solo el silencio respondió. Alguien… alguien tiene que escucharnos —dijo ya con un tono de desánimo.

A Emiliana se le llenaron los ojos de lágrimas, pero intentó calmarlo. Extendió una mano hacia él con delicadeza.

—Juan, no grites, —dijo con un tono que adquirió un matiz tranquilizador, tratando de no mostrar su lucha interna por mantener la calma aunque la inseguridad latente era evidente, —no podemos gastar energía de esta manera. Nadie nos ha escuchado hasta ahora. Tenemos que mantener la calma y, cuando escuchemos algo, entonces gritamos. Si no nos calmamos, nos va a ser más difícil salir de aquí. No hay que rendirnos. No ahora.

Desesperado, aun mirando hacia arriba, donde estaba bloqueada toda posibilidad de salida, Juan replicó:

— ¿Y si no? —dejó caer la cabeza contra lo que quedaba de un pilar, y con palabras que apenas salían como un susurro continuó— ¿Y si nadie viene? ¿Y si esto es todo lo que queda?

Emiliana apretó los labios, reuniendo cada fragmento de fuerza que pudo para responder, y con una voz llena de convencimiento al mismo tiempo que se quebraba dijo:

—No vamos a morir aquí, —se calmó un poco y continuó— algo en nosotros, en nuestra esperanza, nos mantiene fuertes. Saldremos de esto, estoy segura. Sé que saldremos de esto, no sé cómo, pero lo haremos.

En un gesto cargado de significado, tomó la mano de Juan. Fue un contacto breve, pero suficiente para que ambos sintieran una chispa de esperanza. La calidez de ese detalle, aunque momentánea, pareció iluminar la penumbra que los rodeaba.

El silencio volvió, pero ahora era diferente. Cada respiración compartida, cada leve movimiento, parecía formar parte de un lenguaje que solo ellos entendían. Al principio, cuando ninguno sabía qué decir, el eco de sus respiraciones llenaba el espacio. Pero con cada minuto que pasaba, ese mutismo adquiría un peso distinto, uno que casi podía aplastarlos tanto como la estructura colapsada.

Emiliana cerró los ojos, tratando de no ceder al pánico que amenazaba con consumirla. Cada tanto, para calmar sus nervios y evitar desesperar o llorar, rompía ese vacío con algún comentario insignificante:

—¿Sabes? Mi mamá siempre dice que hablo

demasiado, pero ahora... no sé ni qué decir. Sus palabras rompieron la quietud, provocando una risita nerviosa en Juan.

—Bueno, al menos no estás sola en esto. Su respuesta, aunque simple, llevó consigo una calidez que los reconfortó a ambos.

Esa necesidad de llenar el vacío los llevó a hablar, al principio con palabras titubeantes, luego con confesiones más largas y sinceras. A medida que hablaban, los recuerdos se mezclaban con sus palabras. Emiliana compartió historias de su infancia con su nana, describiendo momentos que le daban consuelo en medio de la oscuridad. Juan habló de su abuelo, de las lecciones que le daba sobre orientación y supervivencia. Cada anécdota era un hilo que los unía más, reforzando el lazo que los sostenía.

Cada tema, por pequeño que fuera, parecía una cuerda que los mantenía unidos al mundo exterior. Hablar de cosas cotidianas les daba la ilusión de que todo estaba bien, como si estuvieran en un parque o en una sala de su casa.

—Nanavita me enseñó a rezar, aunque siempre me salía del tema —dijo Emiliana con una mueca de tristeza que no podía ver Juan, pero que él sintió en su voz.

—A mí también me pasa —respondió él—, aunque creo que Dios entiende.

Los silencios intercalados parecían un tercer compañero. Cada pregunta se sentía más cargada de significado. En los momentos en que las palabras se agotaban, el sigilo regresaba como una sombra persistente. Pero Emiliana solía romperlo con algo tan simple como:

— ¿Qué crees que pasará allá afuera?

—Ya deben estar buscándonos. No creo que tarden mucho más... —respondió Juan, intentando sonar optimista, aunque no estaba seguro de creer sus propias palabras.

De esta forma, entre silencios y conversaciones, iban construyendo un puente entre ellos. Aprendieron a preguntarse sin miedo.

—¿Cuál es tu comida favorita?

Juan sonrió débilmente mientras respondía:

—Las quesadillas de mi mamá. Con queso bien derretido y tortilla dorada... nada las supera.

La pregunta fue un alivio momentáneo. En respuesta, Juan quiso saber cuál era el lugar favorito de Emiliana.

—Hay un rincón en Nabocampo —dijo ella—, donde el río Mayo parece un espejo al atardecer. Es como si el tiempo se detuviera ahí.

Aunque no podían verse bien, sus palabras pintaban imágenes que llenaban la oscuridad. Cada conversación los hacía sentirse un poco menos solos.

Juan, revisando su mochila, recordó que se había preparado para hacer senderismo ese día por la tarde.

—Tengo algo de comida... chocolate y barras de cereal. No es mucho, pero...

—Yo tengo unos Gansitos, una manzana y agua

—agregó Emiliana.

Ambos abrieron sus mochilas con manos temblorosas, sacando lo poco que tenían. El gesto simple de compartir se sintió como un acto de esperanza, un recordatorio de que no todo estaba perdido, incluso en la oscuridad podían cuidar el uno del otro.

Emiliana tomó la iniciativa, partiendo un Gansito a la mitad, con una sonrisa tímida, se lo ofreció a Juan.

—Vamos a conocernos un poco, —propuso, intentando hacer lo que fuera para no desesperar—. Yo comienzo. Soy de Nabocampo, un lugar pequeño en Sonora. Mi mamá siempre decía que allí, donde el sol es tan caliente que parece que el suelo va a quemarte, nacen las historias más grandes. Mi papá solía llevarme a la plaza principal, cerca del río Mayo... y nos sentábamos a ver las danzas. El baile, la música... siempre me sentí conectada con todo eso, como si algo de mi alma estuviera allí, con la gente, con la tierra.

Juan la escuchó en silencio mientras comía lentamente.

—Yo soy de aquí, de Ciudad de México—dijo—. Mi familia siempre ha vivido aquí y siempre me apoyan, incluso cuando dije que quería estudiar algo relacionado con la historia. Creo que quisiera ser arqueólogo, descubrir secretos del pasado... siempre he pensado que la historia de los pueblos es lo único que permanece, lo único que realmente importa. Pero ahora, atrapado, me pregunto si eso realmente tiene sentido.

Se quedó en silencio por un momento y, de repente, dijo con el tono de la canción:

—Recuérdame... —y añadió—. Gracias por el Gansito, Emy.

Emiliana empezó a sentir sus manos y su voz volviendo a temblar. Las lágrimas corrieron por sus mejillas.

—¿Y si nunca salimos de aquí? ¿Y si este es el final?

—No. No es el final. Todavía no. Aquí y ahora... todavía tenemos la oportunidad de seguir escribiendo nuestra propia historia. Aunque no sepamos cómo.

De alguna manera, sus palabras se entrelazaron, como si el destino ya hubiera trazado sus pasos, aunque no pudieran verlo con claridad. En un mundo lleno de caos y ruinas, Emiliana y Juan comenzaron a escribir su historia juntos, con cada palabra, con cada gesto, con cada momento compartido en la oscuridad. El futuro seguía incierto, pero el presente se sentía lleno de una fuerza inesperada.

El sol del primer día comenzaba a despedirse, aunque ellos no podían verlo. La penumbra dentro de su prisión ya no distinguía entre el día y la noche, pero algo en el aire anunciaba el cambio. La temperatura empezaba a descender, y el miedo que los había acompañado desde el primer temblor parecía asentarse aún más profundamente, como un tercer compañero en aquel lugar. Emiliana y

Juan, cubiertos de polvo y magullados, sentían el peso de la incertidumbre mientras se preparaban para enfrentar la oscuridad total que caería sobre ellos.

El sonido de los escombros había disminuido, dejando un silencio inquietante que hacía más evidente su aislamiento. Emiliana se movía con cuidado, evitando cualquier gesto brusco que pudiera desplazar aún más los restos de lo que una vez fue la librería. A su lado, Juan apretaba la mandíbula, tratando de no pensar en lo que significaba pasar una noche allí abajo. Ambos sabían que el día que los había mantenido ocupados, hablando, explorando lo poco que podían moverse y alimentándose de sus propias palabras de aliento, estaba por terminar.

El frío empezaba a filtrarse entre los huecos del concreto y las maderas rotas, y con él, la realidad de su situación se volvía aún más tangible. No podían ignorar el cansancio en sus cuerpos ni la punzada persistente del hambre y la sed que comenzaban a hacerse presentes. Pero más que nada, estaba el miedo, ese temor silencioso que crecía con la oscuridad, como si la noche trajera consigo los peores pensamientos y dudas. ¿Y si nadie venía a buscarlos? ¿Y si volvía a temblar? ¿Y si esa era la última vez que veían la luz?

Necesitaban encontrar consuelo, no solo para sus cuerpos, sino para sus mentes y almas, que empezaban a tambalearse bajo el peso de lo desconocido. Las palabras que durante el día habían fluido como un hilo de esperanza comenzaban a agotarse, y con ellas, la ilusión de que todo terminaría pronto. Sin embargo, en esa desolación, ambos sabían que el consuelo no vendría de algo externo, sino de lo que construyeran entre ellos. Una mirada, un roce accidental, un suspiro compartido; cada pequeño gesto era una promesa silenciosa de que, al menos por ahora, no estaban solos. La noche caería, pero también lo haría su resistencia, juntos, si no lograban mantener la fe en algo más grande que su miedo.

En un intento por mantener la calma, Juan le mostró su linterna.

—Mira, tengo una linterna. Y baterías extras. Creo que esto nos ayudará un poco más. También en mi mochila traigo esta pequeña cobija térmica. Es poca cosa, pero algo es algo. Iba a hacer senderismo hoy, cerca de las pirámides —dijo, mientras se preguntaba si estas seguirían de pie—. Menos mal que la traje.

—Es increíble que tengas todo esto... —contestó Emiliana con un tono de asombro, intentando sentirse más tranquila—. Es como si estuvieras preparado para... esto... como si la vida te hubiera advertido... —repitió, ya sin la emoción inicial—. Vamos a necesitarlo.

La situación seguía siendo desesperante, pero encontraron algo de consuelo en esas pequeñas cosas. Juan se acomodó enseguida de Emiliana, y entre los libros, estructuras caídas y escombros ambos terminaron juntos, dándose un poco de calor y consuelo con la cobija compartida y otro poco con la cercanía de sus cuerpos.

—Mi Nanavita... ella siempre cuida de mí. Estoy segura de que en estos momentos está rezando por mí. La considero otra madre. Siempre me dice que, aunque la vida nos dé todo tipo de pruebas, nunca debemos rendirnos. Creo que ella estaría diciendo eso ahora, si estuviera aquí.

—Mi mamá siempre me decía lo mismo. Que la vida es dura, pero nunca hay que rendirse. Lo que importa es lo que somos capaces de hacer en los momentos difíciles.

Emiliana susurró en voz baja mientras cerraba los ojos.

—No quiero morir aquí, Juan. No quiero que esto sea todo.

—No lo será. Vamos a salir de aquí. Lo prometo. Y cuando lo hagamos, vamos a hacer todo lo que siempre soñamos. Vamos a vivir y esto que estamos viviendo pasará a ser solo recuerdos.

Finalmente, lograron quedarse dormidos, uno al lado del otro, compartiendo la cobija térmica que apenas alcanzaba a cubrirlos a medias. No era solo el calor de sus cuerpos lo que buscaban, sino también la reconfortante certeza de no estar solos en aquella pesadilla que ninguno hubiera imaginado vivir. Cada movimiento era torpe, cada respiración entrecortada por el polvo, pero juntos encontraron una frágil sensación de seguridad en medio de la incertidumbre. Conciliar el sueño les llevó tiempo, entre susurros temerosos y un constante crujir, pero finalmente el cansancio los venció. Durante unas pocas horas, sus mentes lograron un respiro, marcando así el final del primer día de un desafío que apenas comenzaba.

Capítulo 3

UN DÍA ANTES DEL TERREMOTO
Juan

El veinte de agosto, Juan había cumplido diecisiete años, pero sentía que la juventud ya empezaba a transformarse en algo más. Había algo en esa transición que le hacía imaginarse en el umbral de los dieciocho, como si la adultez lo llamara desde lejos. Su hermana mayor, Elisa, solía decirle que al cumplir años no comenzabas realmente el año de tu nueva edad, sino que empezabas a caminar sobre el siguiente. Según esa lógica, al estar ya en su decimoctava vuelta al sol, se adjudicaba la edad a conveniencia y esa idea le daba un aire de madurez que disfrutaba. Imaginaba que era una especie de preámbulo a la adultez, una etapa que prometía oportunidades desconocidas, como si el mundo estuviera a punto de abrirle puertas que aún no sabía siquiera que existían.

El diecinueve de septiembre sería un día

especial. Juan había planeado una excursión con sus amigos a las afueras de la ciudad, un lugar del que se decía albergaba ruinas antiguas sin descubrir. Aunque los rumores eran vagos, la posibilidad de encontrar algo único encendía su espíritu aventurero. Esta expedición del día siguiente no era solo un paseo; para Juan, era una oportunidad de conectar con la esencia misma de su pasión por la historia y la arqueología. Cada paso en terreno desconocido le permitiría no solo explorar su entorno, sino también le revelaría aspectos de sí mismo que solo emergían en momentos como estos. Era como si la historia antigua y su propio presente se entrelazaran en un diálogo silencioso, cada piedra y sendero actuando como testigos de su búsqueda interior, dos temas que lo habían cautivado desde niño. Su abuelo, un hombre de mirada sabia y voz pausada, había sido el responsable de despertar ese interés. Entre historias de civilizaciones perdidas y relatos de exploradores que enfrentaban lo desconocido, el abuelo no solo alimentó su imaginación, sino que le dio un propósito.

—Recuerda, Juanito, la naturaleza siempre te da respuestas —le había dicho una vez—. Pero tienes que saber cómo escucharla. Mira el cielo, siente la tierra bajo tus pies, y nunca pierdas el rumbo.

Esas palabras se le quedaron grabadas. Por eso, cuando iba a hacer senderismo, evitaba cualquier aparato electrónico que pudiera interrumpir ese estado de unidad con la naturaleza. La brújula que llevaba en su mochila era un regalo de él, quien le enseñó a usarla junto con las estrellas para orientarse. Para Juan, confiar en estas herramientas tradicionales era una manera de conectar con algo más grande, de encontrar un sentido de equilibrio entre el pasado y el presente.

La tarde del dieciocho de septiembre, Juan dedicó varias horas a preparar su mochila con la meticulosidad de quien sabe que una aventura comienza mucho antes de llegar al destino. Colocó una linterna junto a un juego de baterías de repuesto, una pequeña cobija térmica de esas brillantes que se usan en emergencias, varias barras energéticas, chocolates, una botella de agua, aspirinas, la brújula, una navaja multiusos y un puñado de mentas. Cada objeto era elegido con un propósito claro. La linterna era su compañera de confianza en senderos oscuros, las barras energéticas representaban un impulso en los momentos de agotamiento, y la brújula era más que una herramienta; era una conexión directa con su abuelo, como si él mismo estuviera presente guiándolo en cada paso. Su cuidadosa selección demostraba su entusiasmo por la excursión.

Mientras revisaba por última vez el contenido de la mochila, escuchó un golpe en la puerta. Era Natalia, una amiga cercana de la escuela, conocida por su insistencia y determinación en lograr sus objetivos. Había insistido en que le comprara un boleto de una rifa, explicándole que era parte de un proyecto importante que contribuiría a su calificación en un examen. Juan, inicialmente renuente, había cedido más por apoyarla que por verdadero interés. Ahora, mientras ella entregaba el premio, su tono bromista dejaba entrever una mezcla de gratitud y orgullo por haberlo convencido. Al abrir el paquete, vio un pequeño dije brillante, sencillo pero elegante. Aunque no le daba demasiada importancia al premio, había pensado en dárselo a su hermana como regalo en caso de ser el afortunado ganador, lo cual había sucedido, para su sorpresa. Sin más preámbulos, lo guardó en uno de los bolsillos exteriores de su mochila.

—Hey, Juan, es algo valioso —dijo Natalia al notar su indiferencia mientras guardaba el dije sin cuidado. Su tono era una mezcla de broma y reproche.

—No hay lugar más seguro que mi mochila —respondió él con una sonrisa tranquila, como si esas palabras resolvieran cualquier duda.

—Podrías dejarlo conmigo —sugirió Natalia, cruzando los brazos y alzando una ceja—. Podría dárselo yo misma a tu hermana. Así te aseguras de que llegue intacto.

Juan negó con la cabeza, aun sonriendo.

—No te preocupes. Está bien aquí. Mi mochila es casi una extensión de mí —dijo con confianza.

Natalia suspiró, pero luego sonrió también, como aceptando que discutir con él sería inútil.

—Está bien, tú ganas. Pero más te vale que lo cuides. Bueno, espero que tengas un buen día mañana en tu senderismo. Ya me contarás cómo te va.

—Gracias, Natalia. Lo haré. Cuídate —respondió Juan, mientras ella se despedía con un gesto de la mano y se alejaba.

Cuando Natalia se fue, Juan volvió a concentrarse en los planes del día siguiente. Había un detalle que no quería olvidar: pasar primero por la librería a buscar un libro que llevaba tiempo queriendo. No era cualquier libro; era un incunable que había escuchado mencionar en una conversación, un texto que prometía ser un tesoro de conocimiento histórico. Siempre llevaba algo para leer en las excursiones; las pausas entre las caminatas eran momentos perfectos para desconectarse del mundo y sumergirse en las palabras de un autor.

Antes de dormir, tomó su confiable reloj de batería y se lo ajustó a la muñeca. Ese reloj, más que un simple objeto, era un recordatorio constante del legado de su abuelo. Cada vez que lo miraba, evocaba las largas tardes que pasaron juntos, donde le enseñaba a encontrar el norte no solo en un mapa, sino también en la vida. Las pequeñas grietas en la superficie metálica hablaban de las aventuras que habían compartido, desde senderos poco transitados hasta noches bajo las estrellas. Para Juan, el reloj no era solo un instrumento para medir el tiempo, sino un símbolo de las lecciones de perseverancia, paciencia y conexión con el mundo que desde pequeño le había inculcado.

Cada vez que lo miraba, sentía el peso de las expectativas y, al mismo tiempo, la libertad de forjar su propio camino. Era como si las manecillas marcaran no solo el tiempo, sino también los momentos clave en su búsqueda por entender el mundo y su lugar en él. Aunque no era un objeto antiguo ni reliquia familiar, había sido el su fiel compañero de su abuelo en los últimos años de explorador, y se lo había entregado a Juan como un gesto de confianza y continuidad. Representaba así las enseñanzas recibidas y era una herramienta indispensable para sus propias aventuras. Simbolizaba la autonomía, el legado familiar y la capacidad de encontrar su camino por sí mismo.

Con la cabeza ya en la almohada y el sueño a punto de vencerlo, Juan recorrió con la mirada el techo y luego dirigió sus ojos hacia la ventana. El sonido lejano de un perro ladrando se mezclaba con el canto monótono de los grillos, creando una sinfonía nocturna que envolvía la habitación. Cada crujido de la casa bajo el peso de la noche parecía contar historias que solo la oscuridad entendía.

Mientras sus ojos se acostumbraban a la penumbra, sus pensamientos divagaban entre el día que había terminado y el que estaba por comenzar, llenándolo de una emoción indescriptible. El aire de septiembre entraba fresco por la rendija, trayendo consigo el aroma a tierra mojada y hojas caídas, mezclado con el eco distante de la ciudad que, aunque amortiguado, parecía recordarle que el mundo seguía latiendo más allá de su habitación. Las sombras de los árboles, proyectadas por la luz de la calle, danzaban sobre las paredes, creando figuras abstractas que alimentaban su imaginación. Cada inhalación parecía traer consigo recuerdos de sus aventuras, mientras el suave susurro del viento, apenas audible, agregaba una sensación de calma que contrastaba con la agitación que latía en su interior. Esa noche, aunque pocas estrellas eran visibles, sabía que estaban allí, ocultas por las nubes, listas para guiarlo al día siguiente. Este pensamiento lo reconfortó, evocando las enseñanzas adquiridas sobre cómo leer el cielo y guiarse con ellas. Sin embargo, un sentimiento inusual se agitó en su interior, como un leve murmullo que no podía ignorar, una inquietud que crecía con cada minuto que pasaba en silencio. Era como si el aire le susurrara un cambio inminente, un presagio que lo mantenía en un estado de alerta expectante.

Este presentimiento, aunque intangible, parecía envolverlo. Un sentimiento electrizante que oscilaba entre la anticipación y la inquietud que lo hacía sentir alerta, como si algo extraordinario estuviera a punto de ocurrir, como un eco distante que vibraba en su pecho, una señal que no terminaba de comprender pero que le sugería algo, que no sabía distinguir entre emoción o precaución. Esa inquietud parecía estar entrelazada con el aire mismo, cargado de una densidad extraña que contrastaba con la serenidad de la noche. Aunque intentó apartar la sensación, no pudo evitar que su mente la interpretara como un presagio de que algo trascendental estaba a punto de suceder. Una mezcla de anticipación y advertencia flotaba en el aire, sugiriendo un cambio que marcaría un antes y un después en su vida. Por un instante, lo inquietó la posibilidad de no poder guiarse con su equipo, pero disipó esa idea al recordar que contaba con lo necesario y los conocimientos transmitidos desde su infancia.

Antes de que el sueño lo venciera por completo, sus pensamientos divagaron hacia las enseñanzas de su abuelo, quien siempre le había insistido en que confiar en sus propias habilidades era más importante que cualquier herramienta. Imaginó su voz calmada, siempre cargada de sabiduría, y sintió una profunda gratitud por esas lecciones que lo habían moldeado. «Siempre habrá estrellas para guiarte», solía decirle, y esa frase ahora resonaba con fuerza. Cada lección sobre cómo orientarse sin depender de la tecnología lo había preparado para afrontar lo desconocido, y en ese momento, esa confianza lo ancló, devolviéndole la calma. Mientras la tranquilidad del momento lo envolvía lentamente, preparándolo para lo inesperado.

Con ese pensamiento latiendo en su mente, cerró los ojos y, poco a poco, el sueño lo envolvió, llevándolo a una tranquilidad efímera, completamente ajeno a los eventos que cambiarían su vida al día siguiente.

Capítulo 4

SEGUNDO DÍA
La desesperación

Emiliana despertó sobresaltada, el corazón latiéndole con fuerza mientras la oscuridad la envolvía por completo. Por un instante, no supo si estaba soñando o si seguía atrapada en aquel lugar. Pero el frío del concreto contra su espalda y el aire denso que parecía no llenar del todo sus pulmones le confirmaron lo que temía: no era un sueño. La realidad era aplastante, literalmente. La oscuridad parecía viva, susurrando en los rincones más recónditos de su mente. El aire estaba cargado de una opresión asfixiante, cada inhalación era un desafío que les recordaba la precariedad del espacio que los confinaba. A veces, sentía que el techo se desplomaría sobre ellos en cualquier momento, y ese pensamiento la paralizaba más que cualquier otro. El leve goteo en algún rincón era el único sonido que rompía la opresiva quietud, marcando el tiempo con una cadencia irregular. Con algo de timidez, movió la mano hacia el costado, buscando una certeza. Sus dedos rozaron algo cálido, y una ligera presión le devolvió un poco de calma. Juan estaba despierto, justo a su lado. Sentir su presencia, aunque no aliviaba su situación, al menos le recordaba que no estaba completamente sola en aquel abismo.

Cuando los dedos de Emiliana le rozaron los suyos en la oscuridad, Juan no supo si era un gesto intencionado o accidental. Pero en ese breve contacto sintió algo que lo reconfortó. Sostuvo su mano con suavidad, como si quisiera transmitirle que, aunque todo alrededor parecía perdido, aún quedaba algo a lo que aferrarse: ellos mismos.

El aire se impregnó de un suave sollozo. Emiliana trató de aclararse la garganta antes de hablar, pero su voz salió rota, apenas un susurro cargado de miedo.

—Juan… ¿crees de verdad que alguien vendrá? ¿Crees que nos encontrarán?

Juan giró un poco hacia ella, acomodándose en el reducido espacio que compartían. Su mano buscó la de Emiliana y la sujetó con firmeza, como si pudiera transmitirle algo de su propia voluntad de resistir.

—Sí. Sí, van a encontrarnos —dijo con una firmeza que apenas podía sostener por dentro—. No importa cuánto tiempo pase, alguien nos escuchará. Estoy seguro.

Antes de que Emiliana pudiera responder, un estruendo lejano los hizo sobresaltarse. Un golpe seco que parecía provenir del exterior, como si algo grande hubiese caído. Ambos contuvieron la respiración, con los corazones latiendo al unísono, mientras trataban de escuchar si algo más seguía. Pero no hubo nada, solo un silencio aún más pesado que antes.

—¡Auxilio! ¡Estamos aquí! —gritaron al unísono, sus voces rompiendo la quietud, pero la única respuesta fue el eco amortiguado de su desesperación. Sus gritos se desvanecieron rápidamente, como si la inmensidad de los escombros los engullera. El eco que regresaba no era un alivio; era un recordatorio de lo solos que estaban. Y aun así, seguir gritando era una forma de resistir, de demostrar que no se habían rendido, que todavía quedaba una chispa de esperanza en sus corazones.

Emiliana se encogió, cubriéndose el rostro con las manos. Empezó a sollozar.

—No sé si pueda seguir —susurró, respirando entrecortadamente. El miedo se deslizaba sobre ella como una sombra gélida, amenazando con paralizarla—. Si sigue así… no vamos a salir, ¿y cómo sabremos cuándo será el final? Tengo miedo, Juan, mucho miedo.

El miedo no era simplemente un pasajero indeseado; era un yugo invisible que se aferraba a su pecho, una sombra voraz que devoraba cualquier intento de calma. Emiliana sentía que cada pensamiento la llevaba a un lugar más oscuro, donde la esperanza apenas brillaba. Era como si fuera un monstruo invisible que se alimentaba de su agotamiento y desesperación.

Juan la observó en la penumbra, percibiendo la fragilidad en sus palabras. Pero también vio algo más: una chispa de fortaleza que solo necesitaba ser avivada.

—No importa cuán difícil sea, Emy. No vamos a rendirnos. Hoy no. Tampoco mañana —le dijo, apretando su mano con más fuerza—. A mí me enseñaron que cuando el miedo aparezca, hay que enfrentarlo con lo que se tiene. Y yo te tengo a ti. Y tú me tienes a mí.

Emiliana alzó la vista, encontrando los ojos de Juan en la penumbra.

—A mí también me decían que la vida, aunque difícil, nos prepara para lo que necesitamos —murmuró—. Pero... ahora no estoy tan segura.

Juan negó con la cabeza, sin soltarla.

—Yo sí lo creo. Lo que estamos viviendo es una prueba. Aquí estamos, y de alguna manera tenemos suerte. Tenemos algo para comer, algo para beber. Esto no puede ser solo para durar unas pocas horas más. Tiene que haber un motivo, Emy. Estoy convencido de que nos espera una larga vida, aunque ahora no lo podamos ver.

Emiliana suspiró profundamente, dejando que las palabras de Juan le calaran hondo.

—Es cierto. Sólo quiero salir de aquí. Y vivir. No quiero que este sea mi final. Es más, no lo va a ser.

El tiempo avanzaba lentamente, mientras las horas se fundían unas con otras. Emiliana y Juan alternaban entre momentos de silencio y otros de conversación. En cada relato compartido, parecía que sus mundos, antes completamente separados, comenzaban a unirse. Las historias de Emiliana sobre su vida en el norte se entrelazaban con las de Juan en la ciudad, como si los recuerdos se tejieran en una narrativa común que los hacía sentir menos solos. Cuando el miedo se volvía insoportable, buscaban cualquier tema que los distrajera: recuerdos, anécdotas, sueños.

Hablaron de sus familias. Emiliana describió los días soleados en el norte, su pasión por la historia antigua y cómo su padre la llevaba al DF todos los años para las fiestas patrias. Juan compartió cómo su abuelo le contaba historias de exploradores y arqueólogos, inspirándolo a soñar con descubrir civilizaciones perdidas.

Pero siempre, inevitablemente, regresaba la quietud.

Afuera, los sonidos eran extraños e intermitentes. Cada crujido, cada eco lejano, parecía anunciar un nuevo peligro. Emiliana no podía evitar imaginar las toneladas de escombros sobre ellos, la posibilidad de que el aire se acabara o de que una nueva réplica terminara de sepultarlos. Su mente viajaba entre escenarios catastróficos que intentaba apartar, pero que regresaban con fuerza cada vez que cerraba los ojos. A veces, el sonido de un leve crujido hacía que su respiración se acelerara, y la sombra del techo sobre ellos se volvía insoportable en su mente.

Emiliana no podía evitar pensar en cuánto tiempo más resistiría su refugio improvisado, y en si el silencio significaba calma o el preludio de un desastre mayor. Los ruidos lejanos los llenaban de esperanza, haciéndoles gritar nuevamente por ayuda, pero cuando nada sucedía, el miedo regresaba con más fuerza.

¿Y si nos atacan las ratas? —preguntó Emiliana de repente, su voz llena de un terror infantil.

—No hay ratas —respondió Juan sin estar seguro de lo que decía. *O al menos no las hemos visto*, —pensó—. Y con una sonrisa cansada que ella no pudo ver, intentó observar sus alrededores.

—¿Y si la estructura se sigue cayendo?

—Entonces sobreviviremos, igual que lo hemos hecho hasta ahora —respondió, tratando de sonar seguro, aunque su propia duda le rozaba la mente como un murmullo insistente.

Entre silencios y susurros llenos de miedo, algo empezó a surgir entre ellos. Juan no podía explicar lo que sentía al mirar a Emy. No era solo la necesidad de protegerla o de compartir el peso de la incertidumbre; era algo más. Su sonrisa, aunque extraña, parecía iluminar incluso aquel lugar oscuro, y el sonido de su voz, aun cuando temblaba, le daba una razón para seguir luchando. Para Emiliana, la presencia de Juan era como un ancla; sentía que, mientras él estuviera allí, el miedo no la consumiría por completo.

A pesar de la fortaleza que intentaban proyectar, contrastaba con la fragilidad inherente de su juventud. Se enfrentaban a una adversidad que incluso un adulto experimentado no podría manejar ni comprender del todo. La tragedia los obligaba a asumir una madurez para la que no estaban preparados. Las circunstancias los habían obligado a enfrentar el peso de la vida y la muerte de una manera que pocos podrían entender. Pero tal vez, en esa mezcla de ingenuidad y valentía, residía su mayor fuerza: la capacidad de imaginar un futuro mejor, incluso cuando el presente parecía desmoronarse a su alrededor, siempre y cuando estuvieran juntos. Sin saberlo, ambos se habían convertido en la razón del otro para resistir. No era solo el instinto de aferrarse al otro por consuelo; era algo más profundo, un vínculo que se formaba en medio del caos.

Con la linterna de Juan, habían logrado verse mejor en algunos momentos. El polvo se había adherido a sus pieles, dejándoles una sensación áspera y pesada. Pero en esos breves instantes en los que la linterna iluminaba sus rostros, la dureza de las circunstancias parecía suavizarse. Bajo la capa de mugre y cansancio, se encontraron con miradas que hablaban más de lo que cualquiera de ellos se atrevía a decir.

Se estudiaron mutuamente bajo esa tenue luz: sus rostros cubiertos de ese polvo, las ojeras pronunciadas, las pequeñas heridas que el terremoto había dejado. Ninguno de los dos estaba en su mejor versión, pero eso no importaba. Se ayudaron con unos pañuelos a limpiarse un poco los rostros y, en ese acto silencioso, pudieron conocerse mejor. No hubo necesidad de palabras; el contacto físico, aunque breve, se transformó en caricias que ambos anhelaban y que despertaban en cada uno un sentimiento nuevo, un destello de algo profundo y desconocido.

En medio de la tragedia que los rodeaba, ambos sintieron una punzada: la punzada del amor, ese sentimiento que no entiende ni de escombros ni de heridas y que llega a aminorar el horror de la muerte y desolación.

El segundo día fue cayendo y el sueño llegó lentamente, envolviéndolos en una neblina de cansancio. Antes de dejarse vencer por el sueño, sus miedos regresaron con fuerza. *¿Y si no nos encuentran?* —pensó Emiliana, pero no se atrevió a decirlo en voz alta. Juan, por su parte, no podía dejar de imaginar cuánto tiempo más resistirían las provisiones. Sin embargo, ninguno quiso romper el frágil consuelo de la cercanía. En cambio, sus manos se encontraron en la oscuridad, y en ese contacto silencioso encontraron la fortaleza que les faltaba. Ese roce, aunque fugaz, fue como un ancla en medio de la tormenta. Cuando sus dedos se tocaron en la penumbra, algo dentro de ellos se encendió. No era solo el calor de la piel del otro lo que les daba consuelo; era la certeza de que, aunque el mundo se desmoronara a su alrededor, habían encontrado un refugio en esa conexión. Sus manos permanecieron juntas, transmitiendo una promesa tácita de resistencia. La separación se sentía como un abismo insalvable, mientras que el contacto físico, aunque mínimo, les otorgaba un consuelo que ninguna palabra podría expresar. Era un recordatorio silencioso de que no estaban solos, de que en aquel espacio reducido y opresivo aún quedaba lugar para algo humano, algo cálido. Entrelazaron sus dedos por un momento, y en ese gesto simple, encontraron más consuelo que en cualquier palabra. Antes de cerrar sus ojos del todo, ambos reflexionaron en silencio. Apenas se conocían, pero algo dentro de ellos susurraba que esa otra persona era especial. Quizá porque era lo único que tenían. Quizá porque, en medio de la destrucción, habían encontrado algo que valía la pena salvar.

Esa noche, cuando el sueño finalmente los venció, el aire cargado de polvo y un leve rastro metálico, parecía invadir sus sentidos, impregnándolos con la esencia misma de la tragedia que los rodeaba. Cada vez que respiraban, sentían un leve ardor en la garganta, como si incluso el oxígeno estuviera contaminado por la tragedia. Pero a pesar de todo, encontraron en la cercanía una calidez que contradecía la hostilidad del entorno. El aire helado se aferraba a sus ropas, como si intentara colarse hasta sus huesos, pero una calidez inesperada los envolvía, una resistencia silenciosa contra el frío exterior, como un escudo contra la soledad y el miedo que acechaban en cada rincón.

Estaban un poco más juntos, sus cuerpos rozándose casi sin querer, y en esa cercanía sus almas parecieron entrelazarse un poco más. Lo hicieron con el corazón latiendo un poco más tranquilo, como si el caos que los rodeaba se desvaneciera por un instante ante la conexión que empezaba a surgir entre ellos. Era extraño cómo, en medio del caos, podía surgir algo tan puro. Aquella conexión naciente no necesitaba palabras ni promesas. Bastaba con saber que estaban allí el uno para el otro, compartiendo un fragmento de luz en la oscuridad. No sabían lo que vendría, pero en ese instante, la cercanía era suficiente. No porque el miedo hubiera desaparecido, sino porque ahora lo enfrentaban juntos. El silencio de los escombros se llenó de un extraño tipo de paz, aquella que surge al sentir que, por primera vez, tu corazón empieza a latir al compás de otro, encendiendo una llama tenue pero inquebrantable.

Capítulo 5

EL TERCER DÍA
Entre ruinas y esperanzas

Juan despertó temprano, con el cuerpo entumecido y una sensación de frialdad que lo envolvía, la misma que provocaba que el aire en sus pulmones se sintiera denso, como si tuviera que luchar para respirar. Las paredes a su alrededor crujían en silencio, pero lo que más le afectaba era el espesor del aire, húmedo y frío, que se colaba entre la destrucción y envolvía cada rincón, abrazando su piel con una sensación desagradable.

El polvo flotaba suspendido en el aire, espeso y pesado, y aunque la luz del día apenas se filtraba, el frío seguía siendo palpable. Se sentía en sus huesos, en la piel fría de Emiliana, que aún seguía ajena a la realidad de lo que sucedía. A pesar de que sabía que el clima afuera podría ser templado, allí abajo todo se sentía diferente: el ambiente a su alrededor era un laberinto de sombras y ecos. Los crujidos de los escombros eran como un lamento del mismo edificio, una queja de piedra y metal que narraba su caída. El aire denso, cargado de impurezas y silencio, parecía comprimir todo lo que tocaba, sin permitir ni el escape del calor ni la circulación del aire fresco. Notando que Emiliana seguía dormida, respirando suave y constante, se acercó a ella con un sentimiento de protección que no podía separar del creciente afecto que surgía dentro de él. Con cuidado, posó su brazo sobre sus hombros en un intento de abrazo. La emoción que sentía era inevitable.

Aprovechando el silencio, examinó los alrededores, buscando alguna forma de mover algunos restos sin causar un nuevo derrumbe, pero el miedo lo detuvo. *Si algo cae sobre nosotros...,* —pensó con un escalofrío. Pasaron unos treinta minutos, según sus cálculos, cuando se dio cuenta de que Emiliana seguía sin despertar. Preocupado, se inclinó hacia ella.

—¿Estás bien, Emy? —susurró con un tono urgente pero bajo, la voz ronca por la falta de agua y el miedo.

Emiliana abrió los ojos lentamente, parpadeando ante la luz débil que se filtraba entre algunas grietas, su rostro pálido y marcado por las huellas de las horas pasadas en la oscuridad. Su voz era apenas un suspiro, como si las palabras le costaran un esfuerzo considerable.

—Sí... solo tuve un sueño raro. Pensé que ya no podríamos salir. Que el tiempo nos había atrapado.

—No, Emy. El tiempo no nos va a atrapar. Estamos aquí por una razón. No importa cuánto dudemos ni cuánto tardemos, vamos a salir.

Ella lo miró, con los ojos llenos de lágrimas que se desbordaban. El aire húmedo y pesado, casi pegajoso, hizo que sus lágrimas brillaran mientras caían.

—¿Y si no? ¿Y si esto es todo? ¿Cómo podemos saber que todo estará bien? —dijo mientras se incorporaba un poco.

Juan se quedó pensativo. En su pecho se formó un nudo de incertidumbre, pero no podía permitir que el miedo lo venciera. La abrazó con ternura.

El crujir a su alrededor sonaba como una amenaza, como si en cualquier momento todo pudiera desmoronarse sobre ellos. Sin embargo, tomó sus manos con delicadeza, dándole la única certeza que podía ofrecerle: su presencia.

—No lo sé, pero dentro de mí siento que todavía hay una oportunidad. No te rindas, Emy.

El silencio se instaló entre ellos por un instante, roto solo por los ecos que resonaban a su alrededor. La temperatura había bajado un poco, pero el frío no era suficiente para aliviar la opresión en el aire. Emiliana, mirando al vacío, susurró casi inaudible, como si hablara más consigo misma que con él.

—No quiero morir sin saber qué es realmente el amor… nunca nadie me ha dado un beso. Ni siquiera sé cómo se siente amar de verdad. —Y comenzó a llorar.

Emiliana sabía, en lo más profundo de su corazón, que lo que sentía por Juan no era solo un reflejo del miedo o una consecuencia de las circunstancias extremas. Había en su alma una mezcla de emociones que se entrelazaban: la inocencia de un primer amor, el anhelo de una conexión verdadera y la ternura de quien encuentra un refugio en medio del caos. La intensidad de sus sentimientos no podía ser ignorada, era como una chispa que se enciende en la penumbra y promete iluminar incluso los rincones más oscuros. El tiempo, que tantas veces se percibía como una línea infinita, aquí se reducía a un susurro apenas audible, un recordatorio de que la vida, frágil y efímera, depende de momentos decisivos que pueden definir todo un destino, entonces comprendió que la vida no siempre ofrece segundas oportunidades. Cada segundo ahí abajo era una lección sobre la fragilidad de la existencia y el valor de los momentos compartidos.

Juan tragó saliva, sintiendo su corazón latir con fuerza en su pecho. La incertidumbre llenaba el aire, y una ola de emociones lo abrumaba. Sus ojos buscaron los de Emiliana, que lloraba suavemente. Por un momento, sus miradas se cruzaron y algo en su interior le gritó que debía hacer algo, que no podía dejar que se fuera sin saber lo que sentía por ella. Pero algo lo hacía vacilar. Su mano temblaba ligeramente mientras la levantaba hacia su rostro, y en el aire flotaba la pregunta: ¿Y si no sobrevivimos? El miedo y el deseo se mezclaban, se entrelazaban en su mente.

El ruido del crepitar a su alrededor y la tensión en el ambiente parecían hacer todo aún más intenso, y en ese instante, el tiempo pareció detenerse. En su pecho, una mezcla de nervios y desesperación lo empujó a acercarse más. La distancia entre ellos desapareció poco a poco, como si el espacio ya no pudiera sostener lo que sentían.

Finalmente, sin poder detenerse, Juan se inclinó hacia ella, su respiración se entrelazó con la de Emiliana. Cuando sus labios se encontraron, fue como si en ese instante, todo el ruido y el caos se desvanecieran. No era simplemente un gesto de amor naciente, sino una afirmación de vida, un grito silencioso al destino que los desafiaba. Era como si en ese instante, el universo conspirara para detenerse, permitiéndoles un respiro en medio del caos. Sus miedos y esperanzas se entrelazaron, formando un lazo invisible que parecía ser tan fuerte como los mismos escombros que los rodeaban.

Fue un beso tímido y cauteloso, como si temiera que al hacer el más mínimo movimiento, todo se desmoronara. Pero al instante, se entregó, y el miedo se disolvió, reemplazado por una conexión que no necesitaba palabras.

Ese contacto, efímero pero eterno, se convirtió en un ancla en medio de la tormenta, una promesa de que incluso en las circunstancias más adversas, el amor encuentra la forma de florecer.

Un momento breve, pero en esos segundos, Emiliana sintió que algo en su interior se encendía, algo que había estado apagado, y Juan, sintiendo el suave roce de sus labios, dejó que la emoción lo guiara. No era solo el beso lo que importaba, sino lo que significaba: una promesa, una chispa de esperanza en medio de la oscuridad.

Cuando finalmente se separaron, ambos quedaron inmóviles, atrapados en la intensidad del momento. Emiliana acarició sus labios, sorprendida por la suavidad de la experiencia, como si fuera algo que jamás había imaginado que sucedería en ese lugar, en ese instante. Sus palabras salieron entrecortadas, cargadas de emoción.

—Gracias —susurró con la voz quebrada

Juan negó suavemente con la cabeza y le secó las lágrimas del rostro antes de responder:

—No me des las gracias, Emy. Yo también lo quería. Estoy aquí contigo, y siempre lo estaré.

—Lo siento... pero...

Juan la abraza con ternura susurrándole que no le pidiera disculpas. Emiliana tomó aire, todavía temblando, y añadió con un hilo de voz:

—Nunca pensé que pudiera sentir tanto... —se interrumpió al notar que las lágrimas volvían a brotar, pero continuó—. Fue hermoso... —las lágrimas la interrumpieron.

En aquel beso, Emiliana comprendió que el amor no siempre llegaba con trompetas ni grandes gestos. Era un susurro, un reconocimiento silencioso de dos almas que, en medio del desorden, encontraban en el otro una razón para resistir. Había algo profundamente humano en ese instante, un recordatorio de que incluso en los momentos más oscuros, el amor es el refugio más poderoso.

Se quedaron abrazados en silencio, un silencio lleno de la magia que solo existe en los primeros amores, incluso en circunstancias tan extremas. Ambos permitieron que el momento llenara el espacio entre ellos. Algo hermoso acababa de nacer: la chispa del primer amor y ese primer beso, aquel que uno siempre recuerda, aquel donde uno se olvida de todo lo demás.

Más tarde, Emiliana sacó una libreta y un lápiz de su mochila. Con mano temblorosa, y sin buena luz, escribió algo rápidamente, arrancó la hoja y se la entregó a Juan.

—Esto... esto es mi dirección. Y mi teléfono, para que los tengas, por si alguna vez salimos de aquí. Digo... para cuando salgamos de aquí.

Juan tomó el papel y lo guardó cuidadosamente en su mochila. Al hacerlo, su mano tropezó con algo, el premio que había ganado en la rifa y que había guardado en el lugar más seguro según le había dicho a su amiga. Qué conveniente le resultaba ahora haberlo dejado ahí.

Con la mano aún temblorosa lo sacó de su mochila. Era pequeño. Lo observó por un momento, admirando su simpleza, antes de extenderlo hacia Emiliana. Era una estrella de cinco puntas, de un plateado suave que reflejaba la poca luz que se filtraba y llegaba hasta ella. Una estrella hermosa, vacía por dentro, solo un contorno fino, pero en uno de los picos brillaba algo que parecía un diamante diminuto. Aunque no era un diamante real, tenía un brillo peculiar, como si, al tocar la luz, reflejara la esperanza que aún les quedaba. Se lo muestra a Emiliana y se lo da.

—Toma... esto era para mi hermana, pero... quiero que lo tengas. Será un recordatorio. Algo bonito para llevar contigo y que te hará recordarme siempre, porque vamos a salir de aquí, y este será un recuerdo de ello.

Emiliana la acarició con los dedos, como si pudiera sentir una historia detrás de ella, o tal vez el deseo de Juan de que, al igual que esa estrella, algo brillante pudiera guiarla a través de la oscuridad.

—Es hermosa...

—Es una de esas de las Pandora... —interrumpió él, rascándose la nuca con nerviosismo—. Me lo saqué en una rifa —hace una pausa sonriendo con timidez—... y... disculpa, sé que no suena muy romántico, siento que... perdón, es lo mejor que se me ocurrió decir en este momento. —calló por un instante y continuó—. Perdón, no suena muy bien, quise dártela para que tuvieras algo lindo que te haga pensar en mí cuando todo esto acabe. —y se ruboriza ligeramente agachando la mirada aunque ella no lo puede notar—. Mi hermana siempre me dice que a todas las mujeres les gustan, y pues la verdad... a mí también.

Ella sonríe suavemente, con una chispa de ternura en los ojos.

—Ah... Pandora —dice en voz baja, recordando al grupo musical que apenas había debutado unos meses atrás en *Siempre en Domingo* con Raúl Velazco—. Me gusta Pandora —dice, aunque no sabe mucho de ellas y piensa que es un poco inusual que a un muchacho de su edad le guste un grupo de tres chavas que cantan románticas. En su interior promete aprenderse todas sus canciones para poder entenderlo mejor. Y en ese momento, siente en su corazón que empieza a quererlo más.

—¿Tiene algún significado especial? —preguntó, intrigada.

Juan pensó un momento antes de responder con una sonrisa tímida.

—Es... una estrella, —y recordó palabras de su abuelo que repitió—, y en sí mismas son especiales, aunque distantes e inalcanzables, son el recordatorio más antiguo de la humanidad de que incluso en la oscuridad más absoluta, siempre hay un rastro de luz. Son el mapa del universo y, al mismo tiempo, el reflejo de nuestra esperanza colectiva, como si la eternidad misma nos observara desde lo alto.

Emiliana sonrió, la ternura llenaba sus ojos.

—La tendré conmigo siempre. Gracias.

En uno de los bolsos de su pantalón guarda el regalo, que considera ya su tesoro. No era solo un objeto; era una promesa, un símbolo de esperanza en medio de la incertidumbre. La estrella, aunque pequeña y aparentemente insignificante, era un símbolo de algo mucho más grande. Representaba no solo la conexión entre dos almas, sino la capacidad del ser humano de encontrar luz en los lugares más oscuros. Al tocar el dije, Emiliana sentía que, de alguna manera, estaba sosteniendo no solo un objeto, sino un fragmento de esperanza. Se abrazaron una vez más, compartiendo la calidez que los mantenía vivos en medio del frío.

Los sonidos del exterior comenzaron a intensificarse. Juan alzó la voz con todas sus fuerzas:

—¡Aquí estamos! ¡Auxilio! ¡Auxilio! ¡Somos dos!

Al cabo de unos minutos, una luz tenue se coló por un pequeño espacio y una voz firme pero cálida llegó hasta ellos.

—¡Hemos llegado! No se desesperen, los vamos a sacar.

Las lágrimas corrieron por sus rostros. Gritaron de emoción y agradecimiento. El tiempo parecía detenerse. Los segundos parecían alargarse más mientras trataban de mantenerse vivos bajo esa euforia combinada con la desesperación de saber que ya solo faltan pocos minutos para salir de las ruinas entre las que se encontraban.

Los rescatistas, liderados por Héctor «el Chino» Méndez, comenzaron a abrir un camino hacia ellos.

—Tendremos que sacarlos uno por uno —indicó el rescatista, quien aunque no lograba verlos alcanzó a escuchar.

Durante ese breve momento de calma, sus ojos se encontraron de nuevo, y sin pensarlo, Emiliana y Juan se acercaron. Sus labios se unieron en un beso lleno de incertidumbre, pero también de una profunda conexión. No era un beso de despedida, porque ambos sabían que sus destinos estaban entrelazados y al mismo tiempo lo era pues ahora sabían que en cualquier momento la vida puede cambiar.

Juan miró a Emiliana con seriedad.

—Tú primero, Emy. Yo te impulso, y en cuanto salgas tú, vendrán por mí.

Ella dudó por un momento, pero asintió.

—Ahí te estaré esperando.

Cuando Emiliana emergió a la superficie, se derrumbó en los brazos de su padre y de su abuelo, que habían estado buscándola y esperando el rescate durante días. Lloraron juntos, agradeciendo a Dios por su milagro. Pero Emiliana no podía celebrar del todo.

—¡Juan sigue ahí abajo! ¡Por favor, sáquenlo! —gritó, su voz llena de desesperación.

Héctor asintió y se dispuso a entrar de nuevo por el pequeño hoyo por el cual la habían sacado para ahora rescatarlo a él, cuando la estructura ya colapsada se movió y hubo un pequeño derrumbe. Emiliana gritó con horror.

Con más determinación aun, y antes de encomendarse a su rescate, «el chino» volteó a verla y le dijo:

—No se preocupe señorita, le prometo que sacaré al joven que está allá abajo. Se volteó y siguió su camino escombros adentro.

El tiempo parecía congelarse. Los rescatistas, como escultores del caos, cincelaban su camino a través de la destrucción. Cada movimiento era una apuesta contra el tiempo, un intento de devolverle al mundo un fragmento de humanidad perdido bajo el peso de la tragedia. La luz débil que se filtraba a través de la destrucción que lo confinaba era un rayo de vida, una promesa de que la oscuridad estaba a punto de ceder.

Con todo y sus protestas por no dejarla esperar a que sacaran a Juan, se llevan a Emiliana en la ambulancia. Buscó el dije que le había regalado, pero no lo encontró. Una punzada de tristeza la atravesó al darse cuenta de que quizás lo había perdido en el caos de la salida y que además ella no había pedido a Juan su dirección ni su número de teléfono; tendría que esperar a que él la contactara.

De regreso en Nabocampo, rodeada de familiares y vecinos que celebraban el milagro de su rescate, Emiliana no podía dejar de pensar en Juan. Mientras las risas y los abrazos llenaban la casa, ella sentía que el vacío en su pecho se hacía más grande. Había sobrevivido, pero su corazón estaba atrapado entre la incertidumbre y el anhelo. Aunque la alegría llenaba el ambiente, su corazón permanecía inquieto. La incerteza era como una sombra que se negaba a disiparse. Cada risa, cada abrazo, parecía teñido por una ausencia que solo Emiliana podía sentir. En medio de la celebración, comprendió que el verdadero desafío no era sobrevivir al desastre, sino a la ausencia de respuestas que le dejaba el destino. Se preguntó si era posible volver a la normalidad cuando alguien que había significado tanto seguía siendo un interrogante, un eco en la memoria. ¿Lo habrían sacado con vida? ¿Cumplirían su promesa de encontrarse otra vez? Así, con la vida retomando su curso habitual, pero con una sombra de desconcierto en su alma, comenzaron a transcurrir las semanas.

Capítulo 6

EL RESCATE DE JUAN

Los minutos parecían eternos. El eco del ruido exterior llegaba cada vez más fuerte, pero el sonido del rescate parecía ir y venir, como si los rescatistas estuvieran demasiado lejos o tuvieran algún tipo de problema o dificultades que los hacían reevaluar las circunstancias y recalcular el rescate. Juan estaba agotado, y los minutos se deslizaban entre sus dedos como agua. El calor de su propio cuerpo, combinado con el nerviosismo y el espacio reducido, aumentaba su incomodidad, haciendo que cada respiración se volviera más difícil. El aire, ya viciado, le quemaba la garganta. Cada vez que cerraba los ojos, sentía que el caos a su alrededor lo atrapaba. Los escombros que lo rodeaban crujían, algunos fragmentos caían a su alrededor, y cada sonido lo hacía saltar. Sabía que no quedaba mucho tiempo.

Su reloj interno ya no era una medida precisa; el pánico se colaba por cada rincón de su mente, y no sabía si era calor o frío lo que lo asfixiaba, si provenía del interior de su pecho o de la estructura caída y apilada sobre él. Antes, cuando había estado acompañado de Emy, el miedo y la incertidumbre eran sentimientos compartidos entre los dos, pero ahora estaba sin ella. Esa sensación de estar completamente solo, de ser una isla perdida en medio del desastre, le hacía sentir que el peso de los escombros era aún mayor. La ausencia de Emiliana no era solo física; era como si el silencio se hubiera vuelto más opresivo, y la oscuridad más densa. Su presencia había sido una chispa en medio de tanta confusión, un recordatorio de que no estaba completamente solo. Ahora, sin ella, sentía que los escombros no solo lo aprisionaban, sino que lo aislaban de todo lo humano.

Desde afuera, la luz comenzaba a filtrarse por los resquicios, pero la brecha por donde pasaban las manos de los rescatistas era demasiado estrecha para él. Su estómago se revolvía con la incertidumbre. *¿Me sacarán a tiempo?*, —pensaba, tratando de sacudirse cualquier ápice de negatividad.

—¡Aquí! —Juan vociferó con todas sus fuerzas, pues su vida dependía de que alguien lo escuchara.

Pero el eco de su propia voz lo llenó de más desesperación. La luz tenue que se dejaba apreciar a través de los escombros brillaba débilmente, como si todo fuera parte de un sueño.

De repente, un grito rompió el silencio, el sonido de un hombre que guiaba a los demás.

—¡Vengan, por aquí! ¡Lo encontré, lo veo!

Cada crujido se sentía como una amenaza inminente, un recordatorio de que la estructura que lo rodeaba estaba al borde del colapso. Juan no podía evitar imaginar que el próximo golpe de las herramientas podría ser el último, que todo su mundo podría venirse abajo antes de que la luz llegara a tocarlo. Pensó en Emiliana, en todo lo que había pasado. ¿Sería el fin para él? ¿Quedaría atrapado entre estos muros de concreto, sin poder ver el sol nunca más? La idea lo aterraba. *No me voy a rendir*, —pensó, aferrándose a una última chispa de esperanza.

Entonces, escuchó algo que lo hizo contener el aliento. El sonido de las herramientas chocando contra los escombros, los golpes suaves que se hacían más cercanos. Algo dentro de él saltó, un rayo de esperanza.

—¡Estamos cerca! ¡Mantente ahí! —gritó uno de los rescatistas con voz firme, pero también cargada de una tensión palpable.

Juan sentía cada golpe, cada movimiento de los instrumentos utilizados en el exterior por los rescatistas, y cada nuevo martillazo le hacía temer como si fueran sus últimos minutos. Los segundos se alargaban como horas. El aire lo asfixiaba más cada vez. Por un momento, pensó que la espera lo estaba matando más que los escombros mismos. El crujido de la piedra que se movía sobre él, el sonido de madera y cemento cediendo, se hacía más fuerte a cada paso. Y justo cuando pensó que no podía soportarlo más, la luz aumentó repentinamente, deslumbrante y cegadora. Su cuerpo se tensó; un sentimiento de pánico lo invadió, pero también una corriente de alivio. *No es el final*, —pensó.

Los rescatistas comenzaron a abrir camino. Cada empuje, cada palada, parecía durar una eternidad. Sus movimientos eran cuidadosos pero firmes, como si supieran que cualquier error podría traer consecuencias fatales.

Juan sentía su cuerpo pesado, casi inmóvil, pero las voces fuera de su reducido espacio eran un bálsamo. Cada palabra que escuchaba lo conectaba más con la realidad, alejándolo poco a poco de la oscuridad que había empezado a envolver su mente.

—¡Aguanta! —gritó uno de los rescatistas—ya casi, solo un poco más.

Los escombros cedieron con un estruendo, y en ese preciso momento, Juan sintió una ráfaga de aire fresco. Un brazo fuerte emergió de la brecha, y lo sujetó con firmeza. El contacto con la mano del rescatista fue como un cable a tierra que lo arrancó de su desesperación. En ese instante, la esperanza dejó de ser una abstracción; se convirtió en algo tangible, tan real como la luz que cegaba sus ojos y el aire fresco que llenaba sus pulmones. Cuando Juan salió, sus ojos, todavía nublados por el polvo y el cansancio, apenas podían comprender lo que veía. La devastación era peor de lo que había imaginado, como si un gigante dormido hubiera despertado y arrasado con todo a su paso. Las estructuras que alguna vez fueron hogares, negocios y sueños ahora eran montones de ruinas. El paisaje que lo rodeaba era un mosaico de devastación: calles que ya no llevaban a ninguna parte, ventanas destrozadas que parecían ojos vacíos, y escombros que contaban historias de vidas interrumpidas.

A su alrededor, las personas se abrazaban y lloraban, mientras otras caminaban en silencio, como si el peso de lo ocurrido hubiera robado incluso las palabras. Su mente comenzó a construir escenarios aún más oscuros, llevándolo a imaginar cómo habría terminado todo si no hubieran encontrado aquel refugio en la librería. El pensamiento le hizo temblar y, por un instante, sintió que las lágrimas brotaban sin control. Era un llanto mezclado de alivio y gratitud, una plegaria silenciosa a Dios por haber permitido que tanto él como Emy hubieran salido de aquel lugar que, paradójicamente, se convirtió en su salvación. Mientras se apoyaba contra el muro, sintió el peso de todo lo vivido. Cada crujido, cada sombra, cada instante de silencio opresivo parecía haber dejado una huella indeleble en su alma. Se preguntó si algún día podría ver el mundo de la misma forma o si, como los edificios a su alrededor, sintió que algo dentro de él había quedado irremediablemente roto. La voz de «el Chino» resonó en sus oídos con un tono de urgencia y alivio.

—¡Lo tenemos! —gritó.

Juan dejó que lo arrastraran hacia un sitio estable, fuera de peligro, sus ojos nublados por el polvo y el cansancio. Cuando finalmente estuvo fuera, el alivio le hizo temblar. Se sentó, apoyándose contra un muro caído, mientras sentía que sus fuerzas se desvanecían. El aire del exterior era más fresco, pero también abrasador, como si su cuerpo hubiera estado atrapado en un infierno subterráneo.

El bullicio de los rescatistas y el aire libre deberían haber sido suficientes para llenar ese vacío, pero la falta de Emiliana era un peso que no podía ignorar. Mientras los abrazos y las felicitaciones lo rodeaban, Juan se sentía desconectado, como si una parte de él todavía estuviera atrapada bajo los escombros junto a ella.

El rostro de Juan se crispó, buscando entre las sombras, por un instante esperando ver a Emy. Un inexplicable peso lo invadió, y no podía evitar preguntarse, aunque no lo dijera en voz alta, si ella estaría bien también. Pero esa duda fue reemplazada rápidamente por la seguridad de saber que había sido rescatada antes que él y que, con toda seguridad, su familia la estuvo siempre buscando y seguramente ya se habría encontrado con ellos. Sin embargo, por más que lo intentó, no pudo evitar sentir el hueco que dejó la ausencia de ella a su salida. ¿Dónde estaría? ¿Por qué no la había visto entre los rescatistas? Cada rostro que pasaba frente a él era una pequeña puñalada de incertidumbre. ¿Y si algo había salido mal? ¿Y si Emiliana no estaba a salvo, como asumía? Juan se obligó a aferrarse a la idea de que ella estaría bien, pero las sombras de la duda eran difíciles de disipar. Mientras se dejaba llevar por los abrazos de rescatistas y gente que ayudaba, su mirada seguía buscándola, recorriendo cada rincón en busca de una señal de ella. Pero no estaba. Y aunque quería creer que ya estaba a salvo, una punzada de incertidumbre lo atravesó. ¿Y si el caos los había separado para siempre? Juan se obligó a respirar profundamente, tratando de sofocar los pensamientos que se arremolinaban en su mente, pero el vacío que ella había dejado era como un eco que no podía ignorar.

Uno de los rescatistas, con tono cansado pero creyendo reconocer la confusión de Juan, le dio una palmada en el hombro.

—Tu familia está aquí, tranquilo, ya todo va a estar bien —dijo, como una afirmación más que una pregunta.

Juan asintió, aunque en su mente recorría la imagen de Emiliana, mientras que con sus ojos no dejaba de buscarla, esperándolo como le había dicho antes de salir. En su pecho, una promesa no dicha seguía latiendo: encontrarla de nuevo. No sabía cómo ni cuándo, pero algo dentro de él se resistía a aceptar que sus caminos se habían separado definitivamente.

La esperanza, frágil pero persistente, era lo único que lo mantenía en pie. También él se dejó abrazar por los suyos, dejando que el peso de las emociones finalmente se desvaneciera con el viento fresco del exterior. En medio del abrazo de su familia, Juan se dio cuenta de lo frágiles que eran todos, como hojas arrastradas por el viento. Pero también entendió que esa fragilidad era lo que los hacía humanos: la capacidad de quebrarse y, sin embargo, encontrar la fuerza para seguir adelante.

Capítulo 7

LA ESPERA
Emy

El regreso a Nabocampo fue como caminar bajo una sombra que se alargaba con la nostalgia. Cada rincón de la ciudad parecía más vacío, como si las calles y las paredes guardaran los ecos de lo sucedido. Emiliana caminaba con la esperanza de que, al llegar a casa, encontraría un sobre blanco entre las cartas del día, una carta de Juan. O tal vez sería ese el momento en que el teléfono sonaría con la llamada que tanto esperaba. Los domingos la inquietud la dominaba aún más, pues sabía que las tarifas telefónicas eran más económicas, y confiaba en que, al menos entonces, recibiría noticias suyas. Mientras tanto, su mente no dejaba de evocarlo, aferrándose a los recuerdos como si fueran un salvavidas en medio de la incertidumbre.

Los rincones de la ciudad parecían susurrarle historias de lo que había perdido. Los colores de las fachadas, antes vivos y familiares, ahora se sentían como un mural desteñido por el tiempo y la tragedia. Incluso el aire parecía más pesado, cargado de una melancolía que se adhería a la piel como una segunda capa.

Al final de la jornada escolar, se sentaba en su habitación, abrazando su guitarra, con la esperanza de que su música llenara los vacíos que el silencio de la espera dejaba. Pero más que un refugio, la guitarra era un recordatorio de su primer beso, el momento en que, entre los escombros, Juan y ella se habían unido en un acto de valentía y miedo. Ese dije de estrella que había quedado atrapado bajo los escombros también estaba ahí, en sus pensamientos, como una marca indeleble. Ya no lo tenía consigo, pero había atesorado su recuerdo en su corazón, con la promesa de mandarse a hacer uno lo más parecido en cuanto tuviera manera, como un homenaje a ellos. Sin embargo, lo que sí hizo fue sacar de oído la música de Pandora, para tener ese vínculo que entre ellos existía.

Emiliana empezó a escribir un diario. En realidad, eran cartas dirigidas a Juan, que nunca serían enviadas ni leídas por nadie, pues no tenía dirección alguna, pero que sentía necesarias, como si de alguna manera pudieran conectarla con él. Las palabras fluían como un río, expresando su gratitud, su admiración por él, y la creciente certeza de que lo amaba. Las páginas se convertían en un espejo donde reflejaba sus miedos, sus anhelos y una esperanza que se resistía a apagarse. Las palabras que escribía eran tanto una plegaria como un grito al vacío, buscando que, de alguna manera inexplicable, él pudiera escucharlas. Terminaba siempre con un suspiro largo, una mezcla de esperanza y desesperanza.

En su habitación, a menudo se encontraba con su madre, Amanda, quien intentaba consolarla sin poder entender por completo la magnitud de lo que sucedía en la mente de su hija. Amanda se encontraba muy preocupada ya por la salud de Lorenzo, su esposo, quien después de haber tenido a su hija perdida esos días bajo los escombros, empezó a tener problemas que pensaba ella eran del corazón. Lo último que necesitaba era que a Emiliana le surgiera un problema mayor.

—Emy, ¿has comido algo? —le preguntó su madre un día, mientras entraba con un plato de sopa.

—No tengo hambre, Mamá. Estoy esperando —Emiliana respondió sin levantar la vista de su diario.

—No debes pasar la vida esperando, eres joven y tienes mucho por delante.

—Mamá, tú no entiendes... —y sus ojos se llenaban de lágrimas.

Si bien Amanda no entendía lo que era pasar días en una situación como su hija lo había hecho, sí entendía lo que era el duelo de la pérdida del primer amor, pues ella también, como todas las mujeres, había pasado por eso y sabía que era cuestión de tiempo. Lo que sí sospechaba era que su amigo Juan, del que Emiliana les había platicado un poco y que seguramente a Nanavita le había contado a detalle, no había salido con vida. En su corazón de madre no se atrevía a decírselo, como tampoco decir que estaba feliz de que fuera Emiliana quien se había salvado.

—Hay cosas que entiendo, Emy, y si me necesitas aquí estoy.

Amanda suspiró viendo la preocupación en los ojos de su hija, se dio la vuelta y decidió salir de la recámara. En ese momento, Nanavita, con su sonrisa reconfortante, estaba por entrar al cuarto.

—Te la encargo, Nana, la veo muy triste y no sé qué hacer.

—No te preocupes y cuenta con ello, sabes que ella es la niña de mis ojos.

Nanavita y Emiliana tenían una conexión especial que la primera sabía a la perfección y la segunda lo intuía. Nanavita tenía un tipo extraño de clarividencia: sabía qué personas eran trascendentales y qué situaciones debía cuidar. Sabía perfectamente que Juan sería una persona muy importante y decisiva en la felicidad de Emiliana. Era ese sexto sentido el que le permitía entrever los hilos invisibles del destino, y el de Emiliana estaba entrelazado con el de Juan de una forma que ella no podía ignorar. Había algo casi místico en la forma en que Nanavita parecía sentir las corrientes del futuro; no era algo que pudiera explicar, pero lo veía con una claridad que otros nunca podrían comprender. Su don, o tal vez su maldición, era esa capacidad de presentir las tormentas antes de que llegaran y de vislumbrar los destellos de esperanza cuando todos los demás estaban cegados por la oscuridad.

Sin saber a ciencia cierta el qué ni el cómo, tenía la certeza de que tenía que esperar y que cuando el día llegara, ella estaría ahí para su niña. También sabía que no moriría sin haber cumplido esa misión. Emiliana sentía una gran conexión con ella; era su confidente y su refugio.

—¿Y si vamos a la plaza, mi niña? Un poco de aire fresco te vendría bien, y también un poco de sol, ¿no crees? —sugirió, sentándose junto a Emiliana y acariciando su cabello.

Emiliana sonrió débilmente, asintiendo.

—Tal vez. Solo... tal vez... pronto.

—Sí, mi niña, no desesperes. Aquí adentro yo siento que todo va a estar bien y llegará el día en que tengas noticias.

Creía en las palabras de su nana como si fueran ley, pero, por dentro, no podía dejar de desesperar. En el fondo de su corazón, sentía que cada día sin noticias de Juan la alejaba más de él, aunque su amor no hacía más que crecer.

Nanavita observaba a Emiliana en silencio, con una ternura que solo la gente sabia posee. Sabía que la joven había pasado por mucho, pero también veía que su corazón, aunque roto, seguía siendo fuerte. Ella se había convertido en su confidente desde su infancia. Era la única que conocía los más profundos sentimientos de la joven.

Cada detalle sobre lo vivido bajo los escombros, el primer beso robado, las promesas silenciosas de que alguna vez se volverían a encontrar, todo eso lo tenía en su corazón. No había persona con la que Emiliana pudiera compartir el peso del amor y la angustia que sentía por Juan; cuando se trataba de hablar de él, solo a Nanavita le confiaba sus pensamientos más íntimos.

La conexión entre Emiliana y Nanavita no era solo de palabras; era un puente emocional construido con años de confianza y amor incondicional. Nanavita era la guardiana de los secretos más profundos de Emiliana, y también la testigo de la fortaleza que su niña aún no sabía que tenía.

Las cartas que Emiliana escribía en su diario, esas en las que vertía todo su dolor, sus sueños y su amor, no eran secretas para la nana. Aunque no las leía, sabía de la devoción con la que las escribía. Ella había cuidado de su niña toda su vida; conocía su naturaleza. A veces, la joven lloraba mientras escribía, mientras relataba lo que sentía por Juan, cómo lo extrañaba, cómo lo amaba. Y la nana, como siempre, estaba allí, con la palabra justa, la caricia reconfortante, o simplemente un abrazo en silencio. Ni siquiera Luu, la mejor amiga de Emiliana, sabía todo lo que había ocurrido bajo los escombros. Ni siquiera ella conocía la magnitud del amor que había encontrado en Juan, ni lo fuerte que había sido la conexión entre ambos.

Nanavita sabía que Emy seguía escribiendo a Juan, aunque la respuesta nunca le llegaba. Sabía que su alma estaba atrapada entre el amor y la esperanza, luchando por mantener la fe. Y aunque a veces se preguntaba si el destino había sido cruel, también creía, como lo hacía Emiliana, que algún día encontrarían el camino el uno hacia el otro.

6 de diciembre de 1985

Querido Juan,

No sé cómo empezar. Han pasado algunas semanas desde que regresé a casa, y aún no he recibido noticias tuyas. A veces siento que todo esto es un sueño, pero cuando despierto, tú sigues aquí, en mi cabeza, en mi corazón. Nunca olvidaré ese primer beso, ni cómo me sentí al estar tan cerca de ti, creyendo que esos serían nuestros últimos momentos. Ahora, me aferro a esos recuerdos, a cada palabra que intercambiamos, a cada gesto que me hizo sentir que todo iba a estar bien.

He comprado el disco de las pandoras, y la canción 'Cuando no estás conmigo' es mi favorita. Me hace pensar en ti cada vez que la escucho. Sé que no te lo dije antes, pero ese día que me regalaste la estrella, sentí que el mundo se detenía por un momento. Te extraño mucho, Juan, más de lo que creí posible.

Sé que ha pasado tiempo y aunque no tengo noticias tuyas no pierdo la fe. Pero a veces, en medio de la espera, pienso que quizás ya no estás aquí... que no lograste salir de los escombros. Me cuesta aceptarlo, sigo esperando. Tal vez el destino nos ha separado, pero nunca voy a olvidar lo que vivimos.

Espero verte pronto o, al menos, recibir una señal

de que estás ahí. Hasta entonces, seguiré
escribiéndote, como si pudieras leer esto algún día.

Emy

P.D. Acabo de cumplir diecisiete años. Te dije que
tenía esa edad bajo los escombros, porque no quería
que me consideraras una niña (de hecho, cumplí los
diecisiete el 24 de septiembre). Mi familia estaba tan
feliz de tenerme de regreso en casa que quisieron
celebrarlo en grande, pero al final solo acepté un
sencillo pastel, acompañado de mi familia y Luu, que
ha estado conmigo en todo momento. Aunque me
siento inmensamente feliz y agradecida con Dios, con
la vida, contigo... aún me siento en shock, triste... y
si soy honesta, con quien más hubiera querido
celebrar es contigo.

Los días pasaron y, aunque Emiliana se esforzaba por seguir con su vida, no dejaba de escribir a Juan. A veces, durante la clase de historia, se encontraba perdida en pensamientos sobre lo que él le había contado acerca de sus sueños de ser arqueólogo. Esas cartas eran más que palabras; eran intentos de cristalizar un amor que el tiempo y la distancia parecían erosionar. Cada línea escrita era un desafío a lo efímero, una declaración de que incluso lo intangible podía resistir si se aferraba con suficiente fuerza.

Su escuela, el Colegio Pestalozzi, no solo era de puras niñas, sino que estaba dirigida por misioneras marianas, quienes eran muy estrictas en su disciplina y enseñanzas. Les hablaban constantemente de fe, esperanza y devoción, pero Emiliana no podía evitar preguntarse si, algún día, esa misma fe que le habían inculcado sería puesta a prueba, especialmente cuando pensaba en su conexión con Juan. Aunque se aferraba a su recuerdo, no dejaba de preguntarse si la vida, con sus imprevistos, le haría dudar de lo que había sentido.

La fe era como un hilo tenue y delicado que la sostenía al borde del abismo, pero también un peso invisible que amenazaba con romperse en cualquier momento. ¿Cómo reconciliar esa esperanza que le enseñaron con la incertidumbre de lo que no podía controlar? Creer no era una tarea sencilla; era un acto constante de resistencia contra el vacío de no saber.

Una tarde, mientras estaba sentada en la cafetería de la escuela, su amiga Luu se acercó con una mirada curiosa.

—¿Emm, qué te pasa? Estás diferente —preguntó suavemente, con una mezcla de preocupación y ternura.

Emiliana levantó la vista. Sus ojos tenían un brillo melancólico que no podía disimular.

—Es que... no sé nada de Juan —confesó, sintiendo cómo su corazón se encogía al decir su nombre en voz alta.

Luu la miró, sin saber qué responder al principio. Sabía que Juan significaba mucho para Emiliana, pero también entendía que, aunque no lo dijera, la esperanza de que él estuviera vivo se desvanecía con el tiempo. Trató de recordar algo parecido que ella hubiera vivido para darle ánimos.

—Sé que estás mal, Emm, y no sé qué decirte para que te sientas mejor. Pero, oye, si Juan es el bueno, él volverá. Y si no... bueno, duele, pero te prometo que un día dolerá menos. Me pasó con Mickey, ¿te acuerdas? Aquél del verano en Veracruz. Juré que no iba a superarlo, y ahora ni me acuerdo de qué color tenía los ojos —dijo Luu con una pequeña risa, intentando aligerar el momento.

Emiliana asintió, pero su mirada seguía fija en algún punto lejano, luchando contra la incertidumbre.

—No es lo mismo, Luu... simplemente no lo es —respondió Emiliana con un hilo de voz, evitando su mirada mientras se limpiaba las lágrimas con la manga. Luu entendió el mensaje sin necesidad de más palabras y se inclinó para abrazarla con fuerza. Cuando lo hizo, Emiliana sintió un alivio tenue, como si por un momento el peso de su angustia pudiera compartirse. No era la solución, pero ese pequeño gesto le recordaba que no estaba completamente sola, que incluso en el dolor, la amistad podía ofrecer un refugio temporal.

—Lo sé, Emm. No es lo mismo. Pero, sea como sea, aquí estoy, ¿okey? No voy a dejarte sola con esto.

Ambas se abrazaron, y aunque el dolor de Emiliana no desapareció, el gesto de su amiga le dio un breve consuelo. Luu había sido su compañera desde que Emiliana llegó a Nabocampo, cuando aún hablaba un español medio pocho. Su amistad siempre había sido única: Luu era de las pocas que conocía el verdadero nombre de Emiliana: Emily Anne Sapp-Haza. Sus padres, en un acto de creatividad que no estuvo exento de consecuencias, decidieron unir sus apellidos, Sapp y Haza, formando un único apellido que, al pronunciarse, sonaba inevitablemente a «Zapata». Así nació el sobrenombre de «La Zapata», en referencia al «caudillo del sur» de la revolución mexicana.

Habían sido las madres del colegio quienes le empezaron a nombrar como Emiliana, quizá por facilidad, quizá por escucharlo de otras niñas durante el recreo o a la salida de clases o quizá por indicaciones de sus papás, no lo sabía, pero ya era así como todos la conocían, como quien dice su nombre real.

Luu jamás la llamó «La Zapata». Para ella, siempre fue simplemente Emm, un apodo íntimo y único, que reflejaba la conexión especial entre ambas. Emiliana le correspondía llamándola Luu, un código privado que solo ellas entendían, como si cada apodo encapsulara la esencia de su amistad. Con frecuencia, Luu se burlaba con cariño:

—¿Qué esperabas, Emm? La vida te puso ese nombre en bandeja, y para colmo te fascina la historia de México. Zapata y Madero son tus ídolos. ¡Es como si estuviera destinado! Emiliana se ponía roja de inmediato, incapaz de contener una risa nerviosa, mientras ambas reían a carcajadas.

—Ándale, vamos a la tienda. Estoy segura de que tienen el disco de Pandora. Lo compramos, nos aprendemos las canciones y luego pijamada en mi casa —dijo Luu con entusiasmo, tratando de distraerla.

Emiliana soltó una pequeña risa y aceptó.

—Está bien, me convenciste. Pero tú pagas —bromeó, intentando recuperar algo de su energía.

Ambas salieron corriendo hacia Disco Mundo, la tienda de música más completa de la ciudad, con el corazón aún joven e inocente y lleno de sueños. Pasaron la tarde cantando y abrazando cojines mientras se aprendían las canciones de Pandora, Chayanne y Emmanuel. Eran momentos que les recordaban que, aunque la vida podía ser cruel, aún había espacio para la amistad y la alegría.

Sin embargo, Emiliana seguía esperando frente

al teléfono, creyendo que tal vez ese sería el día en que escucharía la voz de Juan al otro lado. Cada domingo frente al teléfono, enfrentaba una batalla interna entre la esperanza y la resignación.

Los días pasaban como hojas al viento, incontrolables, y cada segundo de silencio parecía alargar el abismo que los separaba. Pero en el fondo, su fe en ese vínculo era un faro, iluminando incluso los rincones más oscuros de su incertidumbre.

Capítulo 8

LA LUZ QUE NOS UNE
Juan

Las luces de la ciudad parecían menos intensas esa noche, como si compartieran su melancolía. La tenue iluminación contrastaba con el bullicio usual de las calles, ahora amortiguado, dejando en el aire una calma que invitaba a reflexionar. Juan cerró la puerta de su habitación y se recostó en la cama, con la vista fija en el techo. La dirección de Emiliana, escrita con lápiz en un papel arrugado, descansaba sobre la mesita de noche. Había leído esas líneas tantas veces que podía recitarlas de memoria, aunque algunas palabras eran ilegibles y dos números en el teléfono estaban ausentes, como un rompecabezas que no lograba completar.

El lápiz había dejado trazos tan débiles que, a pesar de su esfuerzo por reforzar las letras con tinta, los espacios en blanco seguían siendo un misterio. El papel parecía un relicario de esperanza y frustración, cada línea borrosa un recordatorio de lo cerca que podía estar Emy y, al mismo tiempo, de lo inalcanzable que parecía. Cada vez que intentaba descifrar el papel, una mezcla de frustración y obstinación lo invadía. Era como si el papel, con su información incompleta, se burlara de su determinación, recordándole constantemente lo cerca y lo lejos que estaba de Emiliana. Llevaba semanas intentando llamar al número. Había marcado todas las combinaciones posibles, anotando cuidadosamente en una libreta los números que probaba para no repetirlos. Cada llamada que terminaba en una voz desconocida o en un tono ocupado era un recordatorio frustrante de la distancia que los separaba.

Por las tardes, después de la escuela, tomaba el teléfono y se encerraba en su habitación. A veces, las combinaciones que marcaba daban resultados insólitos. Una vez habló con una señora que vendía tamales en Nogales, cuya voz amable lo hizo desear quedarse un poco más en esa conversación ficticia, aunque fuera solo por educación; otra vez, con una familia en Hermosillo que estaba convencida de que era un estafador. Pero ninguna de esas voces era la de ella.

Un día, habiendo terminado ya muy tarde con todas sus tareas y ocupaciones de casa, decidió que marcaría aunque fuera solo otro número más. Esperó, con la respiración contenida, pero una voz masculina le respondió con tono cortante.

—¿Y usted quién es? Aquí no vive ninguna Emy y es muy tarde para andar llamando jovencito.

Juan colgó, sintiendo el peso del desánimo una vez más. En la mayoría de las ocasiones, simplemente nadie contestaba, lo cual lo frustraba, pero él mismo sabía que responder a números desconocidos no era para nada aconsejable. La mayoría de las veces, solo eran una pérdida de tiempo, como si el universo, en su propio juego caprichoso, pusiera pequeñas barreras entre él y Emiliana, obligándolo a cuestionar su perseverancia.

—¿Por qué no dejas eso ya, Juan? —le dijo su madre un día, preocupada por el tiempo que dedicaba a algo que parecía un callejón sin salida.

—Porque no puedo —respondió él, con la mirada fija en el papel.

No era algo que pudiera explicar. Emy no era solo un recuerdo; era un punto luminoso en medio de todo el caos. En las noches, cuando el resto de su familia dormía, subía al techo de su casa. Desde ahí, contemplaba las estrellas, algo que había comenzado a hacer desde que ese símbolo era como una conexión especial entre él y ella. El cielo, inmenso y eterno, le daba la sensación de que, de alguna manera, ambos podían estar mirándolo al mismo tiempo, conectados a través de esa vastedad. Cerraba los ojos y la recordaba, tratando de revivir sus conversaciones para sentirla tan cerca como el día que, bajo los escombros, la escuchó atentamente describiéndole lo que tanto amaba. Le hablaba con pasión sobre el río Mayo serpenteando cerca del colegio Pestalozzi y la plaza con sus árboles altos que parecían tocar el cielo. También mencionaba la Parroquia, el lugar donde encontraba paz, y la casa de su Nanavita, donde siempre la recibía con una sonrisa que reflejaba el calor de un hogar. Cada detalle era un hilo que lo conectaba a ella, intensificando su deseo de volver a estar juntos.

Bajo ese cielo infinito, Juan sentía que las estrellas no eran solo puntos de luz, sino mensajeras que llevaban sus pensamientos hasta Emiliana. Cada destello parecía una respuesta silenciosa, una señal de que ella también pensaba en él, aunque estuvieran separados por kilómetros de distancia.

Recordaba también los pequeños roces que compartieron, primero accidentales por el espacio reducido que los obligaba a estar cerca, pero que poco a poco se transformaron en gestos cargados de intención. La forma en que su mano se acercaba tímidamente a la de Emy, buscando contacto como un refugio en medio del desorden, era un recuerdo que le aceleraba el corazón. Sus gestos, aunque simples, eran un lenguaje que iba más allá de las palabras, una forma de reafirmar que, incluso en la desesperación, no estaban solos.

No podía olvidar lo que su tono de voz le provocaba: esa mezcla de calma y electricidad que recorría todo su cuerpo cuando ella hablaba, incluso en los momentos más difíciles.

El simple hecho de despertar a su lado, a pesar de las terribles circunstancias, había sido un consuelo inesperado. Cada mirada compartida, cada susurro para no atraer el peligro de un nuevo derrumbe, eran ahora para él fragmentos preciosos de un amor naciente. Era como si ese beso hubiera dejado una marca indeleble en su alma, una promesa silenciosa que resonaba con cada latido de su corazón. En medio de la oscuridad y el caos, ese instante había sido su ancla, un punto de luz que lo guiaba incluso ahora, en la incertidumbre de la distancia. Era algo puro, inocente, pero tan poderoso que le daba fuerzas incluso en los días más grises.

El deseo de ir a Sonora lo llenaba más con cada día que pasaba, pero su familia se mantenía firme en su negativa a dejarlo ir. No era solo por su edad o por el dinero que implicaba un viaje; era algo más profundo, un temor que aún latía en el corazón de todos desde los días del terremoto.

Durante esos interminables días en los que Juan estuvo atrapado, su familia había vivido con la angustia de no saber si estaba vivo o muerto. El sonido del teléfono les provocaba escalofríos, y cada llamada que atendían con la esperanza de buenas noticias era un golpe cuando no era él. Esa experiencia dejó marcas invisibles que condicionaban cada decisión.

—Ya nos tocó perderte una vez, Juan. No quiero volver a pasar por eso —le dijo su madre una noche, cuando él intentó convencerla de nuevo.

—No tienes edad para andar viajando por todo el país —le decía su padre—, y menos por una chica que apenas conociste.

Lo decían como si lo que había vivido con

Emiliana fuera pasajero, algo que desaparecería con el tiempo. Pero para él, cada recuerdo era un ancla. Pensaba en ella al caminar por la ciudad, cuando escuchaba música, o incluso en el trabajo que había conseguido los fines de semana, guiando a niños en excursiones. La naturaleza le daba una sensación de paz que se parecía a lo que había sentido los días con la cercanía de ella.

Juan entendía el miedo de su familia, pero eso no hacía más fácil aceptar sus argumentos. Para él, el amor que sentía por Emiliana era como una brújula que lo dirigía a un destino ineludible, algo que ni el tiempo ni las adversidades podían desviar. Sin embargo, para ellos, la vida era demasiado frágil como para enfrentarse nuevamente a los imprevistos que podían llevarse a alguien amado sin previo aviso.

Y aunque las semanas pasaban y la vida parecía volver a la normalidad, Juan no podía ignorar que, cada noche, al cerrar los ojos, la veía. Una noche, mientras estaba de trabajo con un grupo, después de una caminata larga, Juan y los niños se acostaron sobre el pasto para observar el cielo. El aire limpio del bosque hacía que las estrellas brillaran con una nitidez que en la ciudad parecía imposible. Fue entonces cuando una estrella fugaz cruzó el firmamento. Los niños gritaron emocionados, pero Juan se quedó en silencio, con la mirada fija en ese destello. Para los niños, era un juego, un deseo fugaz que pedirían y olvidarían al instante. Pero para Juan, esa estrella fugaz era un recordatorio de que los momentos más hermosos a menudo eran los más efímeros. Su corazón se aferró a ese destello como si fuera un hilo invisible que lo unía a Emy, una promesa de que algún día sus caminos se cruzarían de nuevo.

En su mente, la figura de Emiliana apareció como si estuviera frente a él: su cabello ligeramente revuelto, moderadamente ondulado y de color café claro. Su tez apiñonada clara, o al menos así parecía bajo la luz de su linterna. Sus ojos grandes y expresivos hablaban sin necesidad de palabras. Su nariz recta y su boca de labios medianos formaban un rostro lleno de armonía. Emiliana era delgada y de poca estatura, y aunque su apariencia podía dar la impresión de fragilidad, también irradiaba una fortaleza silenciosa que lo había inspirado a seguir adelante incluso en los momentos más oscuros.

Sus ojos iluminados por el reflejo de la linterna, su cabello ligeramente despeinado y esa sonrisa que parecía desafiar al miedo completaban una imagen inolvidable. Cada vez que la recordaba, su corazón latía con más fuerza, como si reviviera no solo su rostro, sino también la determinación que compartieron en medio de la adversidad. Esa imagen no era solo un recuerdo; era una promesa silenciosa de lo que él debía recuperar.

Las estrellas de Sonora son las más hermosas, —recordó que le había dicho en una de sus conversaciones. En ese instante, tomó una decisión. Empezaría a ahorrar cada peso que ganaba en el trabajo, sin importar cuánto tiempo le llevara.

Algún día viajaría hasta Sonora y la encontraría.

Esa noche, antes de dormir, Juan cerró los ojos y dejó que su mente volara hasta ella. Recordó cómo sus voces se entrelazaban bajo los escombros, el roce de sus manos en los momentos de mayor miedo, y ese beso inesperado, que sabía que no había sido un adiós sino un inicio. *Te voy a encontrar, Emiliana, lo prometo,* —fue su último pensamiento.

2 de enero de 1986

Querido Juan,

Feliz Año Nuevo, donde sea que estés. Aquí lo celebramos con la familia, pero me sentí tan distante de todos. Te imaginé conmigo, sentado junto al fuego, escuchando a Nanavita contar alguna de sus historias del pasado.

A veces no sé por qué escribo estas cartas, tal vez sea porque al hacerlo siento que de alguna forma puedo llegar a tus pensamientos, como tú llegas a los míos. Sigo pensando en nuestro tiempo juntos, en las palabras que compartimos y en la fuerza que encontré en ti. Recuerdo tu mirada cuando hablamos de lo que nos apasionaba: tú, con tus sueños de ser arqueólogo, y yo, con mi amor por los libros y las historias. Nunca te dije lo importante que fue para mí escucharte, saber que alguien tan valiente y amable compartía ese momento tan aterrador conmigo.

Sin embargo, no puedo evitar sentir que el tiempo nos está separando cada vez más. Cada día sin saber de ti me pesa más. A veces me consuelo pensando que estás bien, ocupado con tu familia o reconstruyendo tu vida. Otras veces, tengo miedo de que...

No puedo terminar esa idea, Juan. No quiero. Pero no me daré por vencida. Le pedí a mi abuelo que me enviara un directorio telefónico del DF como mi regalo de Navidad, y me acaba de llegar... ¡Es enorme!

Tanto el directorio como las páginas amarillas. Deberías ver el de aquí, te ibas a reír. El caso es que he decidido empezar a llamar a todos los Juan Pérez que estén enlistados, o los Juan Francisco Pérez, porque aunque no te lo pregunté, me imagino que te pusieron el nombre de tu papá. Siento que tendré suerte.

Te extraño, te extraño tanto, pero me despido con ilusión,

Emy

P.D. Bueno, solo podré hablarte los domingos, cuando las llamadas a larga distancia son más baratas, y las que pueda hacer con mis ahorros. Aunque estoy segura de que Nanavita me echará una manita. Besos.

Capítulo 9

FLORES DE JUAN
Emy

Durante las primeras semanas de 1986, la familia de Emiliana comenzó a vivir días envueltos en una incomodidad palpable. La frialdad del invierno parecía extenderse más allá de lo climático, como un reflejo del desasosiego que comenzaba a asentarse entre las paredes de su hogar. El aire gélido filtrándose por las rendijas de las ventanas parecía instalarse también en sus corazones, mientras la rutina diaria adquiría un peso más denso. Cada noche, la chimenea crepitaba en un esfuerzo por calentar el ambiente, pero el frío parecía inmutable, como si se resistiera a abandonarlos.

Fue en ese ambiente que comenzaron a surgir las primeras señales de que algo no marchaba bien en casa. Su papá, quien siempre había sido el pilar de fortaleza de la familia, parecía haber cambiado. Ya no era el mismo hombre de carácter firme y energía inquebrantable que todos conocían. A pesar de que nunca lo dijo abiertamente, sus gestos se tornaron más apagados, su semblante más sombrío. En las conversaciones familiares, él respondía con menos entusiasmo y su mirada, a veces perdida en el horizonte, reflejaba una fatiga que no podía disimular.

Por las noches, Emiliana observaba cómo su papá se quedaba dormido más temprano de lo habitual, con un gesto de agotamiento que contrastaba con su imagen habitual. Las cenas, que antes eran un espacio de risas y anécdotas, ahora se llenaban de silencios incómodos. Incluso su madre, Amanda, intentaba mantener el ánimo con conversaciones triviales, pero el vacío emocional se hacía evidente.

Ha de ser solo el cansancio, —pensaba Emiliana al principio, y sin mencionarlo, trató de convencer a su madre de que su papá simplemente estaba sobrepasado por el trabajo. Pero pronto empezaron a ocurrir cosas extrañas. El hombre que siempre había sido robusto, de manos firmes y risa fuerte, comenzó a quejarse de cosas inexplicables, de cualquier nimiedad. Lo que antes le parecía un motivo para reír o ignorar, ahora parecía molestarle profundamente. Últimamente, todo era motivo de queja, como si el peso del mundo lo aplastara. Sólo en alguna ocasión aceptaba que algo físico también lo atacaba, como si quisiera esconder bajo un «mal humor» un poco de «mala salud».

—Debe ser angina de pecho —decía a veces, tratando de restarle importancia—. Mi abuela también la tenía y no era de cuidado.

Pero Emiliana pensaba que no era algo tan simple, aunque su papá insistiera en minimizarlo.

Las tardes frías de enero pasaron con un aire tenso, como si algo inminente estuviera por suceder, pero nadie se atrevía a hablar de ello. La rutina de la familia parecía una cuerda tensa a punto de romperse, y cada día se sentía como un eco prolongado de la incertidumbre.

Era el último semestre de la prepa para Emiliana y sus amigas. La vida parecía seguir su curso habitual. Su grupo de amigas, que se hacían llamar «Las *Jeunesses*» por su afán de sentirse un grupo único e irrepetible, solían reunirse en el patio durante los recesos. Esa mañana, como muchas otras, platicaban sobre el futuro, como si pudieran despejar todas las incógnitas que rondaban sus cabezas con un par de risas y bromas.

—Yo ya sé lo que quiero—, dijo Luu, con su habitual tono seguro. —Voy a estudiar para ser maestra de kínder, y después, cuando me case, ya tendré experiencia con niños. Me iré a vivir a un lugar con playa con mi marido, tendré una vida tranquila. ¿Qué más se puede pedir?

—Pero si ni siquiera andas de novia—, le refutó Meche.

— ¡Eso es lo de menos! —dijo Luu entre risas—. Hay tiempo para todo. Ya verán que seré la primera en cumplir mis planes, y me invitarán a sus bodas soñando con ser como yo.

Todas rieron, algunas asintieron, y las pláticas siguieron de manera simple y clara. La verdad es que muchas de ellas no sabían qué estudiar aún, y el tema del matrimonio parecía ser el que más las unía. Algunas, como Eugenia, soñaban con ser amas de casa, cuidando a sus hijos y al esposo.

—No necesito ser alguien importante para ser feliz—, dijo una vez Irma, mientras jugueteaba con su cabello.

—Eso dices ahora, Irma —intervino Claudia—, pero espérate a ver si no te hartas cuando lleves tres días cambiando pañales.

Las risas explotaron entre las amigas, pero Emiliana se mantenía en silencio, sus pensamientos navegando lejos de esas bromas.

Emiliana escuchaba en silencio, aunque en su mente surgían otras ideas. Medicina, tal vez. Algo que le permitiera ayudar a los demás. O historia, esa disciplina que tanto la apasionaba. Pero no decía nada. A veces se sentía fuera de lugar, rodeada de certezas ajenas a su propio mundo. Se mantenía al margen de esas conversaciones sobre casarse o tener hijos, porque sabía que, en el fondo, no pensaba como las demás. Su mente se debatía entre sus pasiones y el peso de un futuro incierto. No quería ser como las otras, pero tampoco estaba segura de poder escapar de lo que muchas consideraban el destino natural de toda mujer.

Entonces, la conversación dio un giro y comenzaron a hablar de quién sería la primera en casarse, la primera en ser mamá, y la primera en titularse.

—Apostemos—, dijo Luu con una risa traviesa.

—Yo apuesto que tú, Gaby, vas a ser la primera en casarte. Tienes cara de enamorada—, dijo Vero.

Las demás rieron, pero algo en la manera en que hablaban de esos temas le daba a Emiliana la sensación de que todas estaban empujadas a seguir el mismo guion, el mismo ritmo que la sociedad esperaba de ellas. Los días bajo los escombros la habían cambiado; ahora veía la vida con otros ojos, cuestionando caminos que antes parecían inevitables. Después, la conversación se desvió hacia el Día de San Valentín que se acercaba, y las chicas comenzaban a especular sobre quién les enviaría flores.

—¡Seguro que la Irma recibe flores! —Insistió Claudia, señalándola con picardía—. Porque sabemos que ese «alguien» no va a dejar pasar la oportunidad.

—Ay, ya dejen de molestarme —respondió Irma sonrojada—. Ustedes hablan mucho, pero quiero ver si alguien las sorprende a ustedes primero.

—Todas sabemos que ese... bueno, no diré su nombre, pero digamos que es muy alto y que no es ningún secreto que lo tienes comiendo de tu mano. Te va a sorprender, ya verás —le dijo Sandra con picardía, mirándola de reojo. Todas volvieron a reír al ver cómo Irma se sonrojaba hasta alcanzar un tono carmesí.

Emiliana no dijo nada. Pensaba en Juan, preguntándose cómo sería recibir flores de él. Aunque nunca lo mencionaba con sus amigas, él ocupaba un rincón constante en su mente. No sabía si él también pensaba en ella o si su recuerdo se desvanecía lentamente, como algo efímero. En el fondo, una pregunta la atormentaba sin tregua: ¿cómo aferrarse al amor cuando el tiempo parecía empeñarse en erosionarlo?

Enero pasó volando y, antes de darse cuenta, febrero ya estaba allí. Las chicas, fieles a su costumbre, comenzaron a planear la fiesta del 14 de febrero. Las que no tenían pareja fantaseaban con lo que harían ese día: ¿recibirían flores? ¿O tal vez una carta, aunque fuera anónima? Mientras tanto, las que ya tenían novio no paraban de bromear sobre los detalles románticos que recibirían, y también sobre los que ellas mismas tenían preparados.

El 14 de febrero, Emiliana llegó a casa después de clases y encontró sobre su cama un pequeño ramo de flores silvestres. Estaban arregladas con sencillez, atadas con un lazo azul que sostenía un sobre pequeño. Era de su papá. «No quiero que mi niña pase este día sin algo especial», decía la nota escrita con ternura. Junto a las flores, había dejado un cuaderno nuevo, «para que sigas escribiendo esas cosas que tanto te gustan». Emiliana tomó el ramo entre sus manos, sintiendo cómo su corazón se llenaba de una calidez inesperada. Pero ese día no estuvo marcado por flores. de Juan ni por promesas de amor.

Luu, con su usual energía, le entregó una flor de papel que había hecho en clase de arte.

—No quiero que ninguna de mis amigas se quede sin flores hoy —dijo con una sonrisa.

Emiliana sostuvo el delicado regalo entre sus dedos, y aunque no era lo que deseaba, su corazón lo atesoró como si lo fuera.

La realidad es que ella, quizá más por costumbre que nada, continuaba con su rutina de escribir, aunque un sentimiento de vacío empezaba a acompañarla. Cada vez más, se convencía de que Juan no había logrado salir con vida del derrumbe. El tiempo pasó, los meses se alargaron como interminables ecos de la tragedia, y la espera de una señal, de un mensaje, de algo, comenzó a diluir sus esperanzas. Sin embargo, no lo olvidaba.

Esa noche, Emiliana, con la luz tenue de su lámpara, escribió.

14 de febrero de 1986

Hola Juan,

Feliz Día del Amor y la Amistad. ¡Es hoy!
    Te mando muchos muchos abrazos que muero por volver a sentir... también un beso.
    San Valentín nos va a consentir, estoy segura que ya sabes pero de todos modos te lo quiero platicar. En dos días más, habrá un especial de Pandora en el programa Siempre en Domingo. Luu y yo nos pusimos de acuerdo para verlo en su casa, y me voy a quedar a dormir allí y el lunes nos iremos juntas a la escuela. Como sé que a ti también te gustan mucho las Pandora, imagino que estarás viéndolo al mismo tiempo que yo. Eso me da ilusión, como si estuviéramos conectados en ese momento.
    En la escuela, Luu me dio una tarjeta con un dibujo de corazones. Pensé en ti todo el día.
    Te voy a contar un secreto: a Luu le gustan más las Flans, pero yo le digo que está loca, que nada se compara con Pandora. No entiende por qué soy tan fan, y no quiero decirle que es por ti. Aunque la verdad, todas tratamos de parecernos a Ilse (de Flans). Nos peinamos como ella y tratamos de vestirnos igual, pero en el fondo, creo que Isabel (de Pandora) es mucho más bonita. Aunque no acepto ni con Luu ni con nadie que sí, yo también trato de imitar a Ilse... ¡jaja!, a ti te si te lo cuento, solo a ti, porque siento que te lo puedo platicar todo. También eres mi mejor

amigo.

Sería genial que los dos grupos fueran uno solo y cantaran todas juntas, pero no es algo que va a suceder jamás, además son como rivales. Aun así, sería una buena idea, pues así Luu y yo no nos pelearíamos sobre cuál es el mejor grupo.

Hay algo que no te dije cuando estuvimos juntos: nunca había sentido esto por alguien antes. Siempre pensé que el amor llegaría cuando estuviera lista, pero contigo fue diferente. No planeé enamorarme, fue como un destello, algo que me llenó de vida incluso en medio de la tragedia.

Me pregunto si tú también pensaste en mí hoy. Si recuerdas nuestro beso como lo hago yo, y la promesa que nos hicimos de no rendirnos.

¿Sigues pensando en mí, Juan? ¿O ya me has olvidado? Estas preguntas me atormentan cada noche, pero sigo escribiéndote. Tal vez porque es lo único que me queda.

Con todo mi corazón,

Emy

Cerró el diario con un suspiro, dejando que las lágrimas cayesen sobre la tapa de cuero gastado. Por un instante, se quedó inmóvil, como si el peso de las palabras que había escrito la anclara al momento. Miró la lámpara que iluminaba tenuemente su escritorio y pensó en cómo cada palabra plasmada era un intento desesperado por mantener viva la conexión con Juan. El cuaderno, con su portada desgastada y sus páginas ya llenas de emociones crudas, parecía un testigo silencioso de un amor que se resistía a desaparecer, incluso cuando la esperanza se desvanecía lentamente. Con delicadeza, acarició la cubierta, como si pudiera transmitir a través de ella todo lo que su corazón callaba.

Capítulo 10

NECESITO TU CONSEJO
Emy

Los días pasaban y las cartas a Juan se hicieron más frecuentes y más dolorosas para ella porque su cabeza la atormentaba con ideas desoladoras. Terminó un diario y comenzó con otro; algo no le permitía detenerse a pesar de los muchos pensamientos negativos que llenaban su mente. *Tal vez ya me olvidó*, —pensaba, pero su corazón no podía dejar de aferrarse a la esperanza.

Ya casi no hacía esas llamadas al azar al DF, pues sentía que era tiempo y dinero tirados, pero Luu, para verla feliz, la animaba a seguir intentándolo. De vez en cuando, Emiliana se veía arrancada de su letargo por la terquedad de su amiga, que insistía en que lo intentara y hasta le ofrecía el teléfono de su casa. Pero cada vez que lo hacía, un vacío aún más grande llenaba el espacio, como si la llamada fuera una rendija que solo dejara entrar la desesperanza.

La voz de Luu era un bálsamo en los días más oscuros, pero incluso su energía no lograba apagar el fuego de la incertidumbre que quemaba a Emiliana. Cada llamada que realizaba parecía añadir un ladrillo más al muro que separaba su esperanza de la realidad, como si el universo insistiera en desafiar su fe.

Febrero se fue con la misma rapidez con la que llegó, dejando tras de sí el eco de risas nerviosas y flores marchitas. Las conversaciones sobre el Día del Amor y la Amistad se desvanecieron, dando paso a la rutina de clases y a las primeras preocupaciones por los exámenes finales. Emiliana sentía que el tiempo avanzaba demasiado rápido, como si las semanas fueran páginas arrancadas de un libro que aún no estaba lista para cerrar. Con la llegada de la primavera, también se acercaban las esperadas vacaciones de Semana Santa, que ese año eran más largas de lo habitual. Comenzaban con el feriado del Natalicio de Benito Juárez, seguido de la Semana Santa y la semana de Pascua, lo que alargaba el descanso. Así, el último día de clases sería el jueves 20 de marzo y el regreso hasta el 7 de abril. Emiliana esperaba con ilusión esos días libres, no solo por la oportunidad de descansar, sino también porque tendría más de dos semanas completas para desconectarse. Aunque no había planeado nada en concreto, seguramente, como cada año, iría con sus amigas y amigos a la playa de Las Bocas. Allí disfrutaría de la brisa marina, las risas compartidas y, por supuesto, de algunos momentos a solas para leer tranquilamente. Esta vez, se prometió saborear aún más el espectáculo de las estrellas, porque en su brillo encontraba una forma de sentirse cercana al corazón de Juan.

Cada noche, al mirar las estrellas, Emiliana buscaba patrones que nunca antes había notado. Era como si los cielos estuvieran llenos de mensajes codificados, pistas de que Juan también miraba hacia el mismo infinito. Se preguntaba si él podría sentir lo mismo, si en algún rincón de su ser había un eco de los pensamientos que ella dedicaba a ese cielo compartido.

8 de marzo de 1986

Querido Juan,

Hoy tuve un sueño contigo. Estábamos otra vez en la librería, pero esta vez no había escombros, ni miedo. Solo estábamos tú y yo, hablando y riendo entre libros polvorientos. Me desperté con lágrimas en los ojos.

La esperanza se me escapa de las manos, como arena que no puedo detener. Cada domingo espero junto al teléfono, pero nunca suena. Me pregunto si estoy aferrándome a algo que nunca llegará, si lo que siento ahora es solo un recuerdo de lo que fuimos.

A veces pienso en dejar de escribirte, pero no puedo. Esto es todo lo que tengo de ti. ¿Recuerdas cuando me dijiste que los momentos compartidos nos mantenían vivos, incluso si el tiempo nos separaba? Quiero creer que eso es cierto. Quiero creer que todavía estás ahí, en alguna parte.

No sé si te he contado, creo que no, pero mi papá parece haber cambiado. Últimamente no sé si está triste o si está enfermo. Me hace pensar que algo no está bien, pero no me dice nada. A veces, solo lo observo y no puedo evitar sentir que desde el temblor de septiembre algo en él se rompió. No sé si es su corazón, o su alma, pero hay algo que no es el mismo. Antes era fuerte, siempre tenía una sonrisa para todo, y ahora... ahora parece que está apagado. Lo intento consolar, pero sé que hay algo que no puedo tocar, algo que no se puede arreglar con palabras. No sé si tiene miedo, si está enojado o si está solo, pero el cambio es evidente.

Si pudiera tener tus consejos sobre qué hacer, siempre sabías decir las palabras correctas...

Te extraño, Juan. Nunca dejo de pensarte.

Con cariño,

Emy

Ya nadie mencionaba demasiado a Juan; en realidad, nadie lo conocía y durante el rescate de Emiliana no habían podido agradecerle personalmente haber estado con ella y darle fortaleza. Se habían limitado a mandar decir algunas misas por «Juan Pérez» en la Parroquia del Sagrado Corazón de Jesús, pero después ya ni eso.

El tiempo, implacable, había diluido el recuerdo de Juan para todos excepto para Emiliana. Para ella, su presencia seguía viva, como un fantasma que habitaba cada rincón de su mente, llenando los vacíos que la rutina no podía ocupar.

Un día, Luu intentó animarla como solía hacerlo. Apareció con una bolsa llena de dulces y una sonrisa traviesa en el rostro.

—Toma, Emy. El chocolate lo cura todo. Y si no, al menos te pone de mejor humor. ¡Además, me sobró de lo que no repartí en San Valentín! —dijo entre risas.

Emiliana no pudo evitar sonreír, aunque su corazón seguía cargado de dudas. Era en esos pequeños gestos donde Luu demostraba ser más que una amiga, un apoyo constante en medio de la tormenta. Las conversaciones giraban ya en torno a temas triviales, y Emiliana se sentía más y más aislada, como si la tragedia que había marcado su vida no tuviera cabida en las conversaciones cotidianas de los demás.

Sus amigas, a pesar de ser buenas y comprensivas, nunca podían entender la magnitud de su sufrimiento. Incluso Luu, que siempre había sido su cómplice, a veces parecía no comprender del todo lo profundo de su dolor. Así que Emiliana intentaba hablar menos de Juan y más del día a día, pero no podía evitar que sus ojos se nublaran cuando alguien mencionaba el terremoto, o peor aún, cuando las noticias hablaban de los muertos, de los desaparecidos. *¿Y si él está entre ellos?*, —se preguntaba una y otra vez, sin obtener respuestas.

Había noches en que Emiliana se sorprendía mirando al techo, preguntándose si su fe en Juan era una bendición o una maldición. Esa incertidumbre la desgastaba, pero también la empujaba a seguir adelante.

En la obscuridad, cuando el mundo parecía dormir, Emiliana encontraba un refugio en la terraza de su casa. Allí, bajo el cielo estrellado, podía dejar que sus pensamientos fluyeran sin restricciones. A veces, hablaba en voz baja, como si el viento pudiera llevar sus palabras hasta Juan. «¿Estás viendo esto también?», preguntaba al aire. «¿Sientes lo mismo cuando miras las estrellas?» Aunque sabía que no recibiría respuesta, el simple acto de preguntarlo la hacía sentir menos sola.

El recuerdo de Juan era como un hilo que conectaba los fragmentos de su día a día. Cuando caminaba por las calles de Nabocampo, lo veía en las esquinas, en los reflejos de las ventanas, en los rostros de desconocidos. A veces, sentía que si cerraba los ojos con suficiente fuerza, podría verlo con claridad. Pero siempre, al abrirlos, la realidad la golpeaba con la misma dureza de la incertidumbre. No sabía si aferrarse a la esperanza era un acto de valentía o de locura.

La relación con su madre también había comenzado a cambiar. Emiliana percibía una barrera invisible entre ellas, una distancia que antes no existía. Una tarde, mientras su madre arreglaba un ramo de flores en la mesa del comedor, Emiliana intentó hablarle.

—Mamá, ¿estás bien? Te veo... diferente últimamente—, dijo con cautela.

Amanda alzó la vista, pero su sonrisa no alcanzó los ojos.

—Estoy bien, mijita. Solo han sido tiempos difíciles, ya lo sabes.

—No parece solo eso. Pareces cansada, como si algo te pesara.

Amanda dejó lo que traía entre sus manos y suspiró, pasando una mano por su frente.

—A veces, el corazón de una madre se llena de preocupaciones que no siempre se pueden compartir. Pero no te preocupes por mí, Emiliana. Tú concéntrate en tus cosas.

Emiliana observó a su madre en silencio, sintiendo cómo las palabras no dichas llenaban el aire entre ellas. Quiso insistir, pero algo en el tono de Amanda le indicó que debía esperar. Quizás, pensó, hay dolores que solo el tiempo puede revelar. La conversación quedó suspendida, flotando como un eco sin respuesta, y aunque Emiliana sintió el peso de aquel silencio en su corazón, supo que era mejor no presionar más.

En las noches, Emiliana escribía hasta que sus manos se cansaban, como si llenar las páginas de palabras pudiera aliviar el peso que llevaba en el pecho. A veces, las lágrimas manchaban el papel, pero no se detenía. Cada palabra era un intento desesperado de mantener viva la conexión con Juan, de aferrarse a algo que parecía desvanecerse con cada día que pasaba. Las estrellas seguían siendo su refugio, el único lugar donde podía sentirse cerca de él, aunque estuviera tan lejos.

La primavera traía consigo brisas más cálidas, pero para Emiliana, el frío interior permanecía intacto. Había noches en las que, sentada en la terraza con su diario, escuchaba los grillos y dejaba que el aire templado de la estación acariciara su piel. Cerraba los ojos y se imaginaba que, en algún lugar, Juan miraba las mismas estrellas. En esos momentos, el dolor daba paso a una tenue esperanza, una chispa que la mantenía escribiendo, soñando y, sobre todo, esperando.

Capítulo 11

MI CÓMPLICE
Juan

Mientras tanto, Juan, a cientos de kilómetros de distancia, trataba de seguir con su vida. No era fácil, pues cada lugar que pisaba le recordaba a Emiliana aunque nunca hubiera compartido esos sitios con ella. Su corazón y su mente estaban tan llenos de su recuerdo que cualquier rincón del mundo parecía llevarlo de vuelta a ella. Así es el amor, una fuerza que transforma lo ordinario en un reflejo constante de la persona amada. Incluso en las calles bulliciosas de Ciudad de México, cada esquina parecía murmurar su nombre, como si la ciudad misma conspirara para mantenerla viva en su memoria.

Aunque las fiestas y los conciertos le ofrecían distracción momentánea, en lo más profundo de su ser, el anhelo por ella nunca desapareció. Sabía que debía seguir adelante, que la vida no se detendría por él, pero había algo que no podía dejar ir.

Se decidió y le habló de Emiliana a su hermana, le contó cómo la había conocido y le expresaba, con una convicción tan firme que asustaba, que algún día iría a Sonora a buscarla. Había algo en su mirada cuando hablaba de Emiliana, una mezcla de esperanza y nostalgia que ella no pudo ignorar. Con el corazón en la mano, se convirtió en su principal defensora frente a sus padres, que no entendían esa obsesión por una chica a la que apenas conocía.

—Juan, explícamelo otra vez, porque no lo entiendo —le dijo Elisa una tarde, mientras ambos tomaban café en la cocina. ¿Cómo es que alguien que conociste en medio de un desastre puede ser tan importante para ti? Apenas pasaron unos días juntos.

Juan dejó la taza sobre la mesa, sus manos temblaban ligeramente, no por el calor del café, sino por la intensidad de sus pensamientos.

—No sé cómo explicarlo, Eli. No es solo el tiempo que pasamos juntos, es lo que sentimos. Bajo esos escombros, ella era mi luz. Cada palabra, cada sonrisa, me daba fuerzas para seguir. Fue... fue como si el universo nos hubiera puesto ahí por una razón. —Hizo una pausa, buscando las palabras adecuadas—. No sé si lo que siento es amor o algo más, pero lo que sí sé es que no puedo dejarlo así. Necesito encontrarla, saber que está bien. Necesito que sepa que yo estoy bien.

Elisa lo miró en silencio durante unos segundos, con una mezcla de preocupación y ternura.

—Entiendo que sientas eso, Juan, pero ¿y si no es como tú lo imaginas? ¿Y si todo fue parte de ese momento? —preguntó con suavidad.

—Si no es como lo imagino, al menos sabré que lo intenté. No puedo vivir con la duda, Eli. No puedo vivir sin saber qué habría pasado si la buscara. —Juan suspiró profundamente. Ella me salvó, y no solo físicamente. Me enseñó que incluso en medio del caos puede haber algo hermoso.

Elisa asintió lentamente, comprendiendo que sus palabras eran sinceras, aunque todavía tenía dudas. Más tarde, cuando sus padres volvieron a sacar el tema, Elisa se convirtió en su principal aliada.

—Papá, Mamá, no es solo un capricho. Juan lleva meses preparándose, estudiando, ahorrando. Esto es algo importante para él. —Elisa los miró con firmeza, pero sin agresividad. —No se trata solo de una chica. Se trata de cerrar un capítulo que, de otro modo, lo dejará incompleto. Todos necesitamos respuestas en algún momento, y este es el suyo.

—Pero es muy joven para andar viajando por el país detrás de una fantasía —dijo su madre, con una mezcla de preocupación y exasperación.

—Es joven, sí, pero también tiene derecho a descubrir su propio camino. Papá, tú siempre me dijiste que no se puede vivir con un «y si...». Esto es lo mismo para Juan.

Su padre cruzó los brazos, mirando a Elisa como si intentara encontrar un contraargumento, pero al final, suspiró.

—Voy a hablar con tu madre —dijo finalmente.

Ambos padres se miraron por un instante antes

de retirarse a la sala. Los pasos de su padre resonaron con un peso que parecía reflejar la gravedad de la situación. Adriana lo siguió en silencio, dejando a Juan y Elisa esperando con una mezcla de ansiedad y esperanza.

Cuando estuvieron a solas, Adriana lo miró con un gesto que mezclaba preocupación y resignación.

—¿Y bien? —preguntó ella, dejando la taza de té que sostenía sobre la mesa.

—Es complicado, Adriana.

—Entiendo lo que dice Elisa, pero también me preocupa lo que puede pasarle a Juan. Apenas es un muchacho.

—Lo sé, pero hemos visto cuánto ha cambiado desde lo del terremoto. No es el mismo niño que conocíamos, y aunque no lo entendamos del todo, esto parece ser importante para él —respondió Francisco con voz calmada pero firme.

—¿Y qué pasa si se decepciona? ¿Si todo esto resulta ser una ilusión? —insistió ella. Suspiró, mirando por la ventana. No es fácil verlo crecer tan rápido —murmuró, sin apartar la vista del cielo.— A veces quisiera detener el tiempo, pero sé que eso no es justo para él.

—Ni para nosotros —respondió su esposo, con un gesto pensativo. —Debemos dejar que tropiece si es necesario, pero asegurarnos de que sepa que siempre estaremos aquí. Quizá se decepcione, pero aprenderá. A veces, las lecciones más importantes vienen de perseguir algo, incluso si no lo alcanzas. Juan necesita cerrar este capítulo a su manera. Y nosotros, como padres, tenemos que estar aquí para sostenerlo si tropieza.

Adriana asintió lentamente, procesando las palabras de Francisco. Sabía que tenía razón, aunque el temor seguía latente en su corazón. Después de un largo silencio, finalmente habló.

—De acuerdo, pero será cuando cumpla 18. Y sólo si demuestra que puede manejarse solo.

Ambos padres regresan con Juan y Elisa. Con voz firme, pero con una mirada que delataba el amor por su hijo y el deseo de protegerlo a toda costa, su padre le dice:

—Hemos decidido que puedes ir, pero sólo cuando cumplas los dieciocho. Mientras tanto, quiero que demuestres que puedes manejarte solo. Este es un compromiso, Juan, y no tomes a la ligera lo que estamos aceptando.

Elisa observó cómo los ojos de Juan brillaban con una mezcla de alivio y resolución. Aunque sabía que este camino no sería fácil para él, no podía evitar sentirse orgullosa de su valentía. En silencio, prometió apoyarlo, sin importar los obstáculos.

Esa noche, Juan le agradeció a Elisa por interceder por él.

—No tienes que darme las gracias —le dijo ella, dándole un golpecito en el hombro—. Sólo prométeme que, pase lo que pase, no perderás el rumbo. Y no olvides llamarme cuando estés allá. Quiero saber todo sobre esa famosa Emy.

Durante el inicio de la primavera, mientras las flores comenzaban a brotar y el aire se hacía más cálido, Juan dedicaba su tiempo a investigar sobre becas y oportunidades de estudio en arqueología. La pasión por el pasado parecía ser una forma de conectarse con algo más grande, una búsqueda que le daba propósito mientras esperaba el momento adecuado para buscar a Emiliana. A veces, entre la lectura de sus libros, pensaba en ella, en su rostro, en la manera en que su risa le parecía la melodía más dulce que había escuchado. Pero también se sentía triste, sin saber si algún día tendría la oportunidad de volver a verla.

¿Qué dirá cuando me vea? ¿Todavía me reconocerá? —se preguntaba, mirando al cielo desde el techo de su casa. El aire nocturno traía consigo un ligero aroma a tierra mojada, mezclándose con el murmullo distante de la ciudad que nunca dormía. Cerró los ojos y dejó que su mente divagara. Imaginaba verla de pie, su cabello meciéndose con el viento, esa sonrisa que siempre había asociado con la esperanza. Sentía que, de alguna manera inexplicable, ambos seguían conectados, como si la distancia no fuera más que un obstáculo físico.

En las noches, cuando el bullicio de la ciudad se apagaba, Juan solía imaginar el sonido de las olas en Las Bocas, un lugar que Emiliana había descrito con tanta pasión que casi podía escuchar el susurro del mar en su mente. *Voy a llegar ahí, voy a sentarme en la playa y dejar que el viento me guíe hacia ti,* —pensó. Esa imagen, sencilla pero llena de significado, alimentaba su determinación y le daba un propósito claro. A pesar de la incertidumbre, su resolución permanecía firme: encontrarla.

Capítulo 12

DE MISIONES
Emy

Inesperadamente, le nació a Emiliana la idea de ir de misiones en Semana Santa con su familia, algo que nunca antes había sentido con tanta claridad. Había sido por medio de una invitación de las religiosas marianas de su escuela quienes buscaban involucrar a las familias en actividades espirituales., y, por alguna razón, esta vez resonó en ella de una manera diferente, como si la inquietud de hacer algo significativo la llamara directamente. Emy, quien no había mostrado demasiado entusiasmo en los últimos meses en casi nada, lo propuso en casa con una sonrisa que no veían desde hacía tiempo. Para sorpresa de todos, la idea les gustó. Amanda incluso sugirió preparar algo especial para compartir con las familias que visitarían, mientras Nanavita, aunque no podía acompañarlos en la travesía, prometió esperarlos con un banquete y su singular alegría al regreso.

—¿Qué dices, Mamá? ¿Entonces sí nos vamos? —preguntó Emiliana con un brillo en los ojos.

—¿Misiones? Pues claro, Hija. ¡Hace años que nos invitan y nunca hacemos algo así!— respondió Amanda emocionada, mientras Lorenzo asentía desde su silla con una sonrisa cálida.

La emoción pronto llenó la habitación, y la familia comenzó a imaginar lo que esta experiencia podría significar para ellos. Amanda comentó cómo ayudar a los demás podía ser una forma de agradecer las bendiciones que habían recibido, mientras Emiliana reflexionaba en silencio sobre sus bendiciones, ser una superviviente del que ya se conocía como «el gran terremoto del 85». Reflexionó también en el impacto que ayudar a otros podría tener en su vida. Por primera vez en meses, sintió que no le pesaría tanto dejar de ir a la playa con sus amigas.

—Tal vez esto sea justo lo que necesito —comentó, recordando las palabras de las misioneras en la escuela sobre cómo las pequeñas acciones podían reflejar las enseñanzas de Dios.

—Imagínense las historias que vamos a escuchar de la gente en los hogares que vamos a visitar—dijo Lorenzo, con una chispa en los ojos que Emiliana no veía desde hacía tiempo.

—Y quién sabe, hasta podríamos aprender algo importante de quienes tienen menos que nosotros —añadió Amanda, tocando con suavidad el hombro de su hija.

—Yo me quedo cuidando la casa —intervino Nanavita guiñando un ojo—. Pero les tendré comida lista, porque van a regresar rendidos, ya verán.

Prepararon sus maletas y, más importante aún, sus corazones. Con un grupo salieron rumbo a Álamos lleno de entusiasmo de quien emprende una aventura desconocida. El paisaje hacia la sierra era hermoso: montañas verdes, cielos claros y el aire fresco que les golpeaba las mejillas. Pero el terreno era difícil, y caminar cargando bolsas y provisiones no era tarea sencilla.

—¿Quién empacó esta mochila que pesa tanto? —bromeó Lorenzo, mientras volteaba a ver a Amanda, quien le ayudaba a subirla en su espalda.

—¡No es que esté pesada, es porque ya no eres un jovencito, Papá! —rio Emiliana, mientras ayudaba a su mamá a sostener un termo.

La sierra parecía envolverse en un halo de serenidad, pero cada paso que daban les recordaba la dureza de la vida en esos lugares remotos. Las risas y las bromas aligeraban el trayecto, aunque el cansancio comenzaba a notarse en los rostros al final del día.

La semana transcurrió con momentos inolvidables. Las familias a las que visitaban no solo los recibieron con los brazos abiertos, sino que pronto comenzaron a hacerlos sentir como parte íntima de sus vidas.

Cada hogar tenía su propia historia, cargada de desafíos, pero también de una calidez que desarmaba cualquier barrera. Emiliana, sentada en un humilde patio de tierra, escuchó a una anciana relatar cómo, a pesar de las adversidades, había encontrado fortaleza en la fe. Esa noche, al escribir en su diario, reflexionó sobre cuánto se aprende al escuchar, sobre cómo las vidas de otros iluminaban aspectos de la suya que nunca había considerado.

Algunas noches, después de las largas caminatas, padre e hija se tumbaban sobre una colcha vieja y miraban el cielo estrellado. Allí, en el firmamento, Emiliana encontraba siempre un recuerdo de Juan. Había algo en el brillo de las estrellas que le daba consuelo y la hacía sentir acompañada.

—¿Qué tanto buscas, Hija? —preguntó Lorenzo una noche mientras se sentaba a su lado.

—Nada, Papá. Solo las estrellas... siempre me han parecido mágicas.

—Bueno, pues pide un deseo —le guiñó un ojo—. Nunca se sabe cuándo te lo pueden conceder.

—¿Tú crees que eso funciona, Papá? —preguntó Emiliana con una mezcla de escepticismo y curiosidad.

—Claro que sí —respondió él, recostándose junto a ella—. A veces los deseos no llegan como los imaginas, pero si los guardas en el corazón, encuentras la forma de alcanzarlos. Las estrellas son solo el recordatorio de que el universo escucha. Emiliana sonrió, dejando que sus pensamientos se perdieran en el cielo.

—Entonces, ya pedí uno —dijo al final, con una voz tan baja que parecía un secreto compartido solo con las estrellas.

Las estrellas, pensaba Emiliana, eran más que

luces en el cielo. Eran testigos silenciosos de los sueños, los secretos y las esperanzas que compartían todos los que alzaban la vista. A veces se preguntaba si Juan también las miraba, si en ese mismo instante pensaba en ella.

El regreso a Nabocampo estuvo lleno de risas y anécdotas. Nanavita los recibió con un aroma que hacía agua la boca: el mejor pozole del mundo y un plato enorme de capirotada, esa que solo ella sabía hacer. Cuando Emiliana llegó, buscó a Nanavita con la mirada, como si entre ambas existiera un código secreto. Con un leve movimiento de cabeza y una sonrisa cálida, Nanavita le hizo saber que no había novedades. Emiliana sintió un pequeño nudo en el pecho, pero lo ocultó mientras se unía a la conversación alrededor de la mesa.

Sentados juntos, compartieron sus vivencias.

—¡Nanavita, tendrías que haber visto cómo Papá se resbaló en un charco! —rió Emiliana.

—¿Y tú crees que no lo imaginé? Si yo conozco a ese hombre —respondió con una carcajada, mientras servía más pozole.

La cocina, con su aroma a especias y su calor hogareño, parecía el centro del universo en ese momento. Las voces se entrelazaban en un concierto de risas y anécdotas, cada palabra llenando los vacíos que el tiempo y las preocupaciones habían dejado en sus corazones.

En algún momento de la charla, Amanda comentó:

—Creo que lo más valioso fue darnos cuenta de

lo mucho que tenemos para agradecer. Las familias allá tienen tan poco, pero tanta felicidad.

—Sí —añadió Lorenzo, pensativo—. Nunca había visto tanto agradecimiento en un lugar donde parece que falta todo. Es una lección que no debemos olvidar.

—A mí me hizo pensar —interrumpió Emiliana con voz suave— en que dedicar tiempo a los demás, aunque sea poco, puede marcar una gran diferencia. La gente de allá tenía una fe tan grande que me sentí... inspirada. En realidad, fuimos nosotros los que más aprendimos de ellos. Me atrevería a decir que ellos nos enseñaron más de lo que nosotros pudimos darles.

Nanavita sonrió, asintiendo con orgullo.

—Eso es lo que pasa cuando ayudas con el corazón. Siempre terminas recibiendo más de lo que das.

El miércoles 3 de abril amaneció con una sensación peculiar. Todos parecieron despertar más temprano de lo habitual, como si una alarma invisible los hubiera sacado de sus camas. Amanda decidió preparar tortillas gordas para el desayuno, una de las favoritas de su esposo.

—Cuando estén listas, alguien va por Lorenzo. No se va a resistir a la nata con tortillas calientes —dijo mientras volteaba las tortillas en el comal.

— ¡Yo voy! —se ofreció Nanavita, limpiándose las manos con su delantal.

Caminó con paso decidido hacia la recámara. Pero antes de cruzar la puerta, algo en su pecho se apretó. Un presentimiento, como si el aire en el pasillo se hubiera vuelto más frio y denso. Se detuvo un instante frente a la puerta y un pensamiento fugaz cruzó su mente, una seguridad que entró en su corazón, pero la ignoró.

—Lorenzo, ya están las tortillas con nata —dijo suavemente antes de empujar la puerta.

Capítulo 13

DESTINOS Y AUSENCIAS

Juan tenía el boleto de avión en la mano, con el nombre «Ciudad Obregón» en letras claras y llamativas. La fecha era precisa: El día exacto de su cumpleaños número dieciocho. Había planeado todo al detalle, asegurándose de que ese día, el que marcaría el inicio oficial de su mayoría de edad, también marcara el primer paso hacia encontrar a Emy. No iba a perder ni un solo día más.

Había ahorrado cada peso con esmero. Los trabajos extra, las propinas, incluso el dinero de su cumpleaños anterior y lo que con entusiasmo le ofrecieron sus padres y su hermana, se habían sumado para costear el viaje. Sentía el respaldo de su familia como nunca antes, lo que hacía que su determinación creciera. Sus amigos, emocionados por su aventura, le habían dado consejos, en su mayoría le insistieron en lo mismo: «No te regreses sin probar la carne sonorense de la que tanto se presume en el país», le decían. Incluso mencionaron un restaurante llamado El Bronco, famoso en Ciudad Obregón desde 1968. Juan consideraba esa parada, pero sabía que, llegado el momento, su desesperación por llegar a Nabocampo podría vencer cualquier apetito.

Por las noches, cuando guardaba el boleto con cuidado en su cajón, no podía evitar imaginar cómo sería aquel lugar. Nabocampo era un nombre que para otros no significaba nada, pero para él era un faro en la oscuridad, un punto en el mapa que había cobrado vida gracias a las descripciones de Emy. La incertidumbre sobre lo que encontraría no era suficiente para apagar la certeza de que debía llegar allí, de que su destino lo llamaba con una fuerza que no podía ignorar.

A veces, mientras observaba el boleto en la penumbra de su habitación, Juan reflexionaba sobre lo que realmente significaba ese viaje. *¿Y si ella no me recuerda?*, —se preguntaba, sintiendo una punzada de temor. Pero entonces imaginaba su sonrisa, esa que, aunque se desdibujaba en su mente, seguía siendo su ancla. El boleto no solo era un papel; era una llave que abría la puerta hacia lo desconocido, hacia una esperanza que temía romperse al tocarla.

La Semana Santa fue para él una época agitada. Aunque ya no necesitaba más dinero, Juan decidió trabajar durante las vacaciones. Quería asegurarse de contar con ahorros extras por si algo inesperado surgía en su viaje. Era agotador, pero cada día de trabajo le recordaba que estaba más cerca de su meta.

El sacrificio, pensaba, era un precio pequeño a pagar por la posibilidad de un reencuentro. A veces, en los momentos de agotamiento, cerraba los ojos e imaginaba el rostro de Emy, ese recuerdo que, aunque un poco difuso por el tiempo, seguía siendo su mayor fuente de energía.

Una tarde, en casa, mientras el sol teñía las paredes de un cálido tono anaranjado, Juan y Elisa compartían un rato juntos en la sala. Habían encontrado en esos momentos una especie de refugio, un espacio donde las palabras fluían con más naturalidad. Últimamente, su relación se había fortalecido de una manera especial, y esta vez fue Elisa quien tomó la iniciativa para confesar algo que llevaba tiempo guardando.

—Juan, necesito contarte algo antes de que te vayas —dijo Elisa, su voz mezclando nerviosismo y emoción mientras sus manos jugaban con el borde de su camiseta.

Juan levantó la vista del cuaderno en el que escribía, sorprendido por el tono de su hermana.

—¿Qué pasa?

—Bueno... conocí a alguien. —La pausa que siguió fue larga, como si buscara las palabras correctas para expresar lo que sentía. Luego respiró hondo y continuó—. Es un muchacho de El Salvador. Nos conocimos hace meses. Al principio no estaba segura de qué tan en serio íbamos. Ahora sí. Es mi novio, y quiero que lo conozcas cuando vuelvas.

Juan esbozó una amplia sonrisa. Le alegraba ver a su hermana tan emocionada.

—¡Eso es genial! ¿Por qué no me habías contado

antes?

Elisa alzó los hombros, con una risa nerviosa.

—Porque quería estar segura. Pero también sentí que era justo contártelo, ya que tú me confiaste lo de Emy.

Juan asintió, conmovido por las palabras de su hermana.

—Gracias por confiar en mí. Quiero saber más sobre él cuando regrese. Y espero que sepa lo afortunado que es.

Elisa le dio un leve empujón, entre risas.

—¡Cállate, Juan! Pero gracias. Y tú, ¿cómo vas con Emiliana?

Esa pregunta llevó la conversación a otro nivel de complicidad. Juan le habló de sus planes y dudas, mientras Elisa le ofrecía sus consejos. Ese momento compartido se convirtió en una pieza más de la relación que ambos habían construido, una conexión que iba más allá de la simple hermandad.

Era sorprendente, pensó Juan, cómo las confidencias y complicidades recientes habían transformado su relación. Una relación que antes parecía un tanto distante, incluso fría, como la de dos hermanos que comparten un espacio común sin interactuar con verdadera cercanía. Ahora, sentía que Elisa no solo era su hermana; en ese momento, también era su amiga más cercana, alguien con quien podía compartir incluso sus pensamientos más profundos.

Después Elisa también le lanzó una advertencia

que había escuchado de sus amigas.

—Otra cosa, como sabes, tengo amigas que han ido a Sonora, y dicen que el calor allá es algo inimaginable, Juan. Y más en agosto. Una de ellas me contó que fue a una boda en Hermosillo en julio y terminó llorando porque el calor era tan asfixiante durante el día que no supo qué más hacer. Al final, se encerró en el cuarto del hotel con el aire acondicionado al máximo, buscando desesperadamente un respiro del calor abrasador. Olvídate de cualquier cosa que creas que es calor, porque esto será peor.

Juan se rio, divertido con la anécdota.

—Seguro están exagerando. Mujeres… ¿Qué tan malo puede ser?

Ella movió los hombros hacia arriba y esbozó una sonrisa que denotaba preocupación más que alegría.

—Ya veremos, ahí me platicarás. Pero de algo estoy segura: será un viaje que nunca olvidarás.

Esa noche, antes de dormir, Juan volvió a revisar el boleto en el cajón. La fecha «20 de agosto» parecía brillar bajo la luz de la lámpara, como un recordatorio de que los días pasaban y su destino estaba cada vez más cerca.

Una tarde, mientras el ruido de la ciudad se desvanecía, Juan se sentó junto a su padre en el pequeño balcón del departamento. El hombre, que normalmente era reservado con sus emociones, tomó un sorbo de café y habló con una sinceridad que Juan no esperaba.

—Hijo, quiero que sepas que estoy orgulloso de ti. No por lo que estás haciendo, sino por la valentía que tienes al perseguir algo que realmente importa.

Juan, sorprendido, sonrió.

—Gracias, Papá. Aunque a veces siento miedo… de que no salga como lo imagino.

En su interior, también sentía una inquietud que no compartía con nadie: el miedo de viajar solo. Sabía que este viaje, además de un intento por reencontrarse con Emiliana, también era una prueba de quién estaba dispuesto a ser, de si podía enfrentar sus temores y abrazar lo desconocido con valentía.

A los dieciocho años, ir desde Ciudad de México a un lugar desconocido en Sonora, donde no tendría a nadie a quien acudir en caso de necesitarlo, era una preocupación que lo rondaba en sus pensamientos más profundos. Sin embargo, Juan jamás mostraba esa inquietud, cargando con ella en silencio como un peso que prefería mantener oculto.

—Es normal tener miedo. Pero recuerda que incluso si las cosas no salen como esperas, lo importante es que lo intentaste. Eso te hará más fuerte. El padre colocó una mano firme sobre el hombro de Juan.

El momento quedó grabado en la memoria de Juan, como un ancla emocional que lo mantendría firme en los días difíciles por venir.

Antes de dormir, Juan miró al techo y dejó que su mente divagara hacia Emiliana. Se preguntaba si ella también lo estaría esperando, si sentía lo mismo al mirar las estrellas. *Aunque estés lejos, siento que el universo nos mantiene conectados*, —pensó, mientras el sueño finalmente lo envolvía.

5 de abril de 1986

Querido Juan,

No sé ni cómo empezar esta carta. Hace solo dos días, mi papá murió. Escribirlo me duele más de lo que imaginé, como si con cada palabra lo hiciera más real. Lo encontramos en la mañana, dormido, en paz, pero no puedo dejar de sentir que se fue demasiado pronto. Nunca me preparé para algo así, aunque, ¿quién lo está realmente?

Hoy escribo porque siento que no puedo guardar todo esto dentro de mí. Mi mundo ha cambiado mucho y muy rápido y no tengo a quien contarle todo lo que pasa dentro de mí. Tú eres a quien más quisiera contarle, aunque sé que estas palabras tal vez nunca lleguen a ti pero escribirte ya es parte de mí.

Quiero platicarte de la Semana Santa, de lo diferente que fue este año, y de lo mucho que me alegra haberla pasado como la pasé. Fuimos de misiones, algo que nunca habíamos hecho antes como familia. Fue mi idea, bueno, empezó con la invitación de las misioneras del colegio pero fue algo que propuse un día, impulsada por... no sé qué. Quizá las estrellas, quizá un deseo profundo de hacer algo distinto. Y ellos aceptaron. Mi papá aceptó.

Nos tocó ir a la sierra de Álamos que es hermosa, pero al mismo tiempo es un lugar muy agotador: largos y difíciles caminos para llegar a casas de gente que nos recibió con los brazos abiertos. Pero lo que más atesoro de esos días es cómo conviví con mi papá. Siempre habíamos tenido una relación cercana, pero en estas misiones, lo sentí más presente que nunca. Él cargaba las cajas más pesadas sin quejarse, y siempre tenía una sonrisa para los niños que nos salían al encuentro.

Por las noches, cuando todos estábamos cansados, nos sentábamos a mirar las estrellas. Él me contaba historias de cuando era joven, cosas que nunca había compartido conmigo antes. En esos momentos, me sentí tan afortunada de tenerlo, tan llena de amor por todo lo que él era.

Recuerdo una noche en particular. Mirábamos el cielo y, de pronto, él dijo: ¿Sabes, Hija? Las estrellas siempre están ahí, aunque a veces no podamos verlas. Creo que las personas que queremos son como las estrellas. Me hizo recordar lo que tú me dijiste de las ellas bajo los escombros.

No entendí del todo sus palabras en ese momento, pero ahora las siento en el alma. Los días que pasamos juntos en las misiones fueron únicos, un regalo que nunca voy a olvidar. Si no hubiéramos ido, no sé si habría tenido la oportunidad de verlo tan feliz, tan lleno de vida. Fue como si todo se hubiera alineado para darnos esos momentos antes de que él se fuera.

En mi corazón, quiero creer que ahora tú y él se conocen allá arriba, en el cielo. Pero, Juan... no puedo resignarme. Sé que mi papá sí está ahí, pero tú no. No puedo aceptar que ya no estés aquí, porque sigo mirando las estrellas cada noche, buscando una señal de ti.

Te extraño más de lo que puedo expresar, más de

lo que puedo soportar a veces. Pero estas cartas son mi refugio, mi forma de sentir que de alguna manera sigues conmigo.

Con todo mi amor,

Emy

Capítulo 14

EN EL UMBRAL DEL CAMBIO
Emy

Los días se alargaron lentamente, como si el tiempo se resistiera a avanzar. Como cada año, la primavera anunciaba su retirada, mientras Emiliana empezaba a notar que en ella, la sensación de vacío no desaparecía como la estación, sino que se intensificaba, como una sombra persistente que no cedía ante la luz. Era como si su interior estuviera atrapado en un invierno emocional, donde cada recuerdo y pensamiento parecían reforzar esa ausencia que llevaba consigo.

Había decidido dejar de buscar señales en el teléfono. Ya no brincaba con esperanzas cada vez que se escuchaba una llamada; esas campanadas lejanas que alguna vez encendieron su corazón ahora pasaban desapercibidas, como un eco sin respuesta. Ya no aguardaba ese mensaje, ni siquiera una palabra que la conectara con su pasado. Tampoco esperaba encontrar una carta a su llegada a casa; había decidido dejarlo todo atrás, o al menos intentarlo. Sin embargo, algo dentro de ella, una intuición débil pero persistente, le susurraba que el tiempo de claudicar aún no había llegado y que en su destino había más de lo que podía imaginar. Pero ahora, ya no estaba tan segura de como Juan estaría en esos planes, especialmente después de tanto silencio. Cada día, en lo profundo de su corazón, sentía que, de alguna manera, ellos se volverían a encontrar. Sin embargo, la creciente conciencia de que tal vez lo mejor sería dejar de aferrarse a esa idea empezaba a germinar en ella, como una semilla de aceptación. Quizá debía dejar que el tiempo hiciera lo suyo, soltar esas expectativas y enfocarse en seguir adelante, aunque la sensación de ausencia siguiera allí, inquebrantable, como un espacio vacío dentro de su alma.

A pesar de que la desolación que la acompañaba era como una sombra persistente, inquebrantable, que se negaba a disiparse, Emiliana sabía que debía aprender a convivir con ese sentimiento. La incertidumbre le susurraba preguntas que no podía responder y en las noches más silenciosas, se encontraba perdida en sus pensamientos preguntándose si Juan también sentiría lo mismo.

Semanas pasaron y dieron paso al verano, y con él, Emiliana terminó la escuela. Aunque no fue un cierre como el que había imaginado, marcado más por el silencio que por las celebraciones y abrazos recibidos, aquel final de etapa le dejó una sensación agridulce. Por un lado, sentía que finalmente cerraba un capítulo importante de su vida; por otro, no podía evitar la nostalgia por todo lo que no fue. El eco de los pasillos vacíos y las aulas en calma parecían resonar en su interior, recordándole lo lejos que se encontraba de esa chispa de alegría que solía iluminar sus días escolares. A pesar de ello, el comienzo de un nuevo ciclo le daba un motivo para ilusionarse, una razón para mirar hacia adelante.

Intentaba mantenerse positiva; sin embargo, una sensación de pérdida seguía instalándose profundamente en su pecho. Al principio, pensó que era solo el cansancio acumulado de un año tan cargado de emociones, pero pronto se dio cuenta de que ese sentir no se iría tan fácilmente. Tal vez lo mejor sería dejar de aferrarse a él, soltar esa carga invisible que parecía enredarse en cada pensamiento. Dejarlo ir no sería fácil, pero sabía que enfocarse en seguir adelante era la única manera de avanzar.

Antes de finalizar su curso, Emiliana tomó una decisión que marcaría su futuro: estudiaría algo relacionado con la medicina. Sabía que no sería sencillo, pero una necesidad innata de ayudar a los demás, que siempre había latido en su interior, cobró fuerza tras su experiencia bajo los escombros. Esa vivencia, tan cruda como reveladora, le mostró lo frágil que podía ser la vida y lo importante que era estar preparada para salvarla.

Después, esa inquietud se arraigó aún más con la pérdida de su padre. La creencia de que, si hubiera podido leer las señales, podría haber cambiado el curso de los acontecimientos, se convirtió en un motor que impulsaba su determinación. Ambas experiencias la habían marcado profundamente, dejando en su corazón una mezcla de tristeza y propósito. Para Emiliana, la enfermería no solo era una elección académica o profesional, sino un refugio: una forma de transformar su dolor en algo útil para los demás y, al mismo tiempo, sanar su propio espíritu.

Los días de verano traían consigo una calma peculiar, una especie de pausa en la vida cotidiana de Nabocampo. Las calles parecían más silenciosas, el aire más pesado, y cada atardecer llegaba como un recordatorio de que el tiempo avanzaba, aunque imperceptiblemente.

Emiliana pasaba más tiempo reflexionando, preguntándose cómo podía ser que la nostalgia y la esperanza convivieran tan cercanas. «*Tal vez ayudar a otros también sea una forma de encontrarme a mí misma*», —pensó. En su mente, la idea de dedicarse a la enfermería comenzaba a tomar forma, no solo como un camino profesional, sino como un intento de sanar también su propio corazón.

El grupo de amigas se encontraba ante un nuevo comienzo, que llegaba para todas con el fin de la preparatoria. Tal vez serían los últimos momentos en que vivirían experiencias juntas, pues la vida inevitablemente nos lleva por caminos distintos. A pesar de ello, seguían manteniéndose unidas. Algunas irían a universidades cercanas, otras fuera del estado, y algunas decidieron quedarse en Nabocampo, donde formalizaban sus relaciones y comenzaban nuevas etapas en sus vidas. Las despedidas, aunque amargas, no estaban exentas de alegría, pues las jóvenes estaban llenas de sueños y promesas para el futuro. Era un momento en que la emoción de lo que vendría se mezclaba con la tristeza de lo que dejaban atrás, como un atardecer que promete tanto el descanso como la oscuridad.

A pesar de ello, Emiliana no podía evitar sentir que ya las extrañaba entrañablemente, como si algo etéreo y misterioso le susurrara un secreto del cual no estaba enterada... aún. Para ella, cada risa compartida y cada abrazo no eran solo gestos efímeros, sino hilos entrelazados en un tapiz de recuerdos que pronto comenzaría a desenredarse. Ese vínculo invisible, tan frágil como resistente, representaba la certeza de que, aunque los caminos divergieran, las memorias que habían tejido juntas permanecerían imborrables, grabadas en el alma como cicatrices luminosas de un tiempo que jamás podrían recuperar.

La última reunión con sus amigas, donde todas estuvieron presentes por última vez, estuvo cargada de emociones. Entre risas y abrazos, compartieron sus sueños y temores, conscientes de que este encuentro marcaba el fin de una etapa compartida. Emiliana, por primera vez, confesó su deseo de dedicarse a la enfermería, encontrando en sus amigas un apoyo que no había esperado. «Tendrás muchas satisfacciones», le dijeron, «porque ayudar al prójimo es una labor que llena el alma». Esas palabras quedaron grabadas en su corazón como un recordatorio de que, incluso en la distancia, no estaría sola.

El verano transcurrió entre risas, días calurosos y las eternas tardes de bolis que servían para refrescar el alma mientras el calor abrasador se hacía dueño del pueblo. Los encuentros con la bola en las tortas de la botica Cruz Roja, en las Carimali o en los cebocitos de la Obregón se convertían en el epicentro de charlas interminables, donde cualquier tema podía desatar carcajadas o reflexiones profundas. Aquellas rutinas de tardes compartidas con amigos parecían transcurrir en una calma perpetua, como si el tiempo mismo decidiera ralentizarse en Nabocampo.

El pueblo seguía su curso habitual, con sus calles bañadas por la luz dorada del atardecer, sus olores familiares de tierra húmeda y comida casera, y esa tranquilidad que se erigía como una barrera frente al bullicio del mundo exterior. Sin embargo, había algo en el aire, una tensión apenas perceptible, como una melodía incompleta que insinuaba que algo extraordinario estaba por suceder. Las pequeñas cosas seguían ocurriendo, insignificantes a simple vista, pero cargadas de una expectativa que parecía flotar entre las esquinas. Nabocampo, en su serena monotonía, aguardaba un cambio inminente, una ruptura en su aparente intemporalidad que transformaría todo.

A medida que las tardes se alargaban, Emiliana comenzó a notar pequeños cambios en su entorno, pero especialmente en Nanavita. Parecía más callada, con una mirada que vagaba entre los rincones de la casa, como si buscara respuestas a preguntas que no se habían formulado aún.

—Algo se aproxima, niña, —le dijo un día mientras revolvía un guiso en la cocina. La voz de Nanavita tenía un tono serio, pero cargado de esa calma peculiar que solo ella poseía.

— ¿Qué clase de algo? —preguntó Emiliana con curiosidad, apoyándose en el marco de la puerta.

Nanavita soltó un suspiro, levantando los ojos hacia el techo, como si buscara en el cielo palabras que pudieran explicar lo inexplicable.

—No lo sé con certeza, pero lo siento aquí —respondió, colocando una mano sobre su pecho—. Como si el aire estuviera más pesado, como si el tiempo mismo estuviera conteniendo el aliento.

Emiliana intentó reír para aligerar el momento, pero el comentario de Nanavita quedó rondando en su mente. Esa sensación de expectativa comenzó a invadirla también, como si un secreto invisible flotara en el aire, esperando ser revelado. Era como si el pueblo entero compartiera esa tensión, un preludio a algo que estaba por romper la calma de sus días. Por ahora, todo parecía en calma, pero Emiliana sabía que Nanavita rara vez se equivocaba.

A mediados de julio, cuando el calor ya era insoportable y las tardes se alargaban hasta las primeras estrellas, algo sucedió. No era algo que nadie hubiera esperado. Algo en Nabocampo, ese pequeño pueblo lleno de vida, de gente alegre, de historias únicas, iba a cambiar para siempre.

Capítulo 15

LA ESPERA INTERMINABLE
Juan

Agosto llegó antes de lo que Juan esperaba, y con él, una impaciencia que parecía desbordarse con cada día que pasaba. Quedaban apenas veinte días para su viaje, pero la espera lo consumía más de lo que había imaginado. Había decidido no trabajar ese mes. Aunque el dinero extra siempre venía bien, no estaba dispuesto a correr riesgos innecesarios: cualquier accidente, incluso un resfriado inoportuno, podría poner en peligro sus planes, y eso era algo que no podía permitirse.

Así que, por primera vez en mucho tiempo, Juan disfrutaba de días tranquilos en casa. Pasaba más tiempo con su mamá y su familia, sintiendo que ese vínculo cotidiano era una especie de despedida temporal antes de emprender su aventura. Sin embargo, los ratos de calma no lograban apaciguar del todo la ansiedad que lo invadía al pensar en lo que le esperaba en Nabocampo. A pesar del nerviosismo que sentía por viajar solo a un lugar donde no conocía a nadie, la certeza de encontrar a

Emiliana después de casi un año se imponía sobre cualquier otra emoción. Era como si esa esperanza se convirtiera en un faro que iluminaba sus dudas, recordándole que, a pesar de los temores, este viaje era algo que debía hacer.

Las vacaciones dejaban la ciudad algo desierta, con muchos de sus amigos fuera visitando a familiares o en otros compromisos, pero los pocos que quedaban en la colonia eran más que suficientes para salir y disfrutar como solían hacerlo. Las tardes se llenaban de bromas, paseos improvisados al centro y visitas a las tienditas de la esquina para comprar refrescos y botanas. Sus amigos aún en la ciudad eran su principal vía de distracción, siempre listos para proponer algún plan espontáneo, desde partidos de fútbol en el parque hasta largas conversaciones sobre cualquier tema que les viniera a la mente. Ellos no solo ofrecían un respiro de la monotonía, sino también una mezcla de ligereza y apoyo que Juan necesitaba más de lo que estaba dispuesto a admitir. Las bromas y comentarios sobre su inminente viaje no faltaban, alimentando su emoción y nerviosismo a partes iguales.

—¿A Sonora? ¿Vas a buscar a tu «chica terremoto»? —soltó uno de sus amigos, entre risas, dándole un empujón amistoso en el hombro.

—¡Nomás no vayas a regresar diciendo que las norteñas son lo mejor del mundo! —bromeó otro, con un tono burlón.

—Pero si está yendo por una de ellas —afirmó

otro, entre risas.

—Cuidado con «tierra de generales», no vaya a ser que te recluten para una batalla —dijo otro intentando hacer tono norteño.

Juan dejó escapar una sonrisa y respondió con una broma rápida, pero no podía evitar que esas palabras, aunque ligeras, despertaran algo de inseguridad. ¿Y si Emiliana ya no estaba en Nabocampo? ¿Y si no lograba encontrarla? Aunque el pueblo no era grande, para alguien ajeno como él, podía parecer un laberinto. La idea de llegar con las manos vacías lo aterrorizaba casi tanto como la posibilidad de enfrentar la mirada de Emiliana después de casi un año de silencio.

—¿Y si no la encuentras? —preguntó uno de sus amigos más cercanos, esta vez con seriedad.

Juan respiró hondo y, aunque su voz sonó firme, sabía que la duda seguía presente en su interior.

—La voy a encontrar —dijo con una firmeza que parecía desafiar sus propias dudas. *No fue casualidad pasar con ella tres días en esas condiciones*, —pensó—, *algo me dice que está allá, y de alguna forma, lo voy a lograr*. Pero esas palabras se quedaron atrapadas en su mente, como si temiera que decirlas en voz alta las volviera más frágiles.

—Oigan, ¿y si vamos al Museo de Antropología? —propuso uno de los amigos, de repente—. Hay una sección dedicada a Sonora, igual te sirve para tener una mejor idea de cómo es por allá.

La idea les pareció interesante, y en menos de media hora ya estaban en camino, subiendo al metro en dirección al bosque de Chapultepec. La voz metálica que anunciaba cada estación se mezclaba con las risas y bromas que intercambiaban, mientras Juan, entre conversación y conversación, se perdía en sus propios pensamientos. No podía evitar imaginar cómo sería realmente ese lugar del que apenas había escuchado hablar, y cuánto de lo que había idealizado sobre Emiliana seguiría siendo verdad.

Los días transcurrían entre charlas familiares, juegos de cartas con su mamá y pláticas interminables con su hermana, quien no dejaba de emocionarse por el inminente viaje de Juan. Aquellas veladas poseían una cualidad casi etérea, como si cada risa y cada palabra intercambiada formaran un mosaico de recuerdos destinados a permanecer imborrables. Elisa, con su entusiasmo característico, lo inundaba de consejos y advertencias, mientras su madre, con un amor silencioso pero palpable, se esmeraba en preparar cada detalle de su partida. En esos instantes, el tiempo parecía detenerse, creando una burbuja de calidez que contrastaba profundamente con el creciente nerviosismo de Juan. Era como si aquellas horas fueran el refugio final antes de enfrentar el vasto y desconocido horizonte que lo esperaba.

En las noches, cuando el calor apenas cedía, Juan permanecía despierto, con la vista fija en el boleto de avión que descansaba sobre su escritorio. Aquella hoja de papel, aparentemente sencilla, se había convertido en un símbolo del salto que estaba a punto de dar, un puente entre su presente cargado de dudas y el futuro lleno de preguntas. Sus pensamientos oscilaban entre la emoción y la incertidumbre: ¿Qué le diría a Emiliana? ¿Cómo justificaría su largo silencio, la ausencia de cartas, de llamadas? ¿Y qué si ella ya no lo recordaba con la misma intensidad con la que él la evocaba cada día? Estas inquietudes, como sombras persistentes, rondaban su mente hasta que el cansancio finalmente lo vencía.

Las semanas previas al viaje transcurrieron en una calma tensa, similar al momento en que el aire se vuelve denso justo antes de una tormenta. Cada día que pasaba, Juan sentía la magnitud de lo que estaba por emprender: un acto que prometía transformarlo de maneras que apenas podía imaginar. Aunque la incertidumbre lo acechaba, también sabía que no había marcha atrás; el destino lo empujaba hacia adelante, como una corriente imparable que lo llevaba directamente hacia Emiliana, hacia Nabocampo, hacia lo desconocido.

El día marcado en el calendario se acercaba con rapidez, y aunque la ansiedad lo hacía sentir que el tiempo se estiraba interminablemente, al mismo tiempo el viaje parecía estar a la vuelta de la esquina. ¿Estaba listo? Quizás nunca lo estaría del todo, pero lo que sí sabía era que su corazón lo empujaba a seguir adelante.

2 de agosto de 1986

Querido Juan,

Hoy quiero contarte algo que sucedió aquí en Nabocampo hace unas semanas. Fue algo que me hizo recordar lo vulnerables que somos, cómo en un instante nuestra vida puede cambiar, como cuando el terremoto nos arrasó a ti y a mí. En julio, las lluvias llegaron con una fuerza que nadie esperaba. El río Mayo creció tanto que terminó desbordándose, y, por primera vez, el pueblo se vio impotente frente a algo que no podía controlarse.

    El agua inundó varias partes del pueblo, arrasando con lo que encontraba a su paso. El Colegio Pestalozzi, el lugar que fue mi hogar durante tantos años, quedó completamente dañado. ¿Recuerdas cómo te hablaba de las paredes blancas del colegio? Y el patio donde, en los días soleados, las hermanas misioneras nos enseñaban a jugar voleibol, riendo, con el sol brillando sobre nosotros... Ahora ese patio es un lodazal, y las aulas están llenas de agua, de fango, como si todo lo que alguna vez fue parte de mi vida se desmoronara bajo el peso de la tormenta. Me cuesta imaginar cómo ese lugar, tan lleno de recuerdos, puede parecer tan destruido.

    La plaza principal también quedó afectada. El quiosco, que tantas veces vi rodeado de niños corriendo y jugando, quedó rodeado por el agua, y los árboles que siempre me parecieron tan fuertes, tan *inmóviles, cayeron como si fueran de papel. Todo cambió en un abrir y cerrar de ojos, como si la tierra misma hubiera decidido recordarnos lo efímeros que somos. Pero aunque todo parecía perdido, lo que más me impactó no fue la destrucción, sino la rapidez con la que la gente comenzó a reconstruir todo. A pesar de lo que había pasado, la esperanza parece más fuerte que cualquier tormenta.*

Lo más doloroso fue ver cómo Nabocampo, nuestro Nabocampo, cambió, pero también hermoso ver cómo el pueblo siguió adelante. Las calles olían a humedad, a barro, pero había algo en el aire que no dejaba que todo eso se hundiera en el olvido. La gente volvió a salir, volvió a trabajar. Y aunque las cicatrices del desastre seguirán por mucho tiempo, hay algo que me recuerda a ti, Juan. Es como si la fuerza con la que todos nos levantamos fuese la misma que tú y yo compartimos bajo los escombros del terremoto. Esa misma resiliencia, esa misma esperanza que no se apaga ni cuando todo parece perdido.

Sé que la naturaleza no tiene respuestas, ni es justa. Pero lo que sí sé es que todo esto cambia a las personas. Nos obliga a detenernos y a mirar lo que realmente importa. A valorar lo que tenemos, porque en un segundo puede desaparecer.

Espero que estés bien, donde sea que estés. Me gustaría que pudieras ver mi pueblo ahora, incluso en la destrucción y el caos reinante. Estoy segura de que, aunque no está en su mejor momento, te encantaría. Quizás, en algún momento, podamos caminar por aquí juntos, ver los restos del río Mayo y pensar en cómo, en medio del desastre, encontramos algo más importante: nuestra capacidad de seguir adelante.

Te extraño Juan.

Con cariño,

    Emy

Capítulo 16

AGOSTO 20

Emiliana

El miércoles veinte de agosto amaneció con un aire peculiar para Emiliana, como si el universo mismo conspirara para cambiar el curso de los eventos. A lo lejos, muy tenue pero inconfundible, escuchó la melodía del comercial de los Gansitos, «Recuérdame». Aquella frase se deslizo en su mente como un susurro del destino, arrancándola de su sueño con el corazón latiendo rápido. Era una sensación inquietante, como si el día quisiera anunciarle que algo trascendental estaba por suceder.

Se levantó con prisa, sintiendo una energía inexplicable que la empujaba hacia el nuevo día. Al llegar a la cocina, encontró a Nanavita, quien, como cada mañana, preparaba el café de talega que tanto deleitaba a las tres mujeres que compartían un espacio más emocional que físico. Aunque la casa de Amanda y Emiliana estaba justo al lado de la de Nanavita, ambas viviendas funcionaban como una sola desde que Lorenzo faltó. No había una puerta interna que las uniera, pero los patios eran su puente. Pasaban más tiempo juntas en casa de Nanavita que en la suya propia.

Cuando Emiliana asomó la cabeza por la cocina, Nanavita le sonrió cálidamente, le sirvió una taza de café con leche y le dijo, mientras sacaba una pequeña bolsa de Gansitos:

—Mira, niña, te tengo una sorpresa. Últimamente te he visto tan antojadiza con estos, que no pude resistirme.

Emiliana se sonrojó, tomó uno y le dio un mordisco, mientras se preguntaba si alguna vez le había confesado a Nanavita la relación entre esa frase y Juan. Quizá lo había mencionado, o quizá su nana simplemente lo intuía. Lo único que sabía con certeza era que su gusto por ellos había aumentado después de aquellos días junto a él.

Juan

El día tan esperado por Juan finalmente llegó, envuelto en un aire de anticipación que parecía detener el tiempo. Sabía que la jornada sería larga, un desfile de aeropuertos, escalas y el cansancio inevitable de los viajes. Sin embargo, cada incomodidad se desdibujaba frente a la idea de que al final del día pondría pie en tierras sonorenses.

Con suerte, esa misma noche podría iniciar su búsqueda.

El avión aterrizó en Ciudad Obregón a las 5:00 pm. Apenas puso un pie fuera, un golpe de calor lo recibió con la intensidad de una lámina al rojo vivo, sofocante y casi asfixiante. Era un calor que parecía fusionar el aire con la tierra, atrapándolo en un abrazo implacable. A pesar de las advertencias de su hermana, nada lo había preparado para aquella sensación de ser devorado por un horno invisible. La salida del avión no era directa hacia el interior del aeropuerto; tuvieron que caminar un trecho bajo el sol abrasador desde la pista hasta la sala de llegadas. Ese trayecto, breve pero eterno bajo el calor sonorense, le hizo sentir que había viajado no solo a otra región, sino a otro mundo. Sin embargo, este «infierno» albergaba una promesa, un tesoro que justificaba cada incomodidad.

—Claro que no podía ser fácil —murmuró para sí mismo, mientras caminaba hacia la salida del aeropuerto.

Un grupo de taxistas lo abordó de inmediato. Uno de ellos, un hombre amable con acento marcado, se presentó inmediatamente como Paco y le ofreció llevarlo a Ciudad Obregón o Nabocampo. Paco le explicó que llegar a Ciudad Obregón sería cuestión de unos pocos minutos, pero que para llegar a Nabocampo tendría que recorrer aproximadamente media hora de camino. Por un instante, Juan, quien ya traía hambre, recordó la recomendación de El Bronco pero la desechó y aceptó la ida hacia Nabocampo. Durante el trayecto, el chofer, que resultó ser muy parlanchín y amistoso, le recomendó con entusiasmo el Motel del Rancho y las famosas pizzas Carimali, las primeras en la ciudad y todo un sello local.

—No te las puedes perder, amigo. Son todo un emblema de la ciudad; quien viene de fuera y no las prueba, no ha estado realmente aquí.

Juan sonrió, pero su mente estaba en otra parte. *Primero lo primero* —pensó para sí mismo—: *Emiliana*.

Juan, sintiendo que el chofer accedería por su actitud amistosa, le pidió que lo llevara a alguna iglesia para dar gracias. Una necesidad imperiosa había nacido en su interior, un impulso que no podía ignorar. Paco, siempre dispuesto, lo llevó a la Parroquia del Sagrado Corazón de Jesús. En el camino, Juan intentó reconocer algo de las descripciones que Emiliana le había dado meses atrás, pero nada le resultó familiar, como si esos recuerdos estuvieran envueltos en una neblina distante.

El calor abrasador, las calles terrosas y la serenidad del lugar contrastaban profundamente con el bullicio constante de su vida en la ciudad. Pero había algo en esa simplicidad, en ese paisaje que se extendía ante él, que le transmitía una inesperada sensación de refugio. Era como si ese rincón del mundo lo estuviera invitando a desentrañar un secreto, uno que solo se revelaría al ritmo de su propia paciencia y persistencia.

Emiliana

El día, que había comenzado con un aire mágico, fue perdiendo brillo a medida que avanzaba. Aun así, Emiliana no podía quitarse de encima esa sensación extraña, como si algo importante estuviera en el aire. Sintió un deseo urgente de pedir a Dios y a la Virgen que la guiaran y se encaminó a la Parroquia del Sagrado Corazón de Jesús.

A las 5:00 pm se encontraba de rodillas frente a la Virgen de Guadalupe. El silencio del lugar la envolvía, y el peso de sus pensamientos la llevó a abrir su corazón en oración. En su mente desfilaban nombres y emociones: Juan, sus estudios, la ausencia de su padre y esa sensación persistente de no pertenecer del todo, de estar buscando un rumbo que parecía eludirla. Había algo más, un sentimiento indefinido que oscilaba entre la esperanza y la certeza de que algo importante estaba por venir. Como una mezcla de lo inminente y lo absoluto, ese presentimiento la inquietaba profundamente. No deseaba ser interrumpida, así que, con un gesto decidido, se colocó un velo en la cabeza, esperando que ese pequeño acto le diera el espacio que necesitaba para perderse en su plegaria.

Aproximadamente media hora después, un sacristán la llamó desde la sacristía. Emiliana, quien hasta ese momento había permanecido de rodillas, con la cabeza gacha y las manos juntas en oración, se levantó lentamente y entró en el recinto lateral. El sacristán, un hombre de voz apacible y modales humildes, comenzó a disculparse con cierto nerviosismo.

—Perdón, señorita, la confundí con una religiosa. Pensé que tal vez podría asistirme con un tema de la iglesia.

Emiliana sonrió con amabilidad, aunque algo resignada por la interrupción.

—No se preocupe, lo entiendo perfectamente. De todas formas, ya había concluido mis oraciones.

El sacristán inclinó ligeramente la cabeza en señal de gratitud.

—La misa está por comenzar en poco tiempo, ¿se quedará a acompañarnos?

—Lo lamento, pero no puedo quedarme. Debo volver a casa cuanto antes.

— Espero que tenga un buen regreso. Dios la bendiga.

Emiliana asintió, agradeció su comprensión y se despidió con una sonrisa discreta. Permaneció unos instantes más en la sacristía, reflexionando sobre la curiosa interrupción. Aunque inesperada, sentía que sus plegarias habían encontrado eco en algo más grande. Era el momento de volver al hogar, llevando consigo una mezcla de calma serena y una expectativa que se anidaba en lo profundo de su corazón.

Juan

Desde el primer vistazo, la Parroquia del Sagrado Corazón de Jesús impactó a Juan por su majestuosidad. Sus altos campanarios, coronados con cruces, parecían alcanzar el cielo, desafiando el azul intenso que los rodeaba. El tono rosado de la piedra brillaba bajo el sol, irradiando calidez y solemnidad al mismo tiempo. Cada detalle de la fachada, desde los elegantes arcos adornados hasta las ventanas hexagonales que parecían ojos vigilantes, hablaba de historias y plegarias acumuladas a lo largo de los años. La entrada principal, con sus ornamentos delicadamente tallados, le dio la sensación de estar cruzando el umbral hacia un lugar donde la fe y el tiempo convergían.

Juan se dirigió a la entrada.

—A las seis hay misa amigo, le gritó el chofer mientras entraba a la iglesia. En ese momento Juan había volteado a ver su reloj y marcaban las 5:35 pm.

—No tardo, le contestó y entró.

La iglesia era tranquila y silenciosa. Desde el fondo de la nave, el interior de la parroquia emana una serenidad que envuelve a quien la contempla. A lo lejos, alcanzó a ver a una figura con un velo que entraba en un recinto lateral. Pensó que era una religiosa y no le dio mayor importancia.

La luz que se filtraba a través de los vitrales

llenaba el interior de la iglesia con matices dorados y rosados, como si el sol mismo quisiera participar de la devoción del lugar. Los bancos de madera oscura, alineados con precisión, brillaban suavemente bajo los reflejos que también danzaban en el mármol del suelo. Al fondo, el altar principal se alzaba como un punto de encuentro entre lo terrenal y lo divino. La estatua del Sagrado Corazón de Jesús, rodeada de un resplandor casi etéreo, proyectaba una serenidad que llenaba el espacio. Las columnas y arcos, ricamente tallados, parecían custodiar el santuario, mientras las figuras esculpidas en las paredes parecían susurrar oraciones ancestrales, invitando a una reflexión profunda y personal.

Sentado en las últimas bancas, agradeció a Dios por todo lo vivido. Se emocionó al pensar que quizá Emiliana alguna vez había estado ahí, en ese mismo lugar, compartiendo con él una conexión invisible a través del tiempo y el espacio.

Sin mucha tardanza, Juan salió de la iglesia, donde Paco, el chofer, lo esperaba pacientemente. Ahora había más coches estacionados, con personas que parecían llegar para la misa. Una vez estacionados frente al hotel, justo cuando Juan estaba a punto de bajarse del taxi, Paco le lanzó una advertencia inesperada:

—Ni se te ocurra acercarte ahí —dijo, señalando con el dedo un edificio oscuro y solitario a la distancia— es la rueda disco, o bueno, lo que queda de ella. La gente dice que por ahí se aparece el diablo. Yo, por si las dudas, ni me acerco.

Paco tocó el pequeño crucifijo que colgaba de su retrovisor, como si el simple gesto pudiera ahuyentar cualquier mala energía.

Juan, divertido por la seriedad del comentario, sonrió y respondió:

—Anotado —contestó con ligereza, aunque en su mente descartó esas palabras como meras habladurías de pueblo.

Juan bajó del taxi y entró al hotel para registrarse. Estaba agotado y decidió cenar algo sencillo allí mismo; las Pizzas Carimali podían esperar a otro día.

Emiliana

Decidió salir por la sacristía para evitar a la multitud que comenzaba a congregarse para la misa. La Parroquia del Sagrado Corazón de Jesús carece de un atrio tradicional, ya que su puerta principal conecta directamente con la banqueta, sumiendo a los fieles en la vorágine de la calle sin transición alguna. Con el tiempo, se había habilitado un patio lateral que funcionaba como atrio improvisado, y Emiliana optó por salir por ese camino, buscando esquivar el bullicio de los fieles que llegaban al templo.

Al llegar a la banqueta, notó que el cordón de su

zapato estaba suelto. Se inclinó para atarlo, pero una ráfaga de aire inesperada la hizo detenerse en seco. Un escalofrío recorrió su cuerpo, como si algo invisible hubiera pasado junto a ella, dejando tras de sí un rastro tan efímero como inquietante. Era una sensación difícil de explicar, como si la vida le estuviera insinuando algo que se resistía a ser entendido.

Sacudió la cabeza para despejar la idea, pero la sensación persistía, como un eco sutil que se negaba a disiparse. Mientras emprendía el camino de regreso, se convenció de que todo era producto de la emoción acumulada tras su conversación con Dios, un remanente de la intensidad espiritual que había experimentado en el templo. En cuanto estuvo a solas en su recámara, tomó su diario pensando: «*Hoy siento que algo cambió, aunque no sé qué. Quizá al escribirlo pueda entenderlo*». Y comenzó a escribir.

20 de Agosto 1986

Querido Juan,

Hoy me desperté pensando en ti, como la mayoría de los días. Es curioso cómo los recuerdos no se desvanecen con el tiempo, sino que se arraigan más profundo, como raíces que no puedo arrancar. A veces me pregunto si tú también piensas en mí, si el eco de nuestro tiempo juntos bajo los escombros sigue resonando en tu memoria.

 Esta mañana, escuché la melodía del comercial de los Gansitos al amanecer: "Recuérdame". Esa palabra me golpeó con la fuerza de un susurro que trae consigo tu nombre. ¿Sabes? Me hizo sonreír, pero también doler. Me pregunto si tú también asocias pequeños momentos, canciones o frases con lo que vivimos. Tal vez soy la única que se aferra a estas memorias, pero prefiero pensar que, en algún rincón de tu corazón, aún estoy presente.

 Mi vida ha cambiado tanto desde entonces. La casa se siente extraña, casi vacía, aunque esté llena de cosas. Mi mamá dice que es por la ausencia de Papá, pero yo creo que también tiene que ver conmigo. Desde que regresé después del terremoto, siento que algo en mí ya no es igual.

 Hace unos días, volví a caminar por la plaza. ¿Recuerdas que te hablé de ella? Era mi lugar favorito antes, pero ahora siento que no encajo en ningún lado. Incluso cuando estoy con mis amigas, mi mente está en otro lugar, en otro tiempo, en aquel rincón oscuro donde compartimos nuestras palabras y nuestros miedos.

    A veces creo escuchar tu voz entre los murmullos de la gente, pero al girar la cabeza, siempre descubro que es solo mi imaginación. Sin embargo, aún espero... Espero que, algún día, las señales me guíen hasta ti.

Con cariño,

    Emy

Capítulo 17

NADA ES COMO UNO LO IMAGINA
Juan

21 de Agosto

El sol de la mañana comenzaba a calentar las calles de Nabocampo mientras Juan caminaba por su centro. El calor ya se sentía abrazador, envolviéndolo como una manta ardiente, incluso a esas horas tempranas. Era sorprendente cómo, a pesar de lo temprano que era, el aire parecía haberse calentado con una furia prematura, convirtiendo cada paso en un desafío.

Era una pequeña ciudad viva, pero no el lugar idílico que Emy le había descrito tantas veces, donde lo rural y lo urbano se fundían en armonía. A medida que avanzaba, no podía evitar preguntarse si las expectativas habían nublado su percepción o si el tiempo había transformado aquel sitio del que Emiliana le había hablado con tanto cariño.

Había llegado con una emoción contenida, esperando encontrar lugares que resonaran con las imágenes que ella había pintado en su memoria: una plaza pequeña con árboles frondosos donde los niños jugaban y los ancianos descansaban en bancas de madera, un colegio antiguo con paredes blancas, y una parroquia que latía como el corazón del pueblo.

Lo que veía, en cambio, era una mezcla de modernidad y descuido. La Plaza 5 de Mayo tenía árboles, sí, pero no transmitía la calidez que él había imaginado. No era acogedora ni estaba llena del tipo de vida que Emiliana había descrito. Era más bien un espacio funcional, rodeado de negocios pequeños con letreros desteñidos. Aunque la parroquia a la que había ido el día anterior estaba cerca, no era contigua a la plaza ni estaba en el centro.

Juan suspiró y siguió caminando. Decidió comenzar su búsqueda por lo que pensaba sería más sencillo: el Colegio Pestalozzi. Recordaba que Emy le había dicho que estaba en una zona céntrica y que era un lugar histórico, conocido por su arquitectura. Se acercó a un grupo de jóvenes que comían *hot dogs* bajo la sombra de una lona.

—Disculpen, ¿saben dónde está el Colegio Pestalozzi? —preguntó con una sonrisa amable.

Los jóvenes intercambiaron miradas confusas. Uno de ellos, con una gorra azul al revés, se encogió de hombros.

—¿Colegio Pestalozzi? No me suena, la neta. ¿Es una escuela nueva? —preguntó uno.

—No, no creo. Tal vez me equivoqué de nombre —respondió Juan, tratando de ocultar su decepción, aunque sabía que no se había equivocado. —Bueno, es una escuela con un edificio que parece histórico, de monjitas. ¿Quizá con esto?

—Ah, bato, tú hablas de la Escuela Obregón. Está justo al final de esta calle, pasando el monumento de Álvaro Obregón. Obviamente es la avenida Obregón —se rio.

—Ey, esa no es de monjas —añadió otro chavalo.

—Es cierto... bueno, no sé, creo que no, pero tal vez sí —respondió, esta vez dirigiéndose a Juan con más inseguridad.

Los dos chavalos se miraron entre sí mientras Juan recordaba que Emiliana le había mencionado algo de los «obregonazos», pero no lograba recordar a qué se refería.

—Esa debe ser —dijo con un tono de quien por fin había dado en el clavo. —¿Es la que está enseguida del río?

—No, no, para nada. Aquí no hay río, amigo. ¿Qué no ves el calorón que hace? A la gente le gusta decir «el río Mayo», pero es solo un montón de tierra árida que ni a los animales les interesa para pastar. Digamos que alguna vez hubo un río, pero eso es cosa del pasado.

—Bueno... ¿no sabrán de otra escuela o colegio... —iba a decir «grande», pero ya no creía que encontraría un edificio tan imponente como había sentido en la descripción de Emiliana. —... cerca de este supuesto no río?

—Pues está la prepa Tec —dijo un chavalo.

—¿O sea la del Tecnológico de Monterrey? —agregó el otro. —Pero fuera de eso, la neta no me suena. Le puedo preguntar a la jefa, quizá ella sí sepa. No debe tardar en llegar.

—Gracias, está bien así. Solo era curiosidad —dijo Juan, tratando de restarle importancia. Forzó una sonrisa, agradeciendo la información, aunque internamente sentía una creciente frustración. *Esto no está saliendo como esperaba,* —pensó, mientras una ligera punzada de duda comenzaba a instalarse en su mente.

El grupo perdió interés rápidamente, y Juan siguió su camino. Dio varias vueltas alrededor de la plaza, buscando algo que coincidiera con los relatos de Emiliana. Nada parecía encajar. Se encontró con otro puesto de *hot dogs* y decidió probar uno. «Dogos de Juanito», decía el carro, y quien atendía parecía amigo o familiar de todos. Saludaba a todos por su nombre y contaban pequeñas anécdotas del día a día, como suele suceder en los pueblos pequeños. Al terminar, decidió que los dogos sonorenses eran de los mejores que había probado.

Mientras caminaba, el calor lo envolvía como un abrazo de fuego, sofocante y opresivo. Cada respiración se convertía en un desafío, como si el aire, denso y ardiente, quemara su garganta antes de llegar a sus pulmones. Las gotas de sudor trazaban caminos inevitables por su frente y su espalda, empapando su ropa hasta hacerla pegarse incómodamente a su piel, una segunda capa que parecía fundirse con el calor del ambiente. Observaba a su alrededor con asombro, intentando comprender cómo las personas parecían moverse con naturalidad bajo ese clima implacable. *Ni con toda una vida podría adaptarme a algo así,* —pensó, admirando en silencio la resiliencia de los habitantes locales. Mientras recorría las calles, con el calor como un peso que parecía distorsionar las formas a su alrededor, Juan analizaba los rostros de los transeúntes, buscando inconscientemente algún destello, una mirada o un gesto que resonara con las descripciones que Emy había tejido en sus relatos. Era como intentar ensamblar fragmentos de un sueño en un lugar que parecía resistirse a ser reconocido. Cada esquina que recorría parecía un reflejo de su búsqueda interna: un anhelo insaciable, teñido de incertidumbre, que lo mantenía avanzando a pesar del agotamiento.

 El cansancio del día anterior hizo que pasara por alto algo tan sencillo como asegurarse de que todo su equipo estuviera listo para usar. *¡Qué descuido tan grande de mi parte !,* —se reprochó. Ni hablar, nada debía desanimarlo. Un poco más tarde, entró a una pequeña cafetería para descansar y hacer una búsqueda rápida. Pensó que tal vez había cometido el error de confiar demasiado en las descripciones de Emiliana sin investigar por su cuenta, pero entrando le dijeron.

—Joven, no tenemos señal ni servicio.

Frustrado, dándose cuenta que no disponía de mucho tiempo, decidió seguir indagando a la antigua. ¿Qué tan difícil podía ser? Según Emiliana, Nabocampo era un lugar chico donde todos se conocían, o al menos eso le había dado a entender.

De repente, las dudas invadieron su mente. *¿Será que Emiliana me mintió*? —reflexionó por un instante. *Tal vez vive en otro lugar y mencionó Nabocampo por desconfianza y... nunca la encontraré.* —continuó, pero rápidamente desechó la idea. Estaba seguro de que Emy era honesta y que todo lo que habían compartido bajo los escombros era real. Tal vez simplemente no era buena describiendo, o él no había interpretado bien.

Sacó el papel con la dirección y el teléfono que había traspasado en limpio. Sabía que los datos nunca habían sido claros; al escribirlos bajo los escombros, con la oscuridad y el temblor de las manos de Emiliana, apenas se distinguían fragmentos. La calle empezaba con la letra *T* y parecía que terminaba con una *D*, el número de la casa tenía un *0*. Del teléfono, ni hablar. Solo tenía ocho dígitos y ya había intentado demasiadas combinaciones. De todos modos, sacó el papel como si le fuera a traer suerte.

Pasaron horas sin novedad. Con el corazón destrozado y cansado de una búsqueda que no llevaba a nada, decidió regresar a Ciudad de México antes de lo previsto. Recordaba perfectamente que había un vuelo directo que salía muy tarde desde el aeropuerto de Ciudad Obregón y que además era un poco más barato.

De una vez me voy a Obregón, —pensó, y se subió a un «Mayito», los autobuses que una señora amable le recomendó tomar, que lo llevaría hasta allá.

En el trayecto a la estación alcanzó a ver de lejos la mitad de un letrero que terminaba en «tronco» y recordó el restaurante El Bronco y decidió ir. *Si nada más me regreso habiendo comido un buen corte,* —se animó, o al menos lo intentó, aunque el desánimo seguía pesando más.

El lugar estaba casi vacío a esa hora de la tarde. Juan se sentó en una mesa junto a una ventana, y poco después un mesero se acercó para tomar su orden. Aunque intentó mantener la calma, sabía que no podía ignorar la sensación de fracaso que lo embargaba.

—Buenas tardes joven, mi nombre es Pepe y seré quien lo atienda. ¿Es su primera vez por aquí? —preguntó mientras le servía agua y le ponía un juego de cubiertos.

—Así es, —le contestó con seriedad.

— Ha venido al mejor lugar de cortes de la ciudad le respondió el mesero.

— Me han dicho —murmuró esbozando media sonrisa, como queriendo decirle que no le sacara plática pues quería poner sus pensamientos en paz.

El mesero, un hombre de unos 50 años con su nombre escrito en la camisa que era su uniforme, quien llevaba un bigote bien cuidado y lentes, levantó la mirada con interés. Fue extremadamente atento y trataba de hacer un poco de conversación, Juan a su vez también fue muy amable, aun cuando deseaba más la soledad que la compañía.

Después de que Juan pagara la cuenta, antes de poder levantarse se le acercó el mesero con otro vaso con agua y le dice:

—Por tu acento, sé que no eres de aquí, joven. Por tu mirada, sé que algo no anda del todo bien. Me atrevería a decir que son cosas del corazón. ¿Te puedo servir en algo?

Juan bajó la mirada, sus manos temblorosas jugueteando con el borde de la mesa. Después de un largo silencio, suspiró y finalmente habló:

—Vine buscando algunos lugares que me mencionaron. Era muy importante para mí dar con ellos... pero parece que ya no existen... O... no sé, quizá me mintieron y estoy aprendiendo... el desamor —confesó, con un tono que delataba su desilusión.

—¿Qué lugares está buscando, joven? –le contestó Pepe, notando que realmente se veía afectado por su fracaso de encontrarlos.

—No es aquí, es en Nabocampo. Un tal colegio Pestalozzi, por ejemplo; un río Mayo con agua, o bueno, la parte donde aún hay. También una plaza llena de árboles... Creo que le dicen «la plaza de los árboles frondosos». Pero nada, absolutamente nada.

El hombre frunció el ceño, como si estuviera

haciendo un esfuerzo por recordar; sin embargo, esa búsqueda tan peculiar le llamaba la atención.

—El Pestalozzi..., claro que existe... Bueno, estoy seguro de que al menos existió. Mi hermana mayor fue a ese colegio. Era muy conocido en su tiempo, pero cerró, creo, después de la gran inundación. Se encuentra en lo que hoy es la colonia Campo Viejo.

El corazón de Juan dio un salto.

—¿Campo Viejo? ¿Dónde queda eso?

—Es una colonia en la parte antigua de Nabocampo, donde la ciudad empezó. Pero después de la devastación, muchas cosas cambiaron. Ya casi nadie va por allá.

—¿Cree que aún queden rastros del colegio?

—Estoy seguro que sí. Pensándolo bien tal vez las ruinas. Ya no encontrará mucho. La colonia está bastante deteriorada. Es casi como si la gente se hubiera olvidado que ahí fueron sus comienzos. ¿Sabe, joven? Nabocampo no es lo que era. Los años lo han desgastado, como pasa con todo. Las cosas cambian y a veces cuesta reconocer los lugares que uno recuerda con cariño. Pero si buscamos bien, siempre hay algo que queda, aunque sea en el recuerdo.

Juan asintió con gratitud y se terminó el agua. No podía irse de Nabocampo sin visitar Campo Viejo. Aunque las palabras del mesero eran alentadoras y le daban una nueva esperanza, contenían en sí todo lo contrario: eran desalentadoras, y extremadamente extrañas.

«Existió», «en ruinas», «deteriorada», «antigua»... Juan no sabía que pensar. *Quizá este hombre está un poco confundido; quizá es mayor de lo que calculé y se le va el rollo*, —intentó convencerse, sacudiendo su cabeza para despejar su mente de tantas incoherencias. Por lo menos tenía otra pista para comenzar al día siguiente.

Juan regresó a Nabocampo inmediatamente y se quedó en el mismo lugar. Esa noche, mientras preparaba su plan para visitar Campo Viejo al día siguiente, repasó mentalmente las historias que Emiliana le había contado. ¿Por qué nada coincidía? Después volvió a pensar en las palabras del mesero. Aunque una parte de él deseaba convencerse que había algo lógico detrás de las discrepancias entre todo lo que había visto, lo que le había descrito Emy y lo que le había dicho el mesero, no podía ignorar la creciente sensación de que algo extraño estaba sucediendo.

Esa noche, mientras el cansancio lo vencía, su mente seguía atrapada en un torbellino de preguntas. ¿Por qué nada coincidía? ¿Y si había idealizado todo? Pero, al mismo tiempo, sentía que había algo más, algo que no lograba comprender, una verdad que estaba justo fuera de su alcance. *Mañana lo sabré*, —pensó, aferrándose a la esperanza como si fuera el último refugio. Antes de dormirse, Juan tomó el teléfono y buscó un vuelo de regreso a Ciudad de México. Si no encontraba nada al día siguiente, tendría que aceptar que su búsqueda había llegado a un callejón sin salida.

Capítulo 18

UNA CAJA MISTERIOSA
Juan

22 de Agosto

El amanecer llegó con un aire distinto. A pesar del calor matutino que ya se hacía presente en Nabocampo, Juan sintió un escalofrío recorrer su espalda al pensar en su visita a Campo Viejo. Había algo extraño en todo esto. La conexión entre las descripciones de Emiliana, la historia del mesero y la realidad que había encontrado parecía no encajar en ningún lugar lógico de su mente.

Tomó el primer transporte que pudo hacia la colonia. Al llegar, el contraste con el resto de Nabocampo era evidente. Parecía un rincón detenido en el tiempo, más rural y menos cuidado. Las calles eran estrechas y desiguales, flanqueadas por casas viejas, muchas de ellas en ruinas o abandonadas, con huertos pequeños llenos de árboles de limón o mangos resecos por el sol. A pesar de su deterioro, el aire parecía cargado de historia, como si los secretos del lugar aguardaran bajo cada piedra y en cada sombra.

Juan comenzó a preguntar por el Colegio Pestalozzi. Un hombre mayor, sentado bajo la sombra de un mezquite, le señaló el camino.

—Disculpe, señor, ¿sabe dónde queda el Colegio Pestalozzi? —preguntó Juan con respeto.

El anciano lo miró con curiosidad, como si tratara de recordar algo enterrado en el pasado.

—Siga por esa calle hasta el final. Va a ver unas paredes viejas. Ese era el colegio... aunque no creo que quede algo digno de ver.

Agradeció con un gesto y siguió las indicaciones. No tardó mucho en encontrarlo. Ante él se alzaban los restos de lo que una vez debió ser un lugar lleno de vida: una estructura en ruinas, sus muros agrietados y abrazados por enredaderas. Entre las grietas asomaban restos de una pintura blanca desvaída. Juan se quedó inmóvil, observando el lugar, intentando reconciliar lo que veía con las historias de Emy.

"¿Cómo era posible que este fuera el mismo lugar que ella había descrito?" —pensó. Sólo había pasado un año desde que conoció a Emiliana, y la inundación de la que le habló el mesero tendría que haber sido después, según entendió. No podía dar crédito a cómo algo podía deteriorarse tanto en tan poco tiempo.

Con pasos cautelosos, se acercó a la entrada. Sintió un nudo en el estómago. Cruzó el umbral, pisando con cuidado los escombros y trozos de madera caída. Había un letrero torcido, apenas legible y con las palabras a medias, como borradas por el paso del tiempo: «COL...IO I...A». No podía descifrar «Colegio Pestalozzi» con lo que alcanzaba a ver, pero sabía que ese era el lugar; lo sentía en lo profundo de su ser. Estaba parado justo en esas ruinas que alguna vez albergaron risas infantiles.

En su mente resonaban las palabras de Emiliana: «Era tan bonito, con jardines y un patio amplio donde jugábamos a la cuerda». La imagen que Emiliana había pintado en su mente no coincidía con lo que veía ante él. Ella hablaba de jardines vibrantes y ecos de niñez, pero lo que veía era solo desolación, como si el tiempo hubiera pasado en un abrir y cerrar de ojos para desmoronar todo lo que alguna vez fue.

Al salir del edificio, decidió dirigirse hacia la plaza que le habían mencionado. Si el colegio estaba en ruinas, al menos podría hallar la plaza donde Emy había pasado tantas tardes memorables. Pero cuando llegó, al igual que el colegio, era un esqueleto de lo que, al parecer, una vez fue. Había árboles, sí, pero no eran frondosos ni acogedores como los de sus historias. Había bancas de metal desgastado y un par de comerciantes vendiendo bajo sombrillas improvisadas. Se sentó para tratar de despejar su cabeza y entender qué estaba pasando. A su lado se erguía algo que parecía haber sido un monumento, con una placa en la cual estaba escrito:

La historia nunca muere,
aunque el tiempo insista en enterrarla.
Aquí, los recuerdos persisten,
aunque los lugares desaparezcan.

Anónimo.

Sintió que esas palabras estaban dirigidas a él.

Todo le resultaba extraño; no sabía qué hacer ni cómo pensar con claridad. Su estómago rugió, trayéndolo de vuelta a la realidad. La realidad era que se había despertado tan desesperado por llegar a Campo Viejo que no había metido a su estómago ni un pedazo de pan.

En una esquina ya había notado un puesto con un letrero escrito a mano: «Tacos Los Pelirrojos». La afluencia constante de clientes le hizo pensar que valdría la pena probarlos. Se sentó en una mesa que acababa de desocuparse, todavía con platos sucios y vasos del cliente anterior. Mientras esperaba, trató de ordenar sus pensamientos, pero todo seguía sin sentido.

Un joven se acercó a tomar su pedido.

—¿Qué va a llevar? —preguntó con amabilidad.

—Dos tacos, para empezar —respondió Juan distraídamente. *Y para probar antes de decidir si pido más*, —pensó.

Justo cuando el mesero iba a darse la vuelta, lo abordó de nuevo.

—Tenemos Vita de fresa, de la original. ¿Le traigo una?

Juan levantó la vista, y su corazón dio un vuelco.

Ese nombre resonó en su mente como un eco lejano. «¡*Nanavita!*». La conexión fue instantánea, como si una pieza del rompecabezas se hubiera colocado sola.

—Disculpe, ¿dije algo mal? Parece que vio un fantasma —dijo el muchacho.

—Sí, tráigame una, por favor —respondió, sin prestar atención a su comentario y todavía aturdido por lo que esa palabra acababa de evocar en él.

No podía ignorar la coincidencia. Mientras esperaba los tacos, reflexionaba sobre cómo el hambre parecía intensificar cada sensación. Recordaba con claridad que Emy había mencionado a su Nanavita y cómo su casa estaba frente a la plaza, con una puerta de arco color azul rey coronada por un sol en el cenit, un detalle tan vívido que ahora le parecía imposible olvidar. Después de disfrutar de dos tacos más —el sabor lo había conquistado al instante, despertando una inesperada gratitud hacia aquel humilde puesto—, pagó rápidamente y salió en busca de aquella puerta, la que Emy le había descrito con una precisión que ahora parecía guiarlo como un faro en la distancia.

Aunque varias casas tenían puertas con arcos, no tardó mucho en encontrar la que tenía la figura del sol. Observando los detalles, alcanzó a ver un poco de pintura color azul rey, algo desgastada pero aún llamativa en algunas grietas. Titubeó antes de tocar.

La puerta se abrió lentamente, revelando a una mujer menuda de cabello blanco como la nieve. Sus ojos, profundos y cargados de una sabiduría antigua, brillaban con una sonrisa que parecía guardar siglos de secretos.

Rápidamente dedujo que no podía ser Nanavita. Aunque Emiliana siempre le dijo que se veía bastante mayor a su edad, sabía que al menos tenía 50 años. Esta mujer que estaba frente a él no podía de ninguna manera tener esa edad; estaría más cerca de los 100, pensó.

—¿Se le ofrece algo, joven? —preguntó la mujer, con un tono amable pero reservado.

—Disculpe... —titubeó, y con su voz un poco tímida y temblorosa continuó—. ¿Nanavita?

La viejecita sonrió, exhaló como quien expresa un «por fin». Se acomodó los lentes, que estaban colgados en su pecho con unas cadenitas, y lo vio directo a los ojos.

—¿Juan?

Juan sintió su corazón latir con fuerza.

—Soy amigo de Emiliana. Ella... me habló de usted... —calló cuando fue consciente de que ella había dicho su nombre. En ese momento ella lo interrumpió.

—Juan, sé perfectamente quién eres. Te estaba esperando. Pasa, muchacho, pasa.

Juan no podía evitar sentirse desconcertado. ¿Cómo podía ser posible? Sin embargo, la anciana, al percibir la confusión reflejada en su mirada, le ofreció una explicación antes de que él pudiera formular sus preguntas. Con voz tranquila pero cargada de intención, le explicó que nadie, absolutamente nadie, la llamaba Nanavita excepto su niña. Fue ella quien le había contado sobre esos días que compartieron bajo circunstancias excepcionales, y por lo tanto, era lógico que él también la conociera solo por ese nombre, el mismo que nadie más usaba.

—Además, —añadió con un tono que mezclaba dulzura y determinación—, te estaba esperando.

Juan intentó mantener la compostura, pero no pudo evitar que una mezcla de sorpresa y una leve inquietud se reflejaran en su expresión. Había algo en esa mujer que lo hacía sentir que todo en ese momento, incluso lo inexplicable, tenía un propósito. Lo hizo pasar a la cocina, le ofreció café de talega con empanadas de cajeta de guayaba que dijo orgullosamente aun hacía ella con las frutas que recogía de su jardín. Y empezó a caminar por un pasillo rumbo a algún otro cuarto de la casa.

— Espérame un momento, tengo algo para ti. —y ahí lo dejó—. Y siéntete en casa —alcanzó a escuchar que le dijo.

Se le empezaron a hacer eternos los minutos que transcurrían, y su mente comenzó a llenarse de suposiciones. Pensó que quizá algo le había pasado a la anciana, pues no parecía que hubiera alguien más viviendo en esa casa. Todo a su alrededor tenía un aire de otra época: los muebles antiguos, el suelo de madera que crujía bajo sus pies, los cuadros descoloridos en las paredes. Aunque el lugar mostraba el desgaste del tiempo, estaba cuidado con un esmero que hablaba de cariño y tradición.

Juan comenzó a imaginar que esos mismos muebles habían formado parte del día a día de Emy, y la idea de estar tocando algo que ella también había tocado lo llenó de una extraña emoción. Era como si, al rozar esas superficies, lograra acortar la distancia entre ellos, conectándose de manera tangible con historias que nunca había conocido pero que, de algún modo, sentía como propias.

Finalmente, Nanavita regresó sosteniendo una caja entre sus manos. La colocó en la mesa con un gesto solemne.

— Esto es para ti, —dice y la empuja un poco hacia él. —Con esto entenderás... por fin.

Juan abrió la boca queriendo decir algo pero antes que pudiera emitir sonido alguno Nanavita continuó.

—No puedo decirte más. Cuando sepas lo que tienes que saber y comprendas todo, entonces podré ayudarte nuevamente. Pero antes, escucha atentamente estos tres consejos: primero, no abras la caja hasta que llegues a casa; segundo, no intentes apresurar las respuestas, dale tiempo a cada pregunta; y tercero, estudia con paciencia y atención. El momento llegará, y cuando lo haga, volveremos a encontrarnos.

Juan obviamente no entendió el significado de sus palabras y en ese momento tampoco recordó que Emy le había dicho que su nana tenía algo de bruja, clarividente o algo parecido. Se iría con más dudas que respuestas.

Nanavita se levantó antes de que Juan pudiera

reaccionar. Se disponía a regresar a algún lugar al interior de la casa. Se despidió dándole un cálido abrazo y diciéndole que ya era mayor, estaba cansada y aún tenía que guardar energías pues su misión todavía no terminaba.

Se fue con su pasito lento, dejándolo parado con caja en mano repitiéndole nuevamente que se sintiera en casa, y que al irse por favor le pusiera seguro a la puerta.

Que mujer tan peculiar —pensó Juan

Mientras cargaba la caja de madera, el consejo de Nanavita retumbaba en su mente: «Espera, estudia, y todo cobrará sentido». Juan salió de la casa con más preguntas que respuestas, sintiendo que el peso de la caja no solo era físico.

Desde la ventana, Nanavita lo observaba alejarse. Una sonrisa serena iluminó su rostro antes de cerrar las cortinas, convencida de que el destino de Juan por fin tomaría el rumbo que debía seguir. Su querida Emiliana había elegido bien.

PARTE 2

Capítulo 19

LA DECISIÓN
Emy

Las cosas no volvieron a ser iguales después de la inundación. Muchas familias comenzaron a mudarse a partes más altas de la ciudad, temiendo que otro desastre pudiera ocurrir, pero Amanda y Nanavita se negaron a abandonar el lugar donde cada esquina estaba impregnada de recuerdos, especialmente de Lorenzo.

Las risas y pláticas que solían llenar las mañanas se habían apagado. Ahora, el ambiente era diferente, cargado de un silencio pesado, como si las palabras fueran incapaces de atravesar el velo del dolor. Tal vez el último año había sido demasiado, y aún no lograban recuperarse del todo.

Amanda estaba sentada frente a la mesa, mirando un papel que sostenía entre las manos. Su expresión reflejaba indecisión y sus dedos temblaban ligeramente. Nanavita, que la observaba desde la distancia, se acercó lentamente, con ese andar tranquilo y casi místico que la caracterizaba.

—Me asustaste —dijo Amanda, nerviosa, mientras dejaba el papel sobre la mesa junto a un montón de correspondencia. Intentó sonreír y añadió— solo revisaba cosas que tengo que tirar.

Nanavita ladeó la cabeza, con una expresión dulce que parecía leer más allá de las palabras.

—Acepta la propuesta de trabajo, Amanda —dijo con suavidad—. Un cambio no les vendría mal, ni a ti ni a mi niña.

Amanda frunció el ceño, sorprendida una vez más por cómo Nana siempre parecía saberlo todo sin necesidad de que alguien se lo contara.

—No sé, Nana. Es muy lejos, y ni siquiera tengo que preguntarte si nos acompañarías. Ya sé tu respuesta —respondió, forzando una sonrisa que no llegaba a sus ojos.

Nanavita esbozó una pequeña sonrisa, como si confirmara lo evidente.

—Además —continuó Amanda—, ¿de verdad crees que le hará bien a Emiliana irse sin ti? Te ha tenido desde que nació. Le harás falta.

—Te tiene a ti, Amanda. Yo no le haré falta, créeme. Y no es como si me estuviera muriendo —bromeó Nanavita, haciendo una mueca juguetona antes de continuar con un tono más serio—. Y tú mejor que nadie sabes lo difícil que ha sido este año para las dos: desde el terremoto, pasando por... todo lo demás. Esa oferta de trabajo te ha caído del cielo. No todas las oportunidades se repiten.

Amanda bajó la mirada hacia sus manos, que

ahora jugaban nerviosamente con su anillo de matrimonio. Sus ojos se llenaron de lágrimas. La idea de dejar todo atrás era un peso enorme, pero Nana tenía razón: un nuevo comienzo podría ser lo mejor.

—No te puedo dejar atrás, Nana. No quiero y Emiliana tampoco querrá.

Nanavita se acercó y le tomó las manos con calidez, transmitiéndole una fuerza tranquila.

—No digas tonterías. Aquí estaré, y te prometo que nos vamos a escribir seguido. Incluso nos podremos visitar. Además, estoy joven todavía, ¿no crees? —dijo con una sonrisa misteriosa, esa que siempre llevaba, como si guardara secretos que los demás no alcanzaban a comprender.

—Ay, no sé... —Amanda suspiró profundamente—. Creo que tienes razón, pero aun así me da miedo.

—¿Miedo tú? —replicó Nanavita con fingida incredulidad—. No, Amanda, ni escuchándote como lo hago me convences. Irte no significa que estás dejando atrás a Lorenzo. Él está contigo siempre: en tu corazón y a través de Emiliana.

Amanda no pudo evitar soltar un pequeño sollozo mientras giraba el anillo en su dedo.

—Lo pensaré... —dijo, aunque su voz no sonaba convencida.

—Pues no lo pienses mucho. El año escolar está por comenzar y no van a esperarte para siempre. Si te tardas, ni Rosa María podrá ayudarte.

Amanda dejó escapar una risa nerviosa,

contagiada por el tono ligero de Nana.

—Es tan pronto... Tendríamos que irnos... desde ayer.

—Habla con ella. Verás que todo saldrá bien. —respondió Nanavita, con un tono seguro y tranquilizador.

En ese momento, se escuchó el crujido de la puerta principal. Emiliana había llegado.

—¿Qué hay de comer? —gritó desde el pasillo, con la despreocupación característica de su edad.

Amanda y Nanavita intercambiaron una mirada cómplice y dejaron el tema de lado. Las tres se sentaron a comer, charlando sobre los pequeños acontecimientos del día, como si las decisiones importantes pudieran esperar un poco más.

Tras la comida, Amanda decidió salir al patio trasero con Emiliana, llevando consigo un par de tazas de té. Bajo el árbol de mango que había plantado Lorenzo años atrás, ambas se sentaron en silencio por un momento, escuchando el zumbido de las abejas y el leve susurro del viento entre las hojas.

—Mamá, ¿estás bien? —preguntó Emiliana, notando el rostro pensativo de Amanda.

Amanda tomó un sorbo de té antes de responder, con una voz tranquila pero cargada de emoción.

—He estado pensando mucho, Hija. Sobre lo que significa quedarse o irse. Sobre lo que dejamos atrás y lo que podemos encontrar adelante.

Emiliana frunció el ceño, sorprendida por el tono

serio de su madre.

— ¿Irnos? ¿A dónde?

Amanda le explicó la oferta de trabajo, el cambio que podría significar para ambas y la conversación con Nanavita. Emiliana escuchó con atención, procesando la idea de dejar Nabocampo.

—No sé qué decir, Mamá. Amo este lugar, pero también siento que algo aquí me pesa... como si no pudiera avanzar del todo.

Amanda asintió, reconociendo los sentimientos de su hija.

—A veces, moverse no significa olvidar, Emy. Significa darle espacio a lo nuevo, a lo que tiene el poder de sanar lo viejo.

Esa noche, Emiliana se quedó meditando en lo que significaría dejar Nabocampo y lo que significaba quedarse. Su mente divagaba entre recuerdos felices y el deseo de algo diferente, algo que aún no podía nombrar.

Capítulo 20

CAMBIOS Y NUEVOS COMIENZOS
Emy

Amanda no tardó mucho en decidirse. Habló con su amiga Rosa María, quien logró conseguirle una extensión para comenzar en la escuela donde ella misma daba clases. Amanda empezaría como suplente, un puesto que, gracias a su recomendación, había sido aprobado por el comité escolar.

Emiliana recibió la noticia con una alegría especial, como si al aceptar aquel cambio pudiera enterrar para siempre una parte de su pasado. Este semestre «libre» se perfilaba como una oportunidad única para cerrar capítulos pendientes: despedirse con calma de sus amigas, —algunas de las cuales se irían lejos para comenzar sus vidas universitarias, mientras que otras se quedarían en Nabocampo—, y prepararse emocionalmente para los desafíos que el futuro le deparaba.

Durante esas semanas, su vida se llenó de salidas constantes con sus amigas. La mayoría ya no vivía «a la vuelta de la esquina», pues, como muchas otras familias en Nabocampo, las suyas también habían optado por mudarse a zonas más altas tras los estragos de la inundación. Cada encuentro requería de largos trayectos, pero Emiliana no lo veía como un inconveniente. En lugar de eso, disfrutaba de la sensación de aprovechar cada momento, sabiendo que el tiempo que les quedaba juntas era limitado.

—¡Qué vaga te has vuelto! —le decían su mamá o su nana, con un tono mitad reproche, mitad diversión. Aunque las palabras llevaban una ligera reprimenda, ambas se sentían genuinamente felices de verla tan animada, algo que hacía meses no presenciaban.

—¿Vaga yo? Deberían ver a mis amigas. Ellas sí que se la pasan vagando. Ahora que algunas tienen carro, no se saben otra más que dar obregonazos.

—¿Obregonazos? —preguntó Nanavita, frunciendo el ceño con curiosidad.

—Sí, dar y dar vueltas por el boulevard Obregón para ver quién más está dando la vuelta. Todos lo hacemos. Es muy divertido, pero creo que no lo entiendes.

—Creo que sí. Es como cuando nosotras caminábamos dando vueltas a la plaza. Las chicas en una dirección y los chicos en otra, ¿verdad?

—Mmm... ay Nanavita, pues más o menos —dijo Emiliana, riendo—. Y al final, cuando nos cansamos de dar la vuelta, casi siempre terminamos cenando cebocitos o quedándonos en La Rico.

Nanavita sonrió y Amanda también.

—Qué bueno, mi niña. Te veo feliz. *Al fin* —pensó, aunque no lo dijo en voz alta.

Todo estaba listo para el cambio. Incluso sabían ya su nueva dirección, lo que la emocionaba porque podría compartirla con sus amigas. La correspondencia era algo importante y emocionante para ellas. Amanda había decidido esperar hasta después del cumpleaños de Emiliana para mudarse. Sentía que, al menos, podía darle ese regalo: un último cumpleaños feliz, rodeada de sus amigos de Nabocampo.

Recordaba cómo, el año anterior, después de todo lo vivido y la tristeza acumulada, su hija solo había querido un pastel. Ahora, el ambiente había comenzado a brillar de un modo distinto, a pesar de los cambios y las tragedias que las habían golpeado.

Emiliana ya había averiguado escuelas en su nuevo destino. Se había decidido por la que su «tía» Rosa María le había recomendado como la mejor, la misma donde estudiaba Rick, el hijo de ella.

Con sus amigos, el sentimiento era agridulce. Ella haría falta en «la bola» y a ella «la bola» le haría falta. Lamentaban lo lejos que estaría. Sin embargo, se prometieron escribirse, visitarse seguido y nunca perder contacto. En su corta edad, aquello parecía una tarea sencilla.

Era el cumpleaños de Emiliana, una celebración sencilla pero cargada de significado. Entre sandwichitos de queso y paté, el famoso pastel de chocolate de la tía Charito, y muchas risas, la fiesta transcurrió con un aire de nostalgia anticipada. Celebraba su mayoría de edad, y aunque el ambiente estaba lleno de alegría, Emiliana no podía ignorar la sensación de que algo en ella había cambiado profundamente, como si ese día marcara no solo un año más, sino un salto hacia una nueva etapa de su vida. Poco a poco, los invitados comenzaron a despedirse, dejando en el aire una mezcla de risas y silencios que parecían preludiar las despedidas más definitivas que pronto vendrían. Finalmente, solo quedó Luu, su mejor amiga.

—Aquí está mi nueva dirección —dijo Emiliana, entregándole un papel con su letra.

—Gracias... —respondió Luu con una mirada melancólica.

—No te pongas triste, Luu. Nos escribiremos a diario, ¿verdad?

—No es lo mismo...

—Lo será, o casi. Y además, ahora tienes motivo para ir a Texas, —se quedó pensativa un momento y continuó— ¿Te acuerdas cuando nos conocimos en el recreo del Pestalozzi? Nunca pensé que alguien tan diferente a mí pudiera convertirse en mi mejor amiga.

Luu la miró con una sonrisa juguetona.

—Eso fue porque me caíste mal al principio. Siempre tan seria con tus libros.

Emiliana soltó una carcajada.

—Y tú, siempre tan escandalosa. Pero aquí estamos, ¿quién lo hubiera dicho?

Luu se encogió de hombros, pero su mirada traía un brillo nostálgico.

—Prométeme que no importa dónde estés, nunca olvidarás todo lo que vivimos juntas.

Emiliana tomó aire y sonrió.

—Eso es imposible, Luu. Y sabes que siempre te llevaré conmigo. Sacó una caja envuelta como regalo y se la entregó.

—¿Qué es esto, Emm? ¿Un regalo? ¿Por qué me das un regalo si la cumpleañera eres tú? —dijo Luu, contrariada, mientras sacaba su propio regalo, que había planeado entregarle hasta el final de la fiesta.

—Porque sí, porque quiero. Y porque me voy y deseo que eso que siento tan mío ahora sea tuyo.

Ambas rieron y, sin decir más, decidieron abrir los regalos al mismo tiempo.

Es increíble cómo, a veces, las amistades logran una conexión tan fuerte que no hace falta decir nada para entenderse. Las dos descubrieron que se habían regalado casi lo mismo. Entre risas, sacaron los regalos y se abrazaron emocionadas.

Emiliana le había dado a Luu un disco de Pandora con una nota que decía que, si lo escuchaba lo suficiente, entendería por qué eran mejores que Flans. Además, le regaló un delicado marco con una foto de ambas durante un recreo en el Pestalozzi, donde llevaban el uniforme escocés que tanto odiaron.

Luu, por su parte, le regaló un disco de Flans con una nota similar, pero en sentido contrario. También le dio una foto de una pijamada en su casa, donde Emiliana aparecía disfrazada de Emiliano Zapata, mientras Luu la abrazaba riendo. En el reverso de la foto, había escrito: «Ya nadie te dirá "La Zapata", pero para que nunca lo olvides: te quiero. Jajaja».

—¡No puedo creer que tengas esa foto, Luu! ¡Me prometiste que la tirarías cuando revelaras ese rollo! —dijo Emiliana entre risas.

—Está tan genial que no pude hacerlo —respondió Luu, divertida—. Además, fue un triunfo. Solo te dejaste disfrazar porque perdiste la apuesta.

—Lo sé... —dijo Emiliana con una sonrisa nostálgica—. De hecho, ya estoy empezando a extrañar que me digan así.

—«¡NOT!» —dijeron al unísono, estallando en carcajadas.

—Por cierto, quiero que sepas desde ahora que jamás aceptaré que Pandora sea mejor que Flans.

—Pues tendremos que esperar a que se junten en un concierto y así vamos felices las dos.

—«¡NOT!» —repitieron, riendo con más fuerza.

Cuando Luu se dispuso a marcharse, Emiliana la abrazó con fuerza, como si intentara encapsular todos los años de amistad en ese momento. Permanecieron en silencio por unos segundos, dejando que las emociones hablaran por ellas.

—Voy a extrañarte tanto, Emm —susurró Luu, con los ojos cristalinos.

—Y yo a ti. Pero siempre estaremos conectadas, ¿no? —respondió Emiliana, tratando de mantener la voz firme.

Luu sonrió, aunque sus labios temblaban ligeramente.

—Siempre. Aunque me niegue a admitir que Pandora sea mejor que Flans, siempre estarás conmigo. —Ambas rieron con un tono melancólico, intentando aligerar el momento.

Entre risas y pláticas, se despidieron. Emiliana la vio alejarse, sintiendo cómo la despedida dejaba un eco en su interior, un eco que resonaba entre la alegría de los recuerdos y la tristeza de la distancia que estaba por venir. Pensó que la verdadera amistad era como un río que, aunque fluye en distintas direcciones, siempre encuentra la forma de conectar sus aguas.

Amanda y Emiliana se prepararían para regresar a los Estados Unidos, aunque esta vez no a Arizona. Su destino era Laredo, Texas, una ciudad desconocida para ambas, llena de promesas y desafíos. La distancia, tanto geográfica como emocional, marcaba un cambio significativo en sus vidas. Aunque todo estaba listo para partir, Emiliana no podía ignorar la sensación de que aún había algo pendiente. Sabía que antes de embarcarse en esta nueva etapa debía despedirse de manera definitiva, cerrar un círculo que había quedado abierto en su corazón, como si las páginas de su vida en Nabocampo necesitaran ese último trazo para completarse.

Sentada en su escritorio, rodeada de cajas con recuerdos y un silencio que pesaba más que de costumbre, Emiliana tomó su cuaderno. La pluma en su mano temblaba ligeramente mientras las palabras comenzaban a fluir. Era su última carta, un adiós que sabía necesario, aunque su corazón se resistiera a aceptar.

1ro de octubre de 1986

Juan,

Hoy escribo mi última carta. Es difícil ponerle punto final a este capítulo de mi vida, pero sé que es necesario. Ha pasado más de un año desde aquel día que cambió nuestras vidas. Un año desde que te conocí, desde que pensé que todo había terminado para mí, y al mismo tiempo, fue el comienzo de algo que no sé cómo definir.

Mi mamá ha decidido que nos iremos de Nabocampo. Dice que este lugar está lleno de recuerdos tristes y que es hora de empezar de nuevo. Yo sé que también lo hace por mí, porque me ve atrapada en esta espera que parece no tener fin. Dejar Nabocampo será como cerrar un libro que, aunque he leído mil veces con amor, ahora me resulta ajeno, como si sus páginas ya no pudieran contenerme.

Con esta carta, quiero despedirme de ti. Es lo más doloroso que he hecho, pero creo que es necesario. No sé si estás ahí afuera, si me recuerdas, si algún día de alguna manera inexplicable mis palabras llegarán a ti, o si el destino nos separó para siempre. Pero, aunque ya no te escribiré más, quiero que sepas que siempre ocuparás un lugar en mi corazón.

Tú fuiste mi primer amor, Juan, y eso nunca cambiará. Me enseñaste a amar incluso en medio del caos, y aunque ahora nuestras vidas sigan caminos distintos, te llevaré conmigo en el alma.

Quizá, en otra época y en otro lugar, nosotros dos hubiéramos tenido una oportunidad. Pero aquí y ahora, debo dejarte ir. Espero que encuentres la felicidad que mereces, donde sea que estés.

Adiós, mi querido Juan. En cada estrella que mire, encontraré el reflejo de lo que compartimos, y sabré que sigues siendo parte de mí.

Emy

Capítulo 21

LA CAJA DE PANDORA
Juan

Habían pasado apenas tres días desde que Juan se había ido. El cuarto día llegaba a su fin, y el horizonte dibujaba una línea dorada y púrpura que se desvanecía lentamente en la penumbra de la tarde. En el cielo, las primeras estrellas comenzaban a brillar, tímidas centinelas que observaban cómo el día daba paso a la calma de la noche. La brisa apenas movía las cortinas del salón, donde la familia de Juan se encontraba reunida frente al televisor. La atmósfera era tan tranquila que el eco lejano de risas infantiles y el ocasional ladrido de un perro en el vecindario parecían los únicos recordatorios de que la vida continuaba más allá de esas paredes. En la sala, la familia compartía un momento de calma frente al televisor. Sobre la mesa, una taza de café olvidada dejaba un anillo húmedo en el mantel, una muestra del tiempo que transcurría sin prisas en el hogar. Era una escena tan cotidiana que nadie podría haber anticipado la sorpresa que estaba por irrumpir en su tranquilidad.

De repente, la puerta se abrió de improviso. Todos alzaron la vista, sorprendidos, al ver que Juan entraba. Su presencia, inesperada y cargada de una energía que no podían descifrar, dejó a la familia en silencio por un momento.

— ¡Juan! Nos asustaste, no te esperábamos tan pronto. ¿Cómo te fue? —preguntó su mamá, su tono oscilando entre preocupación y alivio.

— ¿Por qué no avisaste? —Interrumpió su papá—. Hubiéramos ido por ti al aeropuerto.

— ¿Te encuentras bien? —preguntó su hermana, levantándose para tomar la maleta que él seguía cargando, como si ese peso también simbolizara algo más.

Juan apenas levantó la mirada, y su postura tensa, con los hombros ligeramente caídos, traicionaba el esfuerzo por mantener la compostura. Sus manos apretaban las correas de la maleta con una fuerza innecesaria, como si aferrarse a algo tangible fuera lo único que lo mantenía anclado a la realidad. Finalmente, levantó los ojos, y en ellos se reflejaba un abismo de emociones encontradas: confusión, miedo y un atisbo de desamparo.

—No lo sé —respondió con un susurro apenas audible, como si la verdad de esas palabras lo desgarrara desde adentro—. Ya no entiendo nada.

Sin decir más, tomó su maleta y se dirigió a su habitación, dejando a su familia en silencio.

Adriana quiso levantarse para seguirlo, pero

Elisa la detuvo con un gesto firme.

—Voy yo, Mamá. Mi hermano y yo nos tenemos confianza —dijo, tratando de ocultar la preocupación que comenzaba a asomarse en sus ojos.

El ambiente en la casa se cargó de una tensión palpable. Era evidente que algo había salido terriblemente mal. La posibilidad de que Juan pudiera regresar al estado de aislamiento que había experimentado tras el terremoto les cruzó por la mente como una sombra inquietante.

Elisa se acercó a la puerta y, después de dudar un instante, tocó suavemente.

—¿Puedo entrar? —preguntó, intentando que su tono sonara calmado, aunque sentía un nudo en la garganta.

—No.

—Por favor, me estás asustando —insistió, con un dejo de urgencia en su voz.

—Quiero estar solo —gritó Juan desde adentro. Su voz tenía un filo que no lograba esconder la vulnerabilidad subyacente. Luego, en un tono más bajo, casi inaudible, murmuró para sí mismo, —Necesito entender.

Había esperado a llegar a su recámara para abrir la caja que Nanavita le había entregado. La colocó sobre su cama con la delicadeza de quien maneja un objeto sagrado. Su respiración se volvió irregular, y las palmas de sus manos estaban ligeramente húmedas por los nervios. Cada movimiento se sentía cargado de un simbolismo que no podía entender del todo, como si ese simple acto de levantar la tapa fuese un umbral hacia algo desconocido. Con manos temblorosas, retiró la tapa, conteniendo el aliento, como si la caja pudiera contener algo más que simples objetos: respuestas, misterios, o incluso verdades que nunca había imaginado.

Dentro encontró ocho cuadernos de hojas amarillentas, oscurecidas por el paso del tiempo. El aroma a papel viejo y tinta seca lo envolvió, transportándolo a un tiempo que no era el suyo, pero que sentía extrañamente cercano. Sus dedos rozaron la superficie áspera de los cuadernos mientras los recorría con la mirada, deteniéndose en cada detalle como si intentara descifrar su significado antes de abrirlos.

Cada cuaderno estaba decorado con recortes de revistas, las portadas mostrando imágenes de un grupo llamado «Pandora». Cada uno también tenía una calcomanía de una estrella, colocada con cuidado en la esquina superior derecha. Juan notó que estaban numerados del 1 al 8, y en cada portada había una frase escrita a mano, recortada y pegada como parte del collage.

El último cuaderno, marcado con el número 8, tenía una diferencia notable. La frase de la portada parecía haber sido añadida después, pues cubría parcialmente otros recortes. Decía:

«La historia nunca muere, aunque el tiempo insista en enterrarla. Aquí, los recuerdos persisten, aunque los lugares desaparezcan»

Juan se quedó helado. Su corazón comenzó a latir descontroladamente. ¿Qué significaba esto? ¿Por qué esa frase le resultaba tan familiar? Y recordó haberla leído en la plaza de Campo Viejo.

Sintió que al abrir el primer cuaderno estaba a punto de desatar algo que cambiaría su vida para siempre, como si estuviera en el umbral de una puerta que conectaba lo tangible con lo desconocido. Dudó, su mano suspendida en el aire mientras su mente luchaba por prepararse para lo que fuera que aguardaba en esas páginas. Finalmente, con un suspiro profundo, tomó el primer cuaderno entre sus manos, el peso del objeto era insignificante, pero el de la posibilidad que representaba lo aplastaba. Con un movimiento lento, casi reverente, lo abrió, dejando que las palabras comenzaran a revelarse, línea a línea, como susurros de un pasado que insistía en ser escuchado.

6 de diciembre de 1985

Querido Juan,

No sé cómo empezar. Han pasado algunas semanas desde que regresé a casa, y aún no he recibido noticias tuyas. A veces siento que todo esto es un sueño, pero cuando despierto, tú sigues aquí, en mi cabeza, en mi corazón...

La vista de Juan se nubló cuando la realidad comenzó a golpearlo con la fuerza de una verdad imposible. Volvió a mirar la fecha: 6 de diciembre de 1985. Su mente se retorcía en un intento desesperado de encontrar una explicación racional. *Debe ser un error*, —pensó, pero las imágenes comenzaron a inundarlo sin piedad: las ruinas de Nabocampo, el silencio de Campo Viejo, y esa desconexión con el tiempo que ahora parecía cobrar un significado más siniestro. Era como si el pasado se hubiera negado a permanecer enterrado, extendiendo su sombra hasta alcanzarlo.

Dejó el cuaderno sobre la cama con manos temblorosas, incapaz de seguir leyendo en ese momento. Empezó a hojear los demás, buscando sólo las fechas; cada página arrancando una nueva grieta en su percepción de la realidad. Todas databan de hacía más de 30 años. Su respiración se aceleró, y un sudor frío recorrió su frente mientras sus ojos recorrían las hojas amarillentas, los recortes de revistas, las calcomanías de estrellas y las fotos de un grupo musical que ahora sabía pertenecía a otra era. Cada detalle era un eco de un tiempo que no era el suyo, y sin embargo, sentía que lo llamaba con insistencia.

Cuando lo inexplicable irrumpe en nuestra realidad, la mente se aferra desesperadamente a lo conocido, buscando un refugio en lo racional. Pero para Juan, ese refugio estaba comenzando a desmoronarse. La confusión lo empujaba hacia un abismo desconocido, un terreno que él no quería pisar pero que sabía inevitable.

Entonces, como un faro en medio de la tormenta, recordó las palabras de Nanavita: «No te apresures a entenderlo todo de inmediato. Estudia con paciencia». Cerró los ojos e inhaló profundamente, intentando calmar el torbellino en su interior. La incertidumbre era sofocante, pero también sabía que esas palabras contenían una verdad que aún no podía comprender del todo. Sabía que su vida estaba a punto de cambiar, y aunque no entendía cómo, ni por qué, el primer paso ya había sido dado.

Capítulo 22

UN NUEVO COMIENZO
Emy

Al terminar su travesía por las carreteras polvorientas del norte de México, Emiliana recordaba los paisajes que había dejado atrás. Las montañas que bordeaban el horizonte y las pequeñas comunidades que parecían detenidas en el tiempo le provocaron un nudo en la garganta. Aquel era el país que había aprendido a amar profundamente, y ahora lo veía alejarse con cada kilómetro recorrido. En su mente, las memorias de Nabocampo se entrelazaban con las expectativas inciertas de lo que Laredo le ofrecería. Este viaje no era solo un cambio de lugar, era el cierre de un capítulo lleno de lecciones y el inicio de un desafío desconocido.

Era un cálido día de otoño cuando Amanda y Emiliana llegaron a Laredo, tras una travesía larga y agotadora. El autobús había cruzado el río Bravo al amanecer, y Emiliana no pudo evitar asomarse por la ventana para observar el contraste entre ambos lados de la frontera. Le hizo pensar en ese pequeño terruño que había quedado atrás, donde las plazas y mercados eran el corazón palpitante de la vida cotidiana. Recordaba cómo las personas transitaban con bolsas repletas de mercancías, deteniéndose a saludar con gestos cálidos o intercambiando bromas espontáneas. Era un bullicio lleno de humanidad, de abrazos rápidos y voces que se entremezclaban en un español cargado de modismos locales. Esos momentos creaban una sinfonía vibrante, un barullo lleno de vida que hacía que cada rincón se sintiera profundamente humano. Pero al cruzar el río Bravo, ese caleidoscopio de colores y sonidos parecía desvanecerse. Del otro lado, las calles ordenadas y silenciosas le ofrecían un contraste tan marcado que le costó no sentir una punzada de nostalgia. Cada paso le confirmaba que, aunque los territorios estuvieran tan cerca, sus realidades eran mundos opuestos.

El cambio entre ambos mundos se manifestaba en cada detalle. En México, las calles vibraban con el canto melódico de los vendedores ambulantes, el aroma envolvente de los antojitos y las risas de los niños que jugaban descalzos en las plazas. Todo tenía un ritmo desordenado pero lleno de autenticidad, un reflejo de una vida que se vivía con intensidad. Al cruzar al lado estadounidense, la escena era completamente diferente. Las aceras impecables, los jardines simétricos y las interacciones reservadas le daban un aire de sobriedad que, aunque elegante, carecía del calor espontáneo del país al sur. Emiliana sintió como si hubiera pasado de un cuadro vibrante y lleno de matices a uno en blanco y negro. Sin embargo, en ese orden calculado había una promesa de estabilidad, un espacio para reconstruirse sin las cicatrices del pasado siempre al alcance.

Cuando Emiliana cruzó la frontera, un torrente de emociones la invadió. Recordó su llegada a México en el pasado, cuando siendo apenas una niña había llegado con una idea romántica y simplista de regresar a Estados Unidos. Ahora, al cumplir su sueño de cruzar nuevamente, sentía algo que no había anticipado: nostalgia. México, con toda su gama de colores y sabores, le había robado una parte del corazón. En el instante en que los letreros en inglés comenzaron a reemplazar los carteles en español, sintió que algo de sí misma quedaba atrás, como si estuviera dejando un mundo hermosamente caótico por uno más uniforme y predecible.

Años atrás, Emiliana había hecho esa misma travesía, pero en dirección contraria, cuando era apenas una niña y sus padres cruzaron de Nogales, Arizona, a Nogales, Sonora, rumbo al lugar que durante años la vería crecer. Recordó cómo aquella vez su Nanavita la mantenía entretenida con cuentos mientras cruzaban el puente, prometiéndole que México sería un lugar lleno de aventuras. Ahora, en el asiento del autobús, esa memoria parecía envolverla como un eco lejano. Esta vez, sin embargo, la historia era distinta. No estaban su padre ni su Nanavita para suavizar la incertidumbre con sus palabras reconfortantes. Esta vez, era consciente de lo que dejaba atrás y de lo que la esperaba al otro lado.

La frontera, que en su infancia había sido apenas un cambio de paisaje, ahora parecía un umbral definitivo, un punto de no retorno. Desde su asiento junto a la ventana, observaba cómo el autobús había dejado el puente atrás; aun podía distinguir a lo lejos las figuras de personas que, con paso rápido, cargaban maletas o paquetes. Algunas parecían apresuradas, mientras otras se detenían a charlar o descansar a la sombra de un árbol. La vida cotidiana seguía su curso, indiferente a los grandes cambios que ese mismo paso significaba para ella.

La brisa desértica, seca y cálida, acariciaba sus rostros mientras descendían del autobús. Aunque estaban exhaustas, el aire de Laredo parecía contener una promesa de nuevos comienzos. Por fin, sus pies tocaban esa tierra que sería su hogar por los próximos años.

Al bajar las escaleras, Emiliana sintió una mezcla de nervios y curiosidad. Todo era nuevo, pero algo en el aire, en el paisaje, le transmitía una extraña sensación de esperanza.

—¡Qué diferente se ve todo! —exclamó con una sonrisa nerviosa, señalando las casas cercanas—. Estoy molida, Mamá. Me imagino que tú también. Pero lo que importa es que ya estamos aquí.

—Gracias a Dios —respondió Amanda, con una sonrisa tímida, aunque sus ojos buscaban a alguien.

En ese momento, Rosa María apareció frente a ellas con una gran sonrisa y los brazos abiertos. Su presencia irradiaba calidez y hospitalidad, como si el desierto mismo la hubiera moldeado para ser un refugio en medio del cambio. Al verla, se dejó envolver en un abrazo fuerte y sincero, mientras ésta exclamaba entre risas:

—¡Amanda! ¡Qué bien verte, querida! —dijo soltando una carcajada mientras la abrazaba—. ¡Y mira a quién tenemos aquí, a la famosa Emiliana! —añadió, mirándola y ofreciéndole un abrazo también.

—Rosa María, qué gusto verte —dijo Amanda, algo aliviada al ver a su amiga, como si una carga se hubiera levantado de sus hombros.

—Vamos, vamos, que las acompaño a su nueva casa —dijo, tomando una de las maletas y guiándolas hacia el coche—. Este es el comienzo de una nueva vida para las dos... para las tres —sonrió— porque debo incluirme. Las amigas están de nuevo juntas. —Y tomó la mano de Amanda con afecto.

—Así es —le respondió, mirando a su hija con una mezcla de nervios y emoción—, todo esto es... un poco abrumador.

—¡Ay, querida! No te preocupes. Aquí estarás bien, y tú también —Rosa María le guiñó un ojo a Emiliana mientras la miraba por el espejo retrovisor del coche—. Estoy feliz de tenerlas aquí.

—Gracias, amiga —respondió Amanda, mientras su hija murmuró con menos entusiasmo:

—Gracias, Señora.

—¡Nada de «Señora», llámame «Tía»! Aquí vas a sentirte como en casa, seré como una segunda madre para ti, ya lo verás. Además, mi hijo Rick te va a ayudar en todo lo que necesites. Ya me contó tu mamá que estudiarás medicina, ¡igual que él!

Rosa María soltó una risa contagiosa mientras conducía, y Emiliana no pudo evitar sonreír también, sintiendo un leve alivio al ver la calidez con la que la recibían. La manera en que le hablaba con tanto entusiasmo y cercanía le daba la sensación de que podría sentirse parte de ese lugar en cuestión de días.

El trayecto al nuevo hogar fue breve pero revelador. Madre e hija observaban en silencio las calles de Laredo, tan distintas a las de Nabocampo, con su peculiar mezcla de tranquilidad fronteriza y actividad estadounidense. Los negocios con letreros bilingües y los barrios serenos parecían un reflejo de la dualidad cultural que caracteriza a la región.

Cuando llegaron a la casa, Rosa María estacionó el coche y les mostró el lugar. Aunque modesta, tenía ese toque acogedor que Emiliana necesitaba en este nuevo capítulo de su vida.

—Bienvenidas —les dijo, abriendo la puerta con un gesto amplio y sonriente—. ¿Qué les parece?

—Es... muy acogedora —respondió Amanda, mirando el hogar con una mezcla de expectación y emoción. Había algo en la calidez del ambiente que la tranquilizaba.

—Y a unas cuadras está la mía —añadió—. Así que ya sabes, cualquier cosa que necesites, no te va a faltar.

—Es muy linda —dijo Emiliana—. Y mira, no le falta nada, Mamá. Hasta tenemos comida —agregó mientras sostenía abierta la puerta del refrigerador.

Ambas voltearon a ver a Rosa María, sabiendo que ese detalle fue cosa suya.

—No tienen nada que agradecerme, ustedes son mi familia.

—Gracias, Tía —dijo Emiliana, sintiéndose un poco más en confianza.

—Me voy para que se organicen y descansen. Ya tendrán un montón de tiempo para conocer la ciudad… y para estudiar. Vamos a hacer todo esto más fácil —añadió, guiñándoles un ojo a las dos.

La casa, ubicada en la tranquila colonia Belmont, ofrecía un remanso de paz en medio de la vibrante actividad que caracterizaba la frontera. Las calles serpenteaban entre casas de fachadas coloridas, con techos de teja roja que reflejaban la luz del atardecer, mientras pequeños jardines enmarcaban las entradas. En las esquinas, se escuchaban los ecos de niños jugando y las voces de vecinos conversando en un español impregnado de modismos texanos. Había algo especial en ese lugar, una mezcla de calidez y familiaridad que parecía darles la bienvenida.

Justo detrás de la colonia se alzaba el Mercy Hospital, un edificio que no solo representaba oportunidades, sino también esperanza. Para

Emiliana, su proximidad no era una coincidencia, sino un recordatorio de que su camino en la medicina estaba destinado a comenzar allí. Saber que podría formarse en un lugar tan cercano llenaba su pecho con una mezcla de nervios y emoción. Cada día, al pasar por la institución, su mirada se quedaba fija en las ventanas, imaginando cómo sería su vida una vez cruzara sus puertas como estudiante y, eventualmente, como profesional.

El cambio que trajo la mudanza fue rotundo. El aire seco y cálido de Laredo era distinto al de Nabocampo, pero no menos acogedor. La tranquilidad que caracterizaba este rincón de la ciudad tenía un ritmo propio, pausado pero vibrante, como si cada rincón susurrara historias de las familias que habían encontrado ahí su hogar. A pesar de lo desconocido, comenzó a sentir que este nuevo lugar podría ser el terreno fértil donde construiría su futuro.

No pasó mucho tiempo antes de que conociera a Rick, el hijo de Rosa María. Era un joven simpático, ya avanzado en la universidad, que realizaba sus prácticas en el hospital local. Con una personalidad afable y un sentido del humor que parecía heredar de su madre, se mostró dispuesto a tenderle la mano desde el primer encuentro. Aunque Emiliana apenas estaba asentándose en Laredo, Rick percibió en ella una confianza innata, quizá por ser la hija de la mejor amiga de su madre, o tal vez por la natural cercanía que surgía en su trato. Sin dudarlo, se ofreció a ser su tabla de salvación. Fue él quien le explicó el proceso para ingresar a la universidad, acompañándola en los trámites iniciales y asegurándose de que todo avanzara sin contratiempos.

No tardó en demostrar que su apoyo iba más allá de lo práctico y aunque al principio Emiliana no se sentía completamente a gusto pidiéndole favores, él fue ganándose su confianza por competo. Un día, mientras recorrían los pasillos del hospital, le contó cómo, al inicio de su carrera, también había sentido el peso de la incertidumbre.

—A veces, el mayor desafío no es aprender, sino confiar en que tienes lo necesario para hacerlo, —le dijo.

Sus palabras resonaron en Emiliana, quien comenzó a ver en él no solo un apoyo, sino una fuente de inspiración. Rick se convirtió en una especie de hermano mayor, compartiendo con ella consejos sobre la vida universitaria y pequeños gestos de cuidado, como invitarla a desayunar antes de un trámite complicado o prestarle libros que, según él, «te abrirán la mente».

Con el tiempo, comenzó a adaptarse a su nueva vida. El sistema educativo de Laredo era completamente diferente al que había tenido en México, pero pronto se sintió como pez en el agua. En poco tiempo se destacaba como una de las mejores de su generación, algo que la sorprendió incluso a ella misma.

Los primeros meses, aunque difíciles, se veían

suavizados por las cartas que llegaban de Nanavita y de sus amigas. Cada misiva era mucho más que palabras; era un puente que cruzaba la distancia y el tiempo. Las letras de Nanavita, trazadas con esmero en su inconfundible caligrafía prolija, le hablaban de los pequeños detalles cotidianos de Nabocampo: la flor que había florecido inesperadamente en el jardín, el nuevo platillo que había intentado cocinar, o los chismes más recientes del pueblo. A veces, cerraba los ojos y casi podía oír la voz de su nana, con ese tono cálido y ligeramente didáctico que siempre la hacía sonreír. Por su parte, las cartas de sus amigas eran un torbellino de emociones y confidencias, llenas de anécdotas, sueños y bromas privadas que hacían que las distancias parecieran desaparecer por unos instantes.

Para Emiliana, cada carta era como un abrazo invisible, un recordatorio de que no estaba sola, de que había personas que seguían pensando en ella y enviándole fragmentos de un hogar que ahora solo existía en sus recuerdos. Esos pedazos de papel, con sus palabras impregnadas de cariño, se convertían en anclas que la mantenían conectada, dándole fuerza para seguir adelante en un entorno tan nuevo y desconocido.

En medio de tanto cambio, Emiliana se dio cuenta de que estaba dejando atrás a la persona que había sido. Con cada día que pasaba sentía un fortalecimiento en su interior. El dolor, que antes parecía una carga imposible de soportar, ahora se había convertido en un impulso para avanzar. Su padre siempre le había dicho que el tiempo no cura, pero enseña a vivir con las heridas, y ahora entendía la verdad en esas palabras. La Emiliana que había llegado a Laredo no era la misma que había salido de Nabocampo; se estaba transformando en alguien más resiliente, más segura, alguien que, aunque aún llevaba consigo la sombra de las pérdidas, había decidido enfrentarlas con valentía.

Juan seguía siendo una constante en su corazón, aunque intentaba no pensar demasiado en él. A veces, las memorias llegaban como ráfagas inesperadas: su risa apagada, el brillo de sus ojos cuando compartieron secretos, o incluso el tono cálido de su voz al hablar de sus sueños. Cada recuerdo era un eco que resonaba en su interior, despertando una mezcla de melancolía y resignación. Había despedido esa etapa de su vida con su última carta, prometiéndose mantener esa decisión como un acto de autocuidado. Sin embargo, saber que había dejado a Nanavita la tarea de intentar encontrarlo le daba una extraña sensación de alivio y ansiedad a partes iguales. Albergaba una pequeña esperanza que trataba de ignorar, un deseo casi infantil de que algún día, en algún lugar, sus caminos volvieran a cruzarse. Pero por ahora, se aferraba a su resolución de seguir adelante, enfocándose en el presente, en los pequeños logros que comenzaban a darle forma a su nueva vida.

En Laredo, con los nuevos comienzos, las nuevas amistades y las oportunidades de crecimiento que se le presentaban, comenzó a ver un futuro más claro. Este capítulo de su vida no solo fue de adaptación, sino de superación. Finalmente estaba construyendo un camino propio, una vida que, aunque distante de lo que había imaginado, la llenaba de esperanza.

Capítulo 23

BLOQUEADO
Juan

Desde el día que volvió de Nabocampo, Juan parecía haberse encerrado en una burbuja. Se había refugiado en su recámara, dedicando cada momento a leer los cuadernos que le entregó Nanavita. Durante ese tiempo, apenas salía para comer, y cuando lo hacía, su expresión distante y las respuestas evasivas preocupaban enormemente a sus padres y a su hermana.

—Estoy bien, de verdad. Solo necesito tiempo para organizar mis pensamientos —repetía, tratando de calmar a su familia. Pero su tono no convencía a nadie.

El ambiente en la casa se había llenado de tensión. Sus padres intercambiaban miradas cargadas de preocupación, mientras Elisa intentaba acercarse a él de forma sutil. A veces, lo escuchaba susurrar palabras incomprensibles como si leyera o como si hablara consigo mismo o con alguien.

Cuando finalmente terminó de leer los ocho cuadernos que Nanavita le había entregado, su rutina comenzó a normalizarse lentamente. Sin embargo, se volvió reacio a hablar de su viaje o de cualquier cosa relacionada con Nabocampo o Emiliana. Este hermetismo desconcertaba a todos. Sus padres, aunque cautelosos, preferían no presionarlo demasiado, mientras que Elisa, quien siempre había tenido una relación cercana con él, no sabía cómo ayudarlo.

Los meses pasaron, pero la inquietud no se disipaba. La emoción inicial por haber comenzado sus estudios de arqueología —una disciplina que siempre había imaginado como un portal a los misterios del pasado— no lograba eclipsar la sombra que lo acompañaba desde su regreso de Nabocampo. Cada vez que se sumergía en sus lecturas o asistía a clases que lo llenaban de entusiasmo, su mente lo traicionaba, llevándolo de vuelta a los cuadernos y al consejo de Nanavita: «Estudia mucho». Esas palabras parecían resonar en cada rincón de su pensamiento, no como una instrucción académica, sino como un enigma que debía desentrañar.

Las noches se hacían más largas. Frente a sus apuntes y libros, Juan intentaba unir los fragmentos que parecían no encajar. Revisaba las fechas imposibles y las palabras de Emiliana, intentando encontrar una conexión entre lo que leía y lo que vivió en Nabocampo. Cada línea de los cuadernos parecía cargar un peso que trascendía lo ordinario, como si estuvieran diseñadas para desafiar su comprensión. Mientras las hojas se volvían más familiares bajo sus dedos, crecía en él la sensación de que las respuestas que buscaba no solo cambiarían su forma de entender el pasado, sino que también definirían su futuro.

Por fuera, aparentaba normalidad, pero en su interior el torbellino de emociones no cesaba. ¿Cómo podía avanzar con tantas preguntas sin respuesta? Cada paso que daba en su nueva rutina universitaria era acompañado por la persistente sombra de su viaje, como si este fuera un faro distante al que no sabía cómo llegar. A pesar de ello, la voz de Nanavita seguía presente, un eco suave pero constante, guiándolo hacia lo desconocido.

Una noche, Elisa decidió hablar con él. Tenía algo que contarle, algo que la tenía inquieta, pero también quería saber qué era lo que pesaba tanto en la mente de su hermano.

—Toc, toc —llamó a su puerta, abriendo un poco sin esperar respuesta.

—No estoy de humor, Elisa —respondió Juan desde su cama, sin mirarla.

Ella ignoró la respuesta y entró de todos modos, cerrando la puerta detrás de ella.

—Pues, qué pena, porque yo sí necesito hablar contigo —dijo, cruzándose de brazos frente a él.

Juan soltó un suspiro, dejando lo que tenía en las manos sobre la cama.

—¿Qué pasa ahora? ¿Fermín?

—Sí, Fermín. Pero no es lo que piensas —dijo ella, sentándose a su lado—. Nos queremos casar, pero…

—¿Y eso qué? Es normal, ¿no? —interrumpió— digo, qué bueno, me quedará todo para mí—. Y sonrió

Elisa le dio un manotazo en el brazo.

—¡Ay, Juan, hablo en serio!

—Está bien, está bien —respondió él, alzando las manos en señal de rendición—. ¿Qué es lo que realmente te preocupa?

—Quiere regresar a El Salvador. No sé qué hacer. Lo nuestro es serio, lo amo, pero no sé cómo manejarlo… con Mamá y Papá.

Juan la miró, sorprendido por su confesión. Su hermana no era del tipo que admitiera sentirse perdida.

—Es la distancia, —continuó, —no sé cómo lo tomarán. Siento que será demasiado para ellos… y para mí también. No sé si podré con algo así.

Juan se recargó en el respaldo de la cama.

—Tu situación es un poco… compleja Elisa —dijo él después de unos segundos—. Pero seguro encontrarás una manera de resolverlo. Tú siempre puedes con todo.

Ella le lanzó una mirada de reproche.

—No me vengas con eso de «puedes con todo», no vine aquí para que me digas lo obvio. Vine porque quiero tu opinión.

Juan se quedó pensativo un momento, y luego la miró con seriedad.

—Mira, Elisa. Si realmente amas a Fermín y estás segura de que él te ama, tienes que tener valor.

Mamá y Papá lo van a entender. Puede que no sea fácil al principio, pero al final ellos solo quieren verte feliz. Además, no puedes vivir tu vida temiendo cómo reaccionarán los demás. Esto es tuyo, es tu decisión.

Elisa levantó la mirada, con los ojos un poco vidriosos, pero sonrió débilmente.

—¿De verdad crees que podrán entenderlo?

—Estoy seguro —respondió él, poniendo una mano en su hombro—. Y si no lo entienden de inmediato, eventualmente lo harán. Lo importante aquí eres tú. Tienes que seguir adelante con lo que creas que es correcto, sin miedo.

Ella lo miró por unos segundos y luego asintió.

—Gracias, Juan. Necesitaba escuchar eso.

—De nada. ¿Y ahora? ¿Qué vas a hacer?

—No lo sé... supongo que empezaré por hablar con ellos.

—Esa es mi hermana. Siempre tan valiente —dijo él, sonriendo.

Elisa le devolvió la sonrisa, aunque todavía con un atisbo de preocupación. Sabía que el camino no sería fácil, pero las palabras de su hermano le dieron el impulso que necesitaba.

—También quiero saber qué te pasa a ti. No soy tonta. Desde que volviste, estás raro. Más raro de lo normal. No me pienso ir de aquí hasta que me lo digas.

Juan se tensó, pero al ver la preocupación genuina en los ojos de su hermana, cedió.

—Está bien. Si te lo cuento, tienes que prometer

que no vas a decir nada, ni siquiera a nuestros papás. Es... complicado.

Elisa asintió, intrigada.

Juan se levantó y abrió su armario, de donde sacó los ocho cuadernos que había estado estudiando. Los puso sobre la cama, uno al lado del otro.

—¿Qué es esto? —preguntó Elisa, mirándolos con curiosidad.

—Son cuadernos que me dieron en Nabocampo. Son de... Emy.

—¿La... encontraste?

Juan le hizo un gesto con la cabeza, indicándole que tomara uno antes de hablar.

Elisa tomó uno de ellos y comenzó a hojearlo, deteniéndose en las portadas llenas de calcomanías de estrellas y en los recortes de revistas que adornaban las tapas.

—¿De Emy? —preguntó, sin despegar la vista de las hojas.

—Ya te dije, es... complicado —le repitió, sentándose a su lado.

—¡La encontraste y eso es lo que importa! —le dijo sonriendo, pero él no le regresó la sonrisa.

—Fíjate en las fechas.

Elisa detuvo su lectura y regresó al inicio del cuaderno. Sus ojos se abrieron como platos.

—¿Esto es una broma? ¿1985? ¡Esto tiene que ser un error!

—Eso pensé al principio. Pero todas las fechas son de los 80. Y no solo eso. Los recortes, las canciones, todo. Incluso las hojas parecen tan viejas como deberían según ese dato.

Elisa soltó el cuaderno, como si quemara.

—¿Cómo... cómo explicas esto?

Juan negó con la cabeza.

—No puedo. He intentado buscar una respuesta lógica. Lo único que tengo son las palabras de una mujer en Nabocampo. Me dio estos cuadernos y me dijo que estudiara mucho, que todo tendría sentido con el tiempo. Que antes no se me ocurriera buscarla, es todo tan... surreal...

Elisa se tapó la boca con una mano, aturdida.

—Juan, esto suena... fantasmagórico, como de película. —hizo un silencio y prosiguió, —¿Y si alguien te está jugando una broma? ¿Algo elaborado para confundirte?

Él rio con amargura.

—¿Y por qué alguien haría eso? No tiene sentido. Además, todo esto... todo lo que vi en Nabocampo... No sé cómo explicarlo, Elisa, pero es real. Lo sentí, lo viví.

Ella lo miró en silencio, procesando lo que había dicho.

—¿Y qué vas a hacer ahora?

—No lo sé, no tengo la menor idea. Estoy bloqueado. No puedo aceptar lo que las fechas implican, pero tampoco puedo ignorarlo. Cada vez que intento avanzar, parece que estoy más perdido.

Elisa respiró hondo y, aunque no lo dijo, una parte de ella, la más intuitiva, no podía descartar que algo más grande estuviera en juego.

—Escucha, Juan —dijo, inclinándose ligeramente hacia él, mientras colocaba una mano firme pero reconfortante en su hombro—. No sé cómo, pero encontraremos una forma de resolver este misterio. No estás solo en esto, ¿de acuerdo? Si hay algo, lo que sea, que pueda hacer por ti, solo dímelo.

Juan levantó la vista hacia su hermana, sus ojos reflejando una mezcla de gratitud y agotamiento. Las palabras parecían atrapadas en su garganta, como si el peso de todo lo que sentía le impidiera responder con claridad.

—Gracias Elisa —murmuró finalmente, su voz baja pero cargada de sinceridad—. No sabes cuánto significa para mí tenerte aquí. Esto… todo esto es demasiado, pero al menos sé que puedo contar contigo.

Ella apretó suavemente su hombro, un gesto pequeño pero lleno de significado.

—Siempre, Juan. Somos familia. Aunque no lo creas, tienes más fuerza de la que imaginas, y juntos encontraremos la manera de desentrañar lo que sea que esté pasando. No te preocupes, lo resolveremos.

Elisa se puso de pie, lanzándole una última mirada de apoyo antes de dirigirse a la puerta.

—Recuerda, no importa cuán complicado parezca, siempre hay una salida. A veces, solo necesitamos buscar desde una perspectiva diferente.

Juan asintió, dejando escapar un suspiro que

llevaba tiempo contenido. Cuando la puerta se cerró tras ella, volvió a centrar su atención en los cuadernos que reposaban frente a él. La confusión seguía ahí, implacable, pero por primera vez en días sintió una pequeña chispa de esperanza, como si su hermana hubiera encendido una luz tenue en medio de su incertidumbre.

Capítulo 24

CAMPANADAS DE MEDIA NOCHE
Emy

El tiempo universitario parecía haberse desvanecido como un suspiro. Emiliana estaba en su último año, y su desempeño académico la colocaba entre las mejores de su generación. Rick, quien había sido una constante en sus primeros años en Laredo, ya había concluido sus estudios y había sido trasladado a Tucson, Arizona, donde trabajaría en el Veterans Hospital. Aunque seguían comunicándose ocasionalmente, la distancia había enfriado su cercanía. Recientemente, él le comentó que estaba saliendo con alguien, lo que la alegró, aunque no pudo evitar sentir una punzada de melancolía. Desde hacía mucho tiempo, no había reencontrado el amor. Las relaciones que comenzaba, llenas de promesas y chispa inicial, simplemente no lograban encender un fuego duradero.

Le quedaban pocas materias por cursar, lo que le daba más tiempo para explorar actividades fuera de la rutina.

Aunque ser enfermera, especialmente en el turno de urgencias, era demandante y extremo, Emiliana sentía una inquietud latente que no podía ignorar. Era como si algo dentro de ella susurrara que aún había horizontes por explorar, que su vida no podía limitarse a las noches largas en el hospital ni a las historias de los pacientes. A pesar de que cada una de esas experiencias le enseñaba algo valioso, seguía habiendo dentro de ella una sensación de vacío, una necesidad creciente de expandir su mundo. Deseaba aprender algo más, algo que alimentara su mente y su espíritu de una forma diferente. Tal vez era el resultado de años enfrentándose a la fragilidad de la vida, de ver cómo los días podían cambiar en un instante. Esa experiencia la había hecho reflexionar sobre el valor del conocimiento, no solo para sanar, sino también para encontrar un propósito más profundo.

En una ocasión, mientras visitaba la escuela donde su madre daba clases, un letrero captó su atención. En él, se anunciaban actividades extracurriculares: natación, yoga, música, canto y, entre otras cosas, un curso de historia. Se acercó a indagar.

—¿Buscas algo en particular? —le preguntó la recepcionista, notando su curiosidad.

—Sí, algo que me desafíe intelectualmente, que me saque de la rutina. Algo que me ayude a conectar con ideas nuevas y me inspire —respondió Emiliana, tratando de encontrar las palabras adecuadas. *Luu diría que estoy buscando algo de nerd* —pensó con una sonrisa nostálgica.

—Este curso de historia podría interesarte. Abarca temas fascinantes y está a cargo de un profesor muy apasionado por el tema. Aquí tienes el programa.

Emiliana hojea el panfleto y, tras un impulso, decide inscribirse. Profesor a cargo: Isaac Sanders, decía el documento al final. Regresó al mostrador y lo hizo.

El primer día del curso, Emiliana llegó tarde. Su turno en el hospital se había alargado y no tuvo tiempo de cambiarse. Aún vestía su uniforme de enfermera cuando entró al salón, captando las miradas de todos, incluido el profesor.

Isaac Sanders era un hombre joven, de cabello oscuro y barba perfectamente recortada. A Emiliana le pareció atractivo, pero lo que más llamó su atención fue su voz firme y la manera en que explicaba los temas, con una pasión que parecía envolver a todos en el salón.

Las clases pronto se convirtieron en un oasis para Emiliana. Isaac tenía un don para enseñar; no solo informaba, sino que lograba transportar a sus alumnos a las épocas que relataba. Emiliana participaba activamente, y a Isaac le intrigaba su manera de ver las cosas. Poco a poco, comenzó a destacar en las discusiones.

—Tu participación siempre destaca. Es evidente que encuentras en la historia algo más que hechos. —le dijo Isaac al final de una clase.

—Siempre me ha intrigado cómo los eventos moldean el presente, pero tus clases me hacen verlo de una manera casi tangible. Es como si los viviéramos —respondió ella, con una sonrisa que él no pudo evitar corresponder.

—Esa es la magia de la historia: nos permite trascender el tiempo. Y tú tienes una perspectiva que enriquece nuestras discusiones.

Un día, después de una lección particularmente envolvente sobre la Revolución Francesa, Emiliana encontró a Isaac en la biblioteca, rodeado de libros.

—¿Qué opinas sobre lo que discutimos hoy? —preguntó él, sin levantar la vista del libro, pero con un tono invitador.

Emiliana sentándose a su lado, pensativa, responde.

—Siento que la historia siempre responde preguntas, pero a la vez abre tantas otras. Me hace pensar que estamos constantemente en medio de algo importante, incluso cuando no lo entendemos del todo.

Isaac, cerró el libro y enfocándose en ella le dice.

—¡Exacto! La historia no está en el pasado; está en lo que hacemos con las lecciones que aprendemos. Tal vez ahora mismo estás escribiendo tu propio capítulo, y solo necesitas mirar más allá de lo aparente para verlo.

Sus palabras resonaron en ella. Había algo en la manera en que él veía la vida y la historia, que le hablaba directamente al corazón.

El curso llegó a su fin, pero lo que había

comenzado como una conexión intelectual entre Emiliana e Isaac estaba lejos de terminar. Lo que inicialmente parecía un interés compartido por la historia se transformó en algo más profundo, un lazo que trascendía las palabras. A pesar de la diferencia de diez años entre ellos, esa brecha parecía desdibujarse con cada conversación. Isaac, con su madurez y experiencia, aportaba una perspectiva que complementaba la frescura de las ideas de Emiliana.

Isaac comenzó a buscarla fuera del aula; pasaba por el hospital para recogerla después de sus turnos nocturnos, siempre con una taza de café en la mano, como si entendiera que en ese gesto sencillo podía expresar su apoyo y admiración. Emiliana, en sus días libres, disfrutaba de acompañarlo en sus caminatas matutinas por el parque o en largas conversaciones que desbordaban de ideas y sueños.

La relación entre ambos creció con una naturalidad que sorprendió a Emiliana. Con Isaac, no solo encontró alguien que compartiera su fascinación por el pasado, sino también a alguien que la impulsaba a mirar hacia adelante. Cada charla se sentía como una invitación a descubrir algo nuevo, ya fuera en los libros o en la vida misma. Él parecía verla de una manera que nadie más lo había hecho, reconociendo tanto su fortaleza como sus vulnerabilidades.

Con el paso del tiempo, Emiliana notó que Isaac no solo la inspiraba, sino que la desafiaba a soñar en grande. Sus palabras sobre cómo la historia está viva en cada decisión que tomamos resonaban en ella, haciéndola reflexionar sobre su propio lugar en el mundo. El amor que sentía por él no era como los romances breves y efímeros que había conocido antes; con Isaac, había una sensación de solidez, de estar construyendo algo que valía la pena.

A medida que la relación avanzaba, encontró en Isaac no solo a un compañero, sino también a un guía que iluminaba caminos que ella nunca había considerado antes. Los días en el hospital seguían siendo intensos, pero ahora los enfrentaba con una perspectiva renovada. Incluso las noches más agotadoras se aligeraban con el simple pensamiento de verlo al final del turno.

El tiempo parecía moverse con rapidez, y Emiliana se dio cuenta de que su vida finalmente encontraba un equilibrio que antes le había parecido inalcanzable. Asistió a bodas de amigas, tanto en Nabocampo como en Laredo, celebrando con alegría los nuevos comienzos de otras personas mientras sentía que, por primera vez, su propia historia también avanzaba hacia algo extraordinario. Isaac era su ancla y su viento al mismo tiempo, manteniéndola firme mientras la alentaba a volar.

El 24 de diciembre de 1995, mientras paseaban por la plaza principal de Laredo, el ambiente tenía una magia particular. Las luces navideñas colgaban como guirnaldas de estrellas, iluminando cada rincón de la plaza con tonos cálidos que contrastaban con el frío de la noche. El aroma a canela y chocolate caliente flotaba en el aire, mezclándose con el murmullo de las familias que esperaban la misa de medianoche.

Isaac, como era habitual, llevaba su bufanda ligeramente desarreglada y un libro bajo el brazo. Pero esa noche, algo en su postura delataba nerviosismo. Cuando llegaron frente al gran árbol de Navidad, brillante con luces doradas y adornos de cristal, se detuvo de repente.

—Emiliana —dijo girándose hacia ella con una seriedad que la tomó por sorpresa.

Antes de que pudiera responder, se hincó sobre una rodilla, sacando una pequeña caja roja de su abrigo. El tiempo pareció detenerse mientras las campanas de la iglesia comenzaban a resonar, marcando la primera llamada para la misa.

—¿Te casarías conmigo? —preguntó, su voz firme pero cargada de emoción.

El mundo alrededor de Emiliana desapareció. En ese instante, solo existían ellos dos. Su corazón se aceleró, y en su mente pasaron como destellos todos los momentos que los habían llevado hasta allí. Con una sonrisa que parecía contener todas las respuestas, Emiliana respondió:

—Sí —su voz temblorosa, llena de emoción con los ojos llenándose de lágrimas.

Isaac se levantó, sus ojos brillando con una mezcla de adoración y felicidad. Sin decir una palabra, la tomó entre sus brazos y la atrajo hacia él. Sus labios se encontraron en un beso dulce y apasionado, un gesto que sellaba no solo su compromiso, sino también la promesa de un futuro juntos.

Las campanadas acompañaron su respuesta, llenando el aire de un sonido solemne que marcaba no solo el inicio de la misa de medianoche, sino también el comienzo de un nuevo capítulo en sus vidas. Isaac la abrazó con fuerza, y Emiliana sintió que, por fin, todo en su vida comenzaba a encontrar su lugar.

Capítulo 25

VOLVER AL FUTURO:
La película
Juan

Elisa, con el apoyo incondicional de su hermano, logró encontrar el valor necesario para abordar con sus padres un tema delicado: su decisión de mudarse a El Salvador tras casarse con Fermín. Era una conversación que había postergado, temerosa de causar tristeza o decepción. Sin embargo, Juan estuvo a su lado, ayudándola a organizar sus ideas y dándole el empuje final para enfrentarlos.

—Lo más importante es tu felicidad, cabezona. Si esa felicidad está en otro lugar, entonces que así sea —dijo su papá, mientras la abrazaba con una calidez que hizo que las lágrimas brotaran de los ojos de Elisa.

—Siempre tendrás un hogar aquí, sin importar dónde estés —añadió su mamá, quien aunque evidentemente conmovida, sonreía con un brillo de orgullo en la mirada.

Ese momento se sintió como un bálsamo para Elisa, quien por fin pudo liberar el peso de la incertidumbre. Juan, observando la escena, no pudo evitar esbozar una leve sonrisa. Con un gesto cómplice hacia su hermana, celebró en silencio que, por fin, había encontrado el modo de compartir su verdad.

A Juan, quien aún no era el mismo desde su regreso del lugar «innombrable», también le dijeron algo que tocó una fibra profunda en su corazón.

—Sea lo que sea, Hijo, debes tener la seguridad de que siempre estaremos aquí para ti —le dijo su madre, con una mezcla de firmeza y ternura en la voz, mientras colocaba una mano en su hombro.

Su padre, que había permanecido en silencio, asintió con un gesto lleno de solemnidad.

—Todos cargamos con cosas que no entendemos del todo, Juan. Pero eso no significa que tengas que enfrentarlo solo. Tómate tu tiempo, y recuerda que, pase lo que pase, esta es tu casa.

Juan, que siempre había encontrado complicado mostrar vulnerabilidad frente a sus padres, sintió una punzada de alivio. Las palabras de ellos parecían ser un ancla en medio de su turbulencia interna. Aunque no respondió de inmediato, en su interior comenzó a gestarse un pequeño espacio de gratitud, un recordatorio de que, incluso en su confusión, no estaba completamente solo a pesar de aun cargar con el sentimiento de agobio y de sus dudas. Empezaba a encontrar un tenue alivio en la presencia constante de su familia, las palabras de sus padres resonaban en su mente como un eco de apoyo que lo mantenía en pie.

Mientras tanto, la vida continuaba en casa, con Elisa y Fermín planeando su futuro y compartiendo momentos que, aunque cotidianos, se sentían significativos. Pasaron unos meses, y un día mientras platicaban sobre la película *Regreso al Futuro*, —un gran fenómeno de 1985 que había regresado a las pantallas—, algo que él comentó le dio una idea.

—Imagina, Elisa, si Marty le hubiera puesto más atención a las pláticas de sus papás... ¡hubiera podido dar con ellos mucho antes y hasta habría entendido más de su época!

—¡Qué aburrido! Le quitas el chiste a la película. Además, ¿quién les pone tanta atención a sus papás? —dijo riendo. Pero el comentario había prendido una luz en su interior, como si de repente un rayo la hubiera alcanzado. En cuanto tuviera oportunidad, se lo compartiría a Juan.

—¿Qué pasa? —preguntó Fermín, frunciendo el ceño al notar la expresión de Elisa, que parecía haber quedado paralizada por un pensamiento repentino.

—¿Eh? Nada, me imaginé algo gracioso —respondió, soltando una risa nerviosa mientras agitaba la mano en un gesto despreocupado. Sin embargo, su mirada traicionaba la ligera incomodidad que sentía.

Fermín la observó por un momento, dudando si insistir, pero finalmente decidió no presionar. Había notado el brillo fugaz en sus ojos, ese que solo aparecía cuando algo le rondaba en la mente, también sabía que su prometida era reservada con ciertos pensamientos; algo le decía que aquel momento no era solo una simple ocurrencia.

Elisa, por su parte, sabía que no podía compartir lo que realmente pasaba por su mente. Era un secreto entre su hermano y ella, un enigma tan improbable que parecía sacado de una película de ciencia ficción. ¿Cómo explicar algo así sin que la tomaran por loca? Además, le había prometido a Juan mantenerlo entre ellos. Pensó en la ironía del momento: la película que acababan de discutir había encendido una chispa que ella misma no sabía cómo manejar.

Mientras Fermín retomaba la conversación, Elisa forzaba una sonrisa y se unía al diálogo, aunque en su mente se repetía la promesa que le había hecho a su hermano. Algunos secretos, por absurdos que fueran, estaban destinados a permanecer en la intimidad de quienes los compartían.

Días más tarde mientras Juan se encontraba en su recámara, rodeado de papeles escolares, asignaturas por revisar y libros abiertos, Elisa entró y lo miró fijamente. Su expresión reflejaba tanto preocupación como esperanza. Él seguía con la mirada perdida, distraído en el desorden, no parecía notar la expresión de su hermana, que denotaba lo que estaba por suceder.

Elisa sabía que lo que estaba por hacer podría atormentarlo más, pero había pensado que era mejor intentar que quedarse de brazos cruzado y ya estaba decidida a hablar con él.

—Juan... Juan, siéntate y escucha lo que te voy a decir —dijo, con una expresión seria.

Juan subió la mirada, pensando: *Aquí viene otro drama más de mi hermana.*

—Quizá —continuó ella— lo que Nanavita te dijo sobre «estudia mucho» tiene algo que ver con... tal vez lo que necesitas... necesitamos hacer es investigar sobre los 80, los 90... ¡Y descubrir qué pasó con Emiliana! ¡Y en dónde se encuentra hoy... qué ha sido de su vida!

Juan, que había estado distraído revisando algunos papeles, la miró con incredulidad, completamente sorprendido y abrumado por la idea. Se quedó en silencio, su mente tratando de procesar lo que acababa de oír, como si fuera un concepto imposible de asimilar.

Cambiando de tono, Elisa aumentó su entusiasmo al darse cuenta de su confusión.

—¿No se te había ocurrido que ella podría estar viva, hoy, en 2019?

—¿Cómo iba a pensar eso?, si ni siquiera creo lo que tú sugieres. No es posible más que en las películas —respondió Juan, negando la idea con la cabeza mientras su expresión mostraba una mezcla de enfado y cansancio.

Elisa lo observó detenidamente, como si intentara medir cuánto más podía presionarlo sin que se cerrara por completo.

—¿Estás loca o qué? —dijo Juan, casi burlándose, pero sin la fuerza para sonar convincente. Su tono reflejaba más agotamiento que desdén.

—¿Loca? —Replicó Elisa, alzando una ceja y cruzando los brazos—. Puede ser. Pero a veces, las ideas más locas son las únicas que tienen sentido. ¿Nunca has pensado que Emiliana podría estar viva, ahora mismo, en algún lugar, preguntándose lo mismo sobre ti?

Juan la miró fijamente, sintiendo que sus palabras eran absurdas, pero al mismo tiempo, algo en su interior le pedía no descartarlas del todo. Elisa, percibiendo esa mínima grieta en su escepticismo, continuó.

—Piensa en esto, Juan. Tienes cartas, recuerdos, esas palabras de Nanavita... ¿Y si todo eso apunta a algo más? Tal vez no es un simple rompecabezas; tal vez es un mensaje que tienes que descifrar.

—No me hagas esto Elisa. Ya es suficiente con lo que tengo en la cabeza —replicó, intentando no alzar la voz pero claramente frustrado.

Elisa respiró hondo antes de dar un paso más.

—No es para complicarte la vida, Hermano. Es para darte una dirección, una oportunidad. Escribe todo lo que sabes, revisemos juntos las cartas. Si no encontramos nada, al menos habremos intentado.

—Esto es ridículo —murmuró Juan, pero su tono había perdido fuerza. Elisa sonrió, sabiendo que lo había casi convencido.

—Vamos, piénsalo como un arqueólogo. Buscar respuestas en las pistas que tienes no es tan diferente de lo que haces con ruinas y artefactos. Solo que esta vez, es sobre alguien que te importa.

Tómalo como una prueba. No tienes nada que perder.

Juan suspiró, resignado.

—Está bien, lo intentaré. Pero si esto no lleva a ninguna parte, no quiero oírte decir «te lo dije».

Elisa rio suavemente.

—Trato hecho. Pero cuando lo logremos, me deberás una cena. Y tranquilo, yo elegiré el lugar.

Juan dejó escapar una leve sonrisa, aunque todavía abrumado por el peso de todo lo que Elisa había puesto sobre la mesa. A pesar de sus dudas, algo en sus palabras había despertado una chispa en él, una curiosidad que no podía ignorar.

Ambos se pusieron a escribir, repasando las cartas, los pocos recuerdos que Emiliana le había dejado, y la pequeña información que sabían sobre ella. Cuando comenzaron a buscar en la red, se sumergieron en una tarea que parecía imposible, pero la determinación de Elisa y la creciente curiosidad de Juan hicieron que siguieran adelante.

En los días siguientes, se dedicaron a buscar todo lo que pudiera estar relacionado con Emiliana. La búsqueda en línea no parecía dar resultados inmediatos, pero cada intento era una chispa que avivaba la esperanza en el corazón de Juan. Aunque la falta de avances concretos podía ser frustrante, había algo en la determinación de Elisa que actuaba como un faro en la niebla. Para ella, la posibilidad de encontrar respuestas no era solo una tarea lógica, sino un acto de fe, como si cada pista que seguían representara una pieza de un rompecabezas más grande.

La búsqueda no había hecho más que comenzar, pero para Juan, este proceso ya era un pequeño triunfo. Había algo en él que no podía ignorar, un impulso de esperanza que se encendía por fin, después de años de incertidumbre y duda. Elisa, con su entusiasmo inquebrantable y su fe casi ciega, seguía adelante, como si esa misión no solo fuera para ayudar a su hermano, sino también para darle un propósito que había estado buscando.

—Todo este misterio y esta búsqueda se me están antojando para escribir un libro —comentó Elisa una tarde, rompiendo el silencio mientras repasaban sus notas—. Quizá algún día me decida a ser escritora. —Y, si algún día lo publico, te advierto que no me voy a contener. Pondré cada detalle, incluso tus berrinches, ¿eh? —bromeó, buscando alivianar el ambiente.

Juan soltó una sonrisa discreta, como si quisiera evitar que su hermana notara que había logrado calmarlo un poco. Levantó la vista, pero no respondió de inmediato. En su cabeza, oscilaba entre seguirle el juego o poner un punto final a aquella idea, como Emy había podido hacerlo con su última carta. Sin embargo, algo en sus palabras le hizo pensar en los días posteriores al terremoto del 19 de septiembre de 2017. Aquella fecha había vuelto a marcar la historia de su ciudad y de su vida, como un eco ineludible de un pasado que no dejaba de recordarle su existencia.

A veces, parecía que el tiempo tenía maneras

extrañas de entrelazar los hilos de la vida, formando patrones que solo podían entenderse con distancia. Juan recordó cómo Elisa siempre decía que los acontecimientos no eran casualidades, sino capítulos de una historia más grande. Aunque le costaba admitirlo, deseaba que esa idea fuera cierta. Porque, si lo era, tal vez Emiliana y él estaban destinados a reencontrarse, como dos líneas paralelas que el destino planeaba cruzar en un momento impredecible.

La inquietud seguía latiendo en su interior, mientras las palabras de Nanavita resonaban una y otra vez en su mente: «Estudia mucho». Por primera vez, Juan comenzaba a creer que esas palabras encerraban algo más que un consejo; eran la llave de un enigma que debía resolver, aunque el camino que se abría frente a él fuera tan incierto como emocionante.

Capítulo 26

UN NUEVO NOMBRE
Emy

Emily-Anne Sanders se convirtió en su nombre a partir del 13 de octubre de 1996, fecha que marcó el inicio de un capítulo importante en su vida al casarse con Isaac Sanders. Con ello, comenzó a escribir su historia junto a él, un nuevo ciclo lleno de promesas y desafíos.

Los primeros años de matrimonio pasaron rápidamente, en el corazón de Laredo, en su pequeño hogar, donde la vida parecía seguir su curso natural. Sin embargo, los sueños de tener hijos, que ambos habían esperado con tanta ilusión, comenzaron a desmoronarse lentamente bajo el peso de la incertidumbre. Al principio, cada mes traía una chispa de esperanza, pero con el tiempo, esa espera ansiosa se convirtió en un silencio pesado y difícil de ignorar. Era como si una sombra se hubiera instalado en su hogar, apagando el brillo de sus ilusiones. Después de varios años sin éxito, Emiliana comenzó a sospechar que algo podría estar mal. Aunque al principio trató de ignorar los pensamientos que la acechaban, la incertidumbre creció como una sombra persistente. ¿Y si era ella quien no podía tener hijos? La duda se aferró a su mente, cada vez más fuerte, y aunque la posibilidad de que Isaac fuera el motivo también cruzó por su mente, no podía evitar centrarse en sí misma. La idea la inquietaba profundamente, no como un defecto, sino como un destino que quizás no estaba lista para enfrentar. Cada ciclo de espera y desilusión pesaba como una piedra en su ánimo, y, con el tiempo, se dio cuenta de que no podía evitar buscar respuestas. Fue entonces cuando decidió hacerse estudios de fertilidad, un paso que le parecía monumental, como si al atravesar esa puerta estuviera admitiendo una vulnerabilidad que durante mucho tiempo había temido revelar incluso a sí misma.

La tristeza la envolvía, una sensación densa que no podía disipar mientras su mente se llenaba de preguntas y temores. No sabía cómo abordar el tema con su esposo, cómo decirle que necesitaban hacerse estudios para entender por qué los hijos que tanto anhelaban no llegaban. En su interior, temía que él simplemente le pidiera que fuera ella quien comenzara con las pruebas, pensando que, como tantos hombres, considerara que las mujeres cargan con más responsabilidad en estos asuntos. Pero, al mismo tiempo, esa idea la hacía sentirse injusta con él. Conocía la bondad de su Isaac, su disposición para caminar a su lado en cualquier dificultad. Él siempre había sido su refugio, su cómplice, el hombre que había prometido estar con ella en lo bueno y en lo malo, y nunca había roto esa promesa. Era como si estuviera castigándose sola, creando escenarios que no reflejaban la realidad de la relación que habían construido juntos.

En medio de su confusión, Emiliana buscó apoyo en Mariú, una amiga y compañera del hospital que había demostrado ser un pilar de empatía desde el inicio de su amistad. Mariú tenía una forma especial de escuchar, inclinándose ligeramente hacia adelante, con las manos entrelazadas y una expresión que transmitía comprensión sin juicio. En más de una ocasión, había ayudado a otros colegas a superar sus propios conflictos personales. En la cafetería del hospital, mientras el aroma del café recién hecho llenaba el aire, Emiliana encontró el valor para abrir su corazón.

—A veces me pregunto si debo hablarlo con Isaac, pero luego pienso que tal vez sea yo quien no pueda... quien tenga el problema.

Mariú asintió con suavidad, esperando a que Emiliana terminara.

—Entiendo lo que sientes. Pero Isaac siempre ha estado a tu lado. Habla con él. Este no es un camino que debas recorrer sola.

Las palabras de Mariú fueron como aire fresco. Emiliana sintió que podía respirar de nuevo, como si un peso invisible se aligerara. Esa conversación fue el impulso que necesitaba para reunir el valor de hablar con su esposo y compartirle sus miedos. Sabía que, juntos, podrían enfrentarlo.

Después de algunos meses, un nuevo desafío apareció en sus vidas: fue Isaac quien resultó ser estéril. El diagnóstico cayó como un balde de agua fría, una verdad que, aunque inesperada, no lograba borrar la esperanza que ambos compartían. Emiliana recordó las noches en las que soñaban con nombres de niños y niñas, con habitaciones llenas de juguetes y risas. Ahora, esas imágenes parecían desvanecerse, dejándolos frente a un horizonte vacío. A pesar de la sacudida emocional, Isaac tomó su mano y le dijo con firmeza:

—No importa lo que no podamos tener, Emiliana. Lo que importa es lo que sí tenemos: tú y yo, juntos. Vamos a encontrar nuestra felicidad, sea cual sea.

Esas palabras resonaron en Emiliana como un eco que la sostuvo en los días más difíciles. Comprendió que, aunque sus vidas habían tomado un rumbo diferente, estaban construyendo algo único, algo que solo ellos podían entender. Fue en ese momento cuando Emiliana, que siempre había mostrado una gran dedicación por su carrera, decidió avanzar en su carrera estudiando una enfermería especializada en trasplantes de órganos.

Rápidamente se destacó por su capacidad y compromiso. Al poco tiempo, fue nombrada jefa del piso de enfermeras de trasplantes en el hospital, donde se ganó el respeto de todos por su profesionalismo y dedicación. En una ocasión, su nombre apareció en los periódicos locales tras salvar la vida del hijo del alcalde, un logro que marcó un antes y un después en su carrera.

Una mañana, mientras Emiliana tomaba su descanso en la cafetería del hospital, Mariú llegó con una sonrisa de complicidad y un periódico enrollado bajo el brazo.

—¡Emily, tienes que ver esto! —dijo, mientras desplegaba el periódico sobre la mesa.

Emiliana arqueó una ceja, curiosa, mientras sus ojos buscaban el titular. Al leer la nota que destacaba su logro, soltó una carcajada. En lugar de su nombre completo, los editores habían escrito «Emilyanne S. Haza».

—¿Qué es esto? —exclamó entre risas, señalando la grotesca deformación de su nombre.

Mariú también reía, pero añadió con seriedad:

—Bueno, no importa cómo te llamen, lo importante es que tu trabajo habla por ti. Pero deberían contratar a alguien que sepa escribir bien.

Ni siquiera su nombre de soltera fue escrito correctamente. Ni Emiliana ni Isaac se molestaron, y lo tomaron con humor. Fue entonces cuando ella le contó a Mariú y luego a su esposo cómo, cuando vivía en Nabocampo, la llamaban «La Zapata» por molestarla, y relató toda la historia detrás del apodo. Isaac, por supuesto, se divirtió con la anécdota, y en ese momento, Emiliana se dio cuenta de que, aunque los tiempos habían cambiado, parte de su esencia seguía siendo la misma. Sin aceptárselo ni a ella misma, la estrella de Juan brillaba en su corazón.

Isaac, que ya contaba con su maestría en

Historia, tenía inquietudes por abrir una nueva escuela, un sueño que había estado madurando en su mente. Aunque no estaba seguro de cuándo sería el momento adecuado, sentía que las redes sociales pronto dominarían el mundo y que el futuro de la educación podría cambiar de manera significativa.

Emiliana, quien seguía con su trabajo en el hospital y siempre había sabido que ese era su camino, había encontrado una nueva pasión en la historia, junto con su esposo. A pesar de que había abrazado su carrera como enfermera, encontraba en la historia algo más que un simple interés compartido con Isaac, era un puente que conectaba sus pasiones profesionales con su necesidad de entender los misterios de la vida y del destino. Isaac, con su vasto conocimiento, le abría puertas a mundos que nunca había explorado, mientras que ella aportaba una frescura emocional a las conversaciones, combinando hechos históricos con su sensibilidad única. En esas noches, bajo la luz cálida de la lámpara de escritorio, ambos parecían redescubrirse, encontrando consuelo y esperanza en los relatos del pasado. Lo que parecía ser en un principio solo una pasión compartida; se convirtió en un refugio donde ambos encontraban un propósito renovado.

Las puertas de la maternidad se habían cerrado para Emiliana, y aunque aceptar esa realidad no había sido fácil, encontró refugio en el propósito que su trabajo le brindaba. La satisfacción de su carrera como enfermera especializada llenaba gran parte de su vida, pero en su interior se agitaba una inquietud, un anhelo que aún no lograba definir del todo. Quizás, pensaba, podría buscar algo que le permitiera conectar con otras vidas de una manera distinta, como ser maestra, siguiendo los pasos de su madre. La idea de guiar y formar a niños y jóvenes empezaba a tomar forma en su mente como una posibilidad de comenzar algo nuevo, no solo para ella, sino también para su esposo.

A menudo reflexionaba sobre los caminos que la vida le había negado, pero también sobre los que había elegido recorrer. No sentía que su existencia estuviera incompleta; al contrario, cada día encontraba formas de construir un significado compartido junto a su Isaac. Ser mamá no era parte de su presente y aparentemente tampoco sería de su pasado, pero ellos, juntos habían tejido un lazo que transformaba los desafíos en oportunidades para crecer y crear un hogar lleno de amor y propósito.

La Navidad de 2004 tuvo un aire especial, como si un soplo de esperanza hubiera llenado su hogar. En un gesto que parecía tan sencillo como simbólico, decidieron adoptar un pastor alemán al que bautizaron como Rudolph. Desde el primer momento, el cachorro trajo consigo una energía contagiosa que llenó los espacios de risas y movimientos inesperados. Rudolph no solo se convirtió en parte de su familia, sino en un recordatorio viviente de que los nuevos comienzos pueden llegar de formas inesperadas. Su presencia parecía sellar su pequeño hogar con una sensación de plenitud, uniendo sus corazones de una manera que solo la alegría más pura puede lograr.

Capítulo 27

ISAÍAS
Emy

—Joanna, ¡qué sorpresa tan agradable! —dijo Emiliana al abrir la puerta y dejarla pasar.

Joanna dejó escapar un suspiro tembloroso, mientras sus manos jugueteaban con el borde de su chaqueta, un movimiento involuntario que revelaba su creciente ansiedad. Bajó la mirada por un instante, como si las palabras que estaba a punto de decir le pesaran demasiado para sostener el contacto visual. Su voz tembló ligeramente al hablar, y en cada pausa parecía debatirse entre continuar o callar. Sus ojos, ahora ligeramente vidriosos, buscaron apoyo en los rostros de Isaac y Emiliana, aunque rápidamente volvieron a perderse en el vacío. Emiliana notó cómo sus hombros estaban tensos, como si cargara el peso de todo aquello que aún no había pronunciado.

—¿Estás sola? —preguntó, mirando alrededor.

—No, aquí está tu hermano, y también Rudolph. Nos disponíamos a ver una película.

—Está por empezar, ¿nos acompañas? —añadió

Isaac con una expresión relajada.

Joanna titubeó por un momento antes de sentarse, con la mirada fija al frente. Finalmente, tras un largo suspiro, empezó a hablar con voz quebrada.

—Vengo a decirles algo importante, muy importante… pero no quiero que Mamá ni Papá se enteren.

Los dos se miraron, sorprendidos y preocupados. La atmósfera cambió al instante. Isaac apagó el televisor, y con ese gesto, la sala pareció sumergirse en un silencio casi reverencial. Los sonidos del exterior parecían desvanecerse, dejando solo el leve tic-tac del reloj en la pared. Emiliana, instintivamente, inclinó su cuerpo hacia Joanna, dejando claro que su atención estaba completamente en ella. La luz cálida de la lámpara creaba un ambiente íntimo, casi como si el tiempo se hubiera detenido, preparándose para lo que estaba por venir.

—Adelante, estamos aquí para ti —le dijo su hermano, buscando tranquilizarla, mientras Emiliana asentía con un gesto comprensivo.

Joanna, quien había estudiado en México durante casi tres años, había experimentado una transformación profunda. Antes de su regreso a Laredo, llevaba el cabello largo y castaño, con ondas naturales que daban un aire descuidado pero intencional, como si el viento siempre lo hubiera acariciado. Su estilo estaba marcado por detalles bohemios y modernos: jeans acampanados de tiro bajo, combinados con *crop tops* estampados con frases feministas o símbolos de empoderamiento. Usaba sandalias de tiras o *sneakers* Converse, mostrando siempre su lado relajado y cómodo. Era apasionada y tenía opiniones fuertes sobre la igualdad de género y la justicia social. Pasaba mucho tiempo leyendo libros de autoras feministas y estudiando movimientos históricos. Defendía el amor libre y no le gustaba poner etiquetas; su manera de amar, según decía ella, era abierta y honesta. No temía explorar. Sus amistades eran igual de libres y abiertas: un grupo mixto y diverso donde todos se sentían bienvenidos. Su lado rebelde y desinhibido era su característica principal. Se había ido «a cambiar el mundo»; con la excusa de estudiar sobre la mujer auténtica mexicana, afirmando que algo de eso vivía dentro de ella. La verdad, sin embargo, era que buscaba libertad: tomar, probar marihuana, vivir en comunidad con amigos y amigas sin restricciones. Su encanto convencía a todos, y sus padres, sin hacer demasiadas preguntas, la habían dejado irse.

Pero había vuelto cambiada. Durante esos años, y a su corta edad, había ganado profundidad en su forma de ver el mundo. Su estilo evolucionó hacia algo más sofisticado, pero conservando rastros de su personalidad original. Llevaba el cabello más corto y arreglado, con maquillaje sutil y natural, reflejando madurez. En el amor, su visión era menos idealista y más realista, valorando las relaciones basadas en respeto, equidad y entendimiento mutuo.

Joanna inhaló profundamente, como si necesitara reunir cada fragmento de valentía que quedaba en su interior antes de comenzar.

—Cuando me fui a México, tenía una forma de ver la vida... ¿cómo explicarlo? Todo era una bandera de libertad, ya saben, «sexo, drogas y rock & roll», —intentó sonreír, pero el intento murió rápidamente en una expresión de incomodidad—. Creía que entendía el mundo, que tenía respuestas para todo, pero lo único que en verdad tenía era una gran ignorancia.

Pausó un breve instante como absorbiendo de algún lugar dentro de ella un valor que necesitaba para continuar.

—Vivía en comunidad, rodeada de gente idealista, pero... al igual que yo, muy inexperta. Pasaron meses, y... bueno, a los ocho meses... quedé embarazada. —hizo una pausa, bajando la mirada.

Isaac y Emiliana intercambiaron miradas de preocupación, pero no dijeron nada, dejando que continuara.

—No estaba segura de quién era el padre. Nunca les dije nada en casa porque... pensaba que podía arreglármelas sola. Además, tenía en mi grupo el apoyo que necesitaba, y... entre todos decidieron... decidimos que... lo mejor era «deshacerse del problema».

—¿Qué quieres decir? —preguntó Emiliana con cautela.

—Algunos sugirieron abortar, pero nunca estuve de acuerdo con eso. Algo dentro de mí me decía que debía quedármelo, pero... me arrastró la voz del grupo: «somos libres, dueñas de nuestro cuerpo, nosotras decidimos». Al final, decidí darlo en adopción.

Joanna apretó los labios, como si reviviera un dolor profundo.

—Carmela Ramírez, la mayor del grupo, conocía a una familia que solo tenía una hija y no habían podido tener más hijos. Así que acepté. —tragó saliva y continuó haciendo un gran esfuerzo por no llorar. —Nació un niño hermoso, al que, en mi corazón, llamé Isaías, en honor a ti, Hermano. Elegí Isaías porque siempre he admirado tu fortaleza, Isaac, —dijo Joanna ya con lágrimas en los ojos. —Pensé que, aunque nunca pudiera estar con él, su nombre siempre lo conectaría contigo, con alguien a quien sé que puedo confiar mi vida.

Las lágrimas comenzaron a salir de lleno, ya no las pudo contener.

—Solo pude tenerlo en mis brazos unos días. Lo entregué a esa familia sin preguntar nada más. Solo Carmela sabría dónde y con quién se quedaría, me prometió que eran buenas personas y yo confié en ella.

Isaac se inclinó hacia adelante, con el ceño fruncido. Emiliana le tomó una mano a Joanna, tratando de calmarla.

Con voz llorosa continuó, —Isaías tendría... tiene ahora tres años. Nació el 18 de agosto de 2001.

—Joanna hizo una pausa prolongada antes de añadir; —Ustedes... no pueden tener hijos. Quizá... si lo encontramos... tal vez... con una prueba de ADN...

Las lágrimas la ahogaron antes de terminar la frase. Emiliana e Isaac no dijeron nada por unos instantes. La historia los había dejado sin palabras.

Finalmente, Emiliana rompió el silencio.

—Quizás podamos buscar información. Isaac ha viajado al Distrito Federal antes y con seguridad volverá. Tal vez podamos hacer algunas indagaciones.

Isaac asintió, pero sus ojos reflejaban dudas.

Joanna confesó que, durante los últimos meses en México, antes de su regreso, había intentado encontrar al niño. Y cada vez que regresaba al país, (había regresado en dos ocasiones más), esperaba encontrar alguna pista de Carmela o del grupo. Pero era como si hubieran desaparecido de la faz de la tierra.

—Son mi única esperanza. —dijo, con un hilo de voz.

Isaac la miró con seriedad.

—Esto no será fácil. Pero vale la pena intentarlo. Te vamos a ayudar, cuenta con ello.

—Pero no... por favor, no involucren a nadie más. No estoy lista para eso, —suplicó Joanna.

Isaac y Emiliana viajaron en dos ocasiones al Distrito Federal, utilizando como pretexto compromisos laborales. Caminaron por calles bulliciosas, visitaron mercados, consultaron registros oficiales y preguntaron en parroquias, pero cada intento los llevaba a un callejón sin salida. Cada rincón de esa enorme ciudad parecía ocultar más secretos que respuestas. Desde los archivos polvorientos de una parroquia hasta los callejones coloridos pero insondables de La Merced, cada paso parecía empujar la resolución más lejos. Emiliana se sentía como si el niño fuera un eco perdido en el tiempo, uno que se desvanecía más con cada intento fallido. Las pocas pistas que tenían parecían desmoronarse con cada nuevo esfuerzo, como si el tiempo mismo hubiera borrado todo rastro para poder dar con Isaías.

La búsqueda en línea tampoco parecía dar resultados, pero seguían adelante, siempre con la esperanza de que algún día lograrían encontrar algo que les diera respuestas. Había noches en las que Isaac, sentado frente a la computadora, se quedaba mirando la pantalla en blanco, sintiendo una mezcla de frustración y determinación. Emiliana, mientras tanto, repasaba viejas fotografías y notas, esperando encontrar algún detalle que hubieran pasado por alto. Cada fracaso parecía una pequeña herida, pero ambos sabían que no podían darse por vencidos. En medio de todo, los recuerdos de Joanna con su hijo, aunque escasos, daban fuerza a su misión.

Surgió la idea de contratar un detective, pero nunca se concretó. El tiempo pasó, y el asunto comenzó a desvanecerse. *Quizá... ya está bien donde está* —pensó Emiliana con resignación. *A veces, la vida trabaja de maneras misteriosas.*

Los años continuaron. Amanda y Rosa María aún vivían cerca, tanto de ellas mismas como de Isaac y Emiliana, quienes habían encontrado un lugar a pocos kilómetros de distancia. Se sentían, con todo y los vecinos de toda la vida, como una gran familia. Nanavita, con su sabiduría de alma vieja y su energía inquebrantable, los visitó ocasionalmente. Sin embargo, siempre rechazó mudarse a Texas. —Mi pedacito de tierra me necesita, —decía con una sonrisa que escondía décadas de historia, como si supiera que su lugar en el mundo estaba indisolublemente ligado a Nabocampo. Emiliana respetaba esa decisión, aunque en el fondo siempre guardó la esperanza de que algún día cambiara de opinión. La correspondencia seguía siendo la manera en que ella y su nana se comunicaban con mayor frecuencia. Somos almas viejas tú y yo, siempre le había dicho.

En 2015, Isaac culminó su doctorado en egiptología, un logro que no solo marcó el cierre de años de dedicación académica, sino que también encendió una chispa renovada en la vida que compartía con Emiliana. La idea de abrir una escuela de historia no era solo un proyecto académico; representaba la síntesis de sus sueños. Habían hablado de ello tantas noches que el proyecto ya parecía un ente vivo entre ellos. Emiliana imaginaba las paredes llenas de mapas antiguos y vitrinas con réplicas de artefactos históricos, mientras Isaac soñaba con debates apasionados entre alumnos inspirados. Era un sueño que, aunque no se había materializado, les daba un propósito compartido y les recordaba lo que eran capaces de construir juntos.

Sin embargo, la salud de Isaac comenzó a deteriorarse. A finales de ese año, la vida les lanzó el golpe más devastador: un diagnóstico terminal para Isaac. La noticia cayó como un golpe seco, sin previo aviso, pero la respuesta de Isaac fue sorprendentemente serena.

—No dejemos que esto nos robe lo que todavía tenemos —le dijo a Emiliana, mientras le tomaba la mano con esa mirada de certeza que siempre la había calmado. Ella, en cambio, sintió que el suelo se desmoronaba bajo sus pies, pero su decisión de seguir adelante con él no dejó espacio para el miedo.

En lugar de rendirse al peso de la tristeza, decidió regalarle a Emiliana un sueño que ambos habían compartido durante años: un viaje a Roma. Pasearon de la mano entre coliseos, columnas y ruinas que hablaban de grandeza y decadencia, encontrando en esa ciudad eterna un reflejo de su amor, capaz de resistir cualquier adversidad. En el Coliseo, mientras la luz del atardecer doraba las piedras antiguas, Emiliana lo miró y pensó en cuántas historias esas ruinas habían presenciado.

—Somos como estas columnas, —dijo Isaac en un susurro, —incluso cuando el tiempo pasa, lo que construimos permanece.

Emiliana no respondió; las lágrimas en sus ojos hablaban más que cualquier palabra. Celebraron su aniversario número diecinueve con lágrimas que mezclaban felicidad y despedida.

Los últimos días fueron difíciles, Emiliana se esforzaba por hacer que los momentos cotidianos fueran especiales. Preparaba su té favorito, le leía los capítulos de sus libros preferidos y aseguraba que la casa estuviera llena de música. En su interior, sabía que estos pequeños gestos eran su forma de luchar contra lo inevitable, de mantener la normalidad por un poco más de tiempo. Para fines de 2016, Isaac se había ido, dejando tras de sí un legado de amor que Emiliana llevaría consigo para siempre.

Los días siguientes fueron una mezcla de vacío y gratitud. Emiliana pasaba horas mirando los libros de Isaac, los mismos que él había acariciado con devoción. Cada página era un recordatorio de su amor compartido por el conocimiento, de las noches planeando esa escuela que, aunque no se concretó, vivía en cada idea que dejaron al mundo. Entre las páginas de uno de sus libros favoritos, encontró una pequeña nota escrita con su letra inconfundible: «Nunca dejes de soñar, Emiliana. Lo que construimos aquí, aunque inacabado, es siempre eterno». Ese pequeño gesto le devolvió fuerzas en los días más oscuros. Se quedó sola con Rudolph y un hueco en el corazón que reconocía haber sentido antes. Su mayor consuelo era que, en esta ocasión, pudo acompañar a su esposo con paciencia y amor en sus últimos momentos.

Capítulo 28

EN BLANCO Y NEGRO
Juan

El año nuevo llegó con promesas de un futuro brillante. Los titulares se llenaban de predicciones optimistas: «2020, el inicio de una nueva década llena de oportunidades». Las celebraciones se habían teñido de esperanza, y las redes sociales se inundaban de deseos de prosperidad, metas renovadas y sueños por cumplir. Sin embargo, debajo de esa capa de entusiasmo, algunas voces comenzaban a advertir que este podría ser un año que quedaría marcado en la historia, no precisamente por sus logros, sino por desafíos inesperados, no faltaban quienes auguraban el fin del mundo o alguna calamidad.

Mientras el clima cambiaba y los gorros, bufandas y abrigos volvían a salir del clóset. El aire, aunque frío por la temporada, parecía cargar una energía diferente cuando Elisa dio con algo que parecía ser una luz en la oscuridad. Con entusiasmo, fue a mostrarle su hallazgo a su hermano.

—Mira esto, Juan, —dijo, extendiéndole una

copia de un artículo de periódico que había encontrado en línea. —¿Reconoces el nombre?

El titular hablaba de una enfermera en una pequeña ciudad de Texas, y el nombre, aunque ligeramente distinto, tenía similitudes inquietantes con el que ellos buscaban.

La foto del artículo, que databa de años atrás, en blanco y negro, era apenas legible. En ella, se veía a una mujer que aparentaba unos treinta y cinco años, con una expresión tranquila pero imposible de descifrar debido a la calidad de la imagen. Juan inclinó la cabeza hacia un lado, como si al cambiar de ángulo pudiera extraer algo más de aquel retrato granulado. Su mente comenzó a trabajar a toda velocidad, buscando en su memoria los detalles que la definían bajo los escombros: el contorno de su rostro, la intensidad de su mirada, los gestos que la habían hecho inconfundible en medio de la tragedia, pero sus recuerdos eran de una muchacha de 17 años no de una señora del doble de esa edad; y con la imagen tan difusa no podía realmente emitir un buen juicio.

El tiempo parecía detenerse mientras observaba esa fotografía. Su respiración se volvió más lenta, y el leve temblor en sus dedos delataba la tensión que lo atravesaba.

Elisa observó cómo su hermano inclinaba la cabeza hacia la imagen, con una expresión que oscilaba entre la incredulidad y una esperanza contenida. Sus ojos parecían buscar algo más allá del papel, algo que conectara ese rostro desenfocado con los recuerdos vívidos que guardaba de Emiliana.

—Juan, nunca te había visto mirar algo así —comentó Elisa, en un intento de suavizar la tensión.

Juan tragó saliva, como si el peso de sus pensamientos le impidiera hablar con claridad.

—Es que... esta foto, Elisa. Es como un eco. No sé cómo explicarlo. Es ella, pero a la vez no lo es.

Se pasó una mano por el cabello, tratando de despejar el torbellino de emociones que lo invadía. *¿Y si estoy equivocado? ¿Y si solo quiero que sea ella?* —pensó, pero no se atrevió a decirlo en voz alta.

Mirar aquella imagen era como asomarse a una ventana que conectaba dos mundos: el de un pasado enterrado en el caos del terremoto y el de un presente lleno de incertidumbres. Una metáfora de su propia vida. Para él, aquella foto no era solo un rostro; era un fragmento de historia, una que seguía reclamando su atención con una fuerza ineludible.

Cuando Elisa le preguntó en qué pensaba, Juan, con la vista fija en la foto, apenas logró murmurar:

—No estoy seguro... pero esto no puede ser una coincidencia.

La fotografía era como un fragmento de un rompecabezas que llevaba años intentando completar. Cada pieza añadida parecía acercarlo más a una verdad que, aunque todavía fuera incompleta, comenzaba a tomar forma en su mente.

La nota del periódico resultó ser la punta del

iceberg. Al seguir investigando, parecía que la información empezaba a caer en cascada. Había datos dispersos desde fines de los años 90. No era mucho, pero lo suficiente para que Juan finalmente pudiera atar cabos.

La había encontrado... al parecer.

—¿Y ahora qué hacemos? —preguntó Elisa, ansiosa.

Juan, aún abrumado por el descubrimiento, no sabía qué responder.

—Tienes que ir a verla Juan, —le dijo sin dudar.

Elisa se sentó frente a él, apoyando los codos en la mesa y entrelazando las manos como si intentara formar una barrera para contener la intensidad del momento.

—Juan, te he visto en cada etapa de esta búsqueda. La determinación que mostraste desde el principio, la forma en que nunca te rendiste incluso cuando parecía que no había nada más por descubrir..., tú mismo lo has dicho, esto no es una coincidencia, lo sabes. Tienes que ir.

—¿Estás loca? ¿Te das cuenta de que es una señora que podría ser mi madre?

—Pero no lo es. Y lo sabes.

Juan se llevó las manos al rostro, tratando de calmar la tormenta de pensamientos que lo invadía.

—¿Y qué le voy a decir? ¿Que creo que es alguien que conocí hace 3 años pero para ella han sido más de 30 años? Suena completamente absurdo.

—Bueno, entonces... escríbele. Cuéntale lo que sabes, —sugirió Elisa, mientras buscaba alguna solución.

Juan negó con la cabeza, frustrado.

—¿Crees que me vería menos trastornado si le escribo? Es demasiado complicado de explicar. Ni siquiera nosotros terminamos de creerlo.

Elisa suspiró, pensando en qué más podría sugerir.

—¿Y si hablas con Nanavita? Ella siempre tiene respuestas, ¿no? Tal vez te pueda ayudar.

En ese momento, algo pareció encenderse en Juan.

—¡Si, Nanavita! —exclamó, casi golpeando la mesa. —Ella es la clave. Dijo que cuando lo entendiera todo nos volveríamos a ver. Creo que... creo que es el momento.

En realidad no lo entendía todo, creía que iba por un camino, que aunque en su mente resultaba imposible, era la única respuesta. Juan marcó el número que recordaba de memoria. Mientras el tono de llamada resonaba en el auricular, sintió cómo un nudo comenzaba a formarse en su estómago. El aparato parecía más pesado en su mano, como si contuviera el peso de todas las preguntas que lo atormentaban desde hacía años. Tragó saliva mientras un leve sudor frío se acumulaba en su frente. Finalmente, después de lo que parecieron mil rings, la voz de Nanavita rompió el silencio.

—¿Hola? ¿Quién habla? —dijo su voz inconfundible, llena de calidez y sabiduría, con ese tono pausado que siempre parecía tener la respuesta antes de que se hiciera la pregunta.

Juan inspiró profundo, como si el aire pudiera darle el valor necesario para articular palabras coherentes.

—Soy Juan... ¡Feliz Año, Nanavita! Hemos llegado al 2020, ¿puedes creerlo?

Un sonido suave, como una risita ahogada, llegó desde el otro lado de la línea. En su mente, podía imaginarla inclinándose ligeramente hacia adelante, con esa sonrisa que siempre llevaba una mezcla de ternura y travesura.

—Feliz Año también a ti, muchacho. Aquí sigo, vivita y coleando. Todavía no llega mi día. ¿Estás listo para venir?

La pregunta lo tomó por sorpresa, aunque, de alguna manera, había estado esperándola. Sus labios se separaron ligeramente, pero ninguna palabra salió al principio. Finalmente, forzó una respuesta, con la voz algo temblorosa.

—¿Cómo sabías...? Sí, creo que ya entendí lo suficiente. Seguí tus consejos al pie de la letra.

La línea quedó en silencio por un instante, pero no era un silencio incómodo. Era como si ella estuviera evaluando sus palabras, como si pudiera ver más allá de lo que decía.

—Aquí te espero, —dijo finalmente, con una calidez que parecía envolverlo incluso a través del teléfono—. Me dará mucho gusto volver a verte.

Juan colgó lentamente, con el corazón latiendo a un ritmo que parecía fuera de control. Cerró los ojos por un momento, permitiendo que el peso de la conversación lo inundara. Aquel llamado había sido mucho más que una simple charla; era una puerta que se abría, una invitación a enfrentar el misterio que había definido su vida durante tanto tiempo.

De inmediato, abrió la aplicación de todas las líneas aéreas que pudo encontrar para buscar un vuelo a Ciudad Obregón. Cada página que cargaba en su pantalla parecía llevar más tiempo del necesario. La temporada vacacional aún mantenía todos los vuelos llenos, el mundo parecía seguir en revolución. Los asientos disponibles desaparecían con cada clic, como si el destino le estuviera jugando una broma cruel. Finalmente, cuando logró reservar un vuelo, sintió un alivio momentáneo, aunque su corazón sabía que el verdadero desafío estaba aún por venir.

Sin embargo, el 2020 venía con un presagio oscuro. Los noticieros hablaban de un virus emergente en un rincón del mundo que pocos sabían ubicar en un mapa. Para la mayoría, era algo distante, casi irrelevante, pero para algunos pocos, era el primer indicio de una tormenta que cambiaría todo. Sin saberlo, el mundo estaba a punto de dividirse entre el «antes» y el «después», y ni siquiera los acelerados días de enero podían anticipar el frío aislamiento que se avecinaba.

Las noticias sobre el llamado COVID-19 comenzaron a circular, al principio como algo lejano, pero pronto la preocupación se extendió por todas partes. Cuando llegó la fecha de su vuelo, los aeropuertos estaban en caos. Los vuelos comenzaron a ser cancelados, y las esperanzas de Juan de llegar a Nabocampo se esfumaron.

Para el veintitrés de marzo, el mundo había cambiado. Las escuelas cerraron, las calles estaban vacías, y los cubrebocas se convirtieron en una prenda cotidiana. Las reuniones familiares eran cosa del pasado, y el miedo parecía ser más contagioso que el propio virus.

Juan se encontró atrapado, no solo físicamente, sino también emocionalmente. La incertidumbre de la pandemia y el suspenso de lo que podría haber encontrado en Nabocampo lo mantenían en un estado constante de frustración y ansiedad. Pero en el fondo, sabía que la historia no había terminado.

Por ahora, —pensó— *la vida nos obliga a esperar.*

Capítulo 29

RECUERDOS ENTERRADOS
Emy

La noticia en el televisor golpeó como un puño: «Terremoto en Ciudad de México. Magnitud 7.1. Daños considerables reportados en diversas zonas».

Emiliana dejó caer el control remoto sobre el sillón sin darse cuenta. El sonido seco del plástico al golpear la tela se sintió distante, como si ocurriera en otra habitación. Su cuerpo se tensó y un escalofrío le recorrió la espalda, a pesar de que la temperatura en la casa era agradable. En su regazo, la taza de té que había estado sosteniendo resbaló de sus manos, derramando un hilo ámbar sobre su pantalón. Ni siquiera se inmutó.

De pie en la sala, con la luz tenue filtrándose a través de las cortinas, miró la pantalla con una sensación de irrealidad. Las imágenes eran caóticas: polvo, gente corriendo, edificios desplomándose como castillos de naipes. El noticiero mostraba calles llenas de escombros, socorristas escarbando desesperados, rostros de angustia reflejados en la cámara. El televisor, hasta hace unos minutos un simple ruido de fondo, se había convertido en un portal a su pasado. Era diecinueve de septiembre de 2017, pero también era diecinueve de septiembre de 1985, cuando dijo que tenía casi diecisiete años, cuando bajo una montaña de libros, madera y concreto, lo había encontrado a él, a Juan, el muchacho de ojos verdes, llenos de miedo en un mundo caótico que fue solo de los dos. Emiliana no necesitó cerrar los ojos para volver a sentir la opresión del concreto, la oscuridad sofocante, la incertidumbre de si lograría salir con vida.

El aire de la habitación pareció volverse más denso. Su respiración se tornó errática, y por un instante, sintió el mismo pánico de aquella vez. Apoyó una mano en el respaldo del sofá, buscando anclarse a algo tangible, a su presente, pero el latido acelerado de su corazón y la sensación de vacío en el estómago le decían que el tiempo se había plegado sobre sí mismo.

La misma fecha. El mismo desastre. El mismo miedo. ¿Era posible que la historia se repitiera de manera tan cruel?

Las sirenas que se escuchaban en la televisión se mezclaban con las que su memoria evocaba desde la distancia. Su hogar, antes tan apacible, ahora parecía un espacio extraño. La alfombra bajo sus pies, la lámpara de lectura a su lado, los cuadros en la pared con fotografías de Isaac y de ella en Roma... todo se sentía como una escenografía ajena, una ilusión de estabilidad que en cualquier momento podía derrumbarse como aquellos edificios en la pantalla.

Emiliana llevó una mano temblorosa a su cuello, buscando un ancla, un punto de referencia, algo que la ayudara a recordar que estaba a salvo. Entonces la sintió: la cadena que colgaba de su cuello, el pequeño rosario que llevaba siempre con ella, regalo de Isaac durante su último viaje, que tenía en el centro la estrella de David. Una estrella, su amuleto desde que Juan... y un pensamiento irracional cruzó por su mente. *¿Dónde estaría él en este preciso momento? ¿Y si también lo está reviviendo? ¿Y si este terremoto también lo ha alcanzado?*

Sacudió la cabeza con fuerza, intentando liberarse de la sensación asfixiante que la dominaba. Respiró hondo, llenando sus pulmones de aire como si intentara borrar la opresión en su pecho. Pero no era tan fácil. El pasado seguía ahí, latiendo en cada rincón de su memoria. Y en ese instante, supo que nada de lo que había creído superado, en realidad lo estaba.

Emiliana no podía creer lo que veía. El *déjà vu* fue brutal, un puño invisible que le cerró el pecho de golpe. Como si su memoria hubiera estado esperando este momento para reabrir una herida que jamás cerró del todo. Las imágenes eran las mismas que llevaba tatuada en la memoria. Sentía el mismo vértigo en el estómago, la impotencia de saber que, una vez más, la tierra había decidido rugir y cobrar su tributo. Sus manos se crisparon sobre sus rodillas, los nudillos pálidos. Los sonidos parecían lejanos, un murmullo de otra dimensión. Todo su cuerpo reaccionaba como si estuviera de vuelta en ese diecinueve de septiembre, con el miedo palpitándole en las sienes, con la incertidumbre asfixiante de no saber si el siguiente segundo sería el último.

Pero ahora, no estaba ahí. No era parte de la tragedia, solo una testigo distante atrapada en la jaula de sus propios recuerdos. Cerró los ojos y, por un momento, sintió que la distancia de más de treinta años se desvanecía. El pasado y el presente se entrelazaban como un mismo latido. Se quedó allí, inmóvil, todo parecía igual, pero abrió los ojos que la trajeron a su realidad, una que no era aquella por la cual había pasado, y exhaló con alivio. Se sentó en el sofá sintiéndose agotada.

Recordó el incunable, el libro de egiptología que, a pesar de no pertenecerle, había atesorado durante años. Lo había devuelto, muchos años después, en una visita al remodelado local de la librería, que había renacido de las cenizas del derrumbe del 85. Tardó en devolverlo con la excusa de que su abuelo –el dueño de la librería– nunca se lo exigió, pero la realidad es que sentía una conexión con él y lo deseaba para ella.

El abuelo ya no vivía para cuando lo regresó a la librería; de haber sido así se lo habría pedido pero no tuvo oportunidad. Aquel hombre dejó una marca indeleble en la vida de Emiliana, siempre le había dicho que fue el mejor amigo de su propio abuelo, uno que nunca conoció, y le aseguraba quererla como si él lo fuera.

Quizá no debí haberlo regresado, —pensó por un momento, *sé que hay algo mágico en él; me salvó*, pero rápidamente se sacudió esa idea de la cabeza. Recordó cómo se había aferrado a él y lo había considerado su objeto protector, pero también sabía que había sido solo un ancla y una idea infantil que en su momento la había ayudado, pero ni había nada mágico en él, ni el libro era suyo, era prestado. La parte racional de su mente lo entendió, quedando solo una pequeña chispa de arrepentimiento dentro de ella que siempre había estado allí. Sin embargo, tenía que aceptar que no podía aferrarse a todo lo que la vida le dio en el pasado. Era difícil mirar atrás, sobre todo ahora que se acercaba a los cincuenta años.

La noticia la acompañó durante días, pero a diferencia de hace más de tres décadas, esta vez no se permitió quedar atrapada en los ecos del pasado. A lo largo de los años, había aprendido que no siempre hay respuestas y que algunas historias simplemente quedan inconclusas. El temblor de 2017 la estremeció, pero ya no era la joven que esperaba lo imposible.

Se convenció de que lo mejor que podía hacer era aportar de la forma en que estaba a su alcance. A pesar del nudo en el estómago, supo que esta vez no podía quedarse atrapada en el pasado. Nunca supo qué había sido de Juan, nunca llegó una carta, un mensaje, una señal. Y aunque este temblor despertaba viejos espectros, ya no se aferraba a lo imposible. Sus manos temblaban, pero ya no era el miedo lo que las sacudía, sino la certeza de que su única opción era seguir adelante. Su mundo había cambiado tantas veces que entendía, con dolor, que la única constante en la vida es la transformación.

Donó a una organización que enviaba ayuda a los damnificados y colaboró en la recolección de víveres desde su comunidad. Era su manera de honrar lo vivido sin quedar atrapada en ello. También había llegado el momento de cerrar otros capítulos. Su matrimonio con Isaac había sido un hermoso viaje, pero también era parte del ayer. Su vida profesional, aquella que había construido con tanto esfuerzo, comenzaba a sentirse como un reflejo distante de quien había sido. Tal vez era tiempo de dar el siguiente paso y dejar atrás otro fragmento de su historia.

La decisión de jubilarse llegó en 2018, y aunque la idea en realidad no fue suya, estaba decidida. Al tiempo de la muerte de Isaac, en su trabajo en el hospital, ya no era la misma. Si bien seguía siendo una excelente enfermera y estaba bien preparada para atender a enfermos terminales, su salud emocional no se encontraba en su mejor momento. La consejera del hospital sugirió que tomara un descanso, y finalmente aceptó. La vida le había mostrado que la salud mental es tan importante como la física.

Colgar la bata no fue una decisión fácil. Durante años, la rutina de los pasillos del hospital, el ritmo frenético de las urgencias y el consuelo brindado a los pacientes habían sido su refugio, su propósito. Pero ya no era la misma. La ausencia de su esposo, de la vida que había tenido hasta entonces, pesaba en cada pasillo, en cada paciente que veía partir. No era que hubiese dejado de amar su vocación, sino que esta, como ella, también había cambiado. Lo que antes le daba fuerzas ahora la desgastaba. Comprendió que aún tenía mucho por dar, solo que de otra manera.

Comenzó a pensar en un futuro diferente. La jubilación parecía ser solo un cambio más, un paso necesario hacia algo distinto. Siempre había creído que su vocación era ayudar a otros desde el hospital, pero con los años, comprendió que la enseñanza también era una forma de servicio. La historia, que alguna vez había sido una afición compartida, ahora se convertía en un nuevo refugio, en una manera de seguir siendo útil sin someterse a la carga emocional que implicaba la vida hospitalaria. Lo que había iniciado como una idea vaga pronto se transformó en un proyecto real: la posibilidad de compartir conocimiento, de guiar a otros en el amor por el pasado, tal como su esposo lo había hecho con ella.

Empezó a planear la apertura de sus cursos de Historia. Al lado de Isaac, había cursado varios diplomados, y con la ventaja de las plataformas digitales, incluso logró obtener una maestría en línea. Las redes sociales le parecían una maravilla, una herramienta poderosa que la conectaba con el mundo de una manera que nunca habría imaginado cuando era joven. Había crecido en un mundo donde la información se transmitía en cartas, periódicos y libros empolvados. Ahora, con un par de clics, todo estaba al alcance de su mano. Al principio, Instagram le pareció una jungla ininteligible de filtros y etiquetas. Twitter, un torbellino de opiniones veloces que apenas lograba seguir. Pero había algo emocionante en ello. No se trataba solo de aprender a usar estas herramientas, sino de descubrir que, incluso a su edad, podía seguir reinventándose. Si había podido reconstruirse tras la muerte de Isaac, tras el terremoto, tras tantas despedidas, ¿por qué no iba a poder adaptarse a este nuevo mundo?

Mientras Emiliana exploraba esta nueva faceta de su vida, los medios sociales se convirtieron en un inesperado puente al pasado. Lo que antes habían sido cartas esporádicas y llamadas de cumpleaños, ahora se transformó en conversaciones diarias. Era curioso cómo, en un abrir y cerrar de ojos, podía saber lo que estaba haciendo la gente al otro lado del mundo. La tecnología no solo la ayudaba a enseñar, también le devolvía fragmentos de su propia historia. No era que hubiera dejado de comunicarse con sus amigas de toda la vida, pero fue la llegada de Facebook el que realmente las reconectó, después de tantos años. Incluso empezaron a organizar un viaje a Las Vegas, al cual más de veinte de ellas ya se habían apuntado. Sin haber aún fecha fija, Emiliana se sentía emocionada por la idea de revivir momentos con esas amistades que, aunque estaban dispersas, nunca se habían roto del todo.

Pero WhatsApp vino a cambiarlo realmente todo. Los mensajes instantáneos, las fotos enviadas en tiempo real, hicieron que el distanciamiento entre ellas desapareciera. Había sido complicado mantener el contacto con Luu, su amiga de toda la vida, quien había tenido una vida complicada, con cinco hijos y el caos constante que te da atender a tanto niño. Pero ahora, gracias a la aplicación, chateaban a diario. Y aunque en el pasado había tenido la idea de que la tecnología le era ajena, ahora se daba cuenta de lo que había cambiado su vida gracias a estas herramientas.

—[¿Ya viste que hay pulseras Pandora, amiga?] apareció en la pantalla del teléfono de Luu.

—[Sí, ¿y?]

—[¡Pulseras Pandora! No pulseras Flans, jajaja. Hasta en esto tienes que darte cuenta de que son mejores.]

—[Muy chistosita. Mejor te marco, ¿puedes?]

—[Sí, claro, ya te lo iba a sugerir también yo. Como que sigo siendo de la vieja escuela, jajaja.]

Las amistades retomaban vuelo, los corazones se acercaban de nuevo. Mientras Emiliana seguía explorando nuevas aplicaciones, su vida en las redes sociales se volvía cada vez más activa.

Un día, buscando en la página de Pandora, encontró un *charm* de estrella que le trajo recuerdos del pasado. Un brillo diminuto, casi imperceptible en una de las puntas de la estrella, le recordó el dije que Juan le había regalado bajo los escombros en 1985. Esto la dejó pensativa. *Qué bonita coincidencia.* —pensó. *Quizás debería comprarme uno.* Pero rápidamente desechó el pensamiento y siguió navegando por la web.

La tecnología la rodeaba por completo. Abrió una cuenta en Instagram, una app nueva para ella, y con su recelo natural, optó por no usar su nombre real. Se puso «La Zapata», un seudónimo que le daba un toque de anonimato y privacidad. También creó una página llamada «Historia para los Curiosos», que comenzó a tener seguidores poco a poco. Empezaba a sentir que realmente podía compartir su pasión por la historia con el mundo, algo que Isaac le había dejado, un legado que con gusto estaba llevando a cabo.

Para finales del año, Emiliana ya podía subir videos de hasta 10 minutos a Instagram. Se grababa en pequeños fragmentos, hablando a la cámara con esa mezcla de nervios y emoción que solo se experimenta al enfrentarse a lo desconocido. ¡Qué cosas estaba haciendo que jamás en su vida hubiera imaginado! Recordó una conversación con las amigas, en la que decían que *Los Supersónicos* ya se habían vuelto una realidad.

Los seguidores empezaron a mandarle mensajes de aliento y sugerencias para que ofreciera cursos por Zoom. Aunque tenía dudas, sabía que estaba dando un paso hacia algo nuevo, algo que nunca habría hecho antes. También sabía que necesitaba prepararse más, antes de lanzarse por completo.

El 2019 fue un año de preparación. Material, lecturas, y mucho trabajo. Se sumergió en las nuevas tecnologías, aprendiendo cómo usarlas para ofrecer contenido de calidad. Sin embargo, durante todo este tiempo, no estuvo sola. Brian, un joven historiador que había sido alumno de su esposo en los últimos años de su vida, había estado cerca de ella. Al principio, Emiliana lo vio como un muchacho entusiasta, pero a medida que pasaba el tiempo, se dio cuenta de que tenía mucho más en común con él de lo que pensaba, y la relación parecía más de amigos y socios. Brian, con su energía incansable y su dominio de las redes sociales, se convirtió en un gran apoyo, enseñándole a navegar por las complejidades de las herramientas digitales y orientándola sobre cómo compartir su conocimiento. Tenía una energía contagiosa y una visión moderna de la historia que contrastaba con su propio estilo más clásico. A veces la desafiaba con preguntas provocadoras o la impulsaba a adoptar nuevas metodologías. Para Emiliana, la brecha generacional entre ellos nunca fue un obstáculo, sino un puente: él le enseñaba sobre herramientas digitales y nuevas tendencias, y ella le transmitía el rigor del estudio y la importancia de la profundidad académica. En poco tiempo, el joven historiador se convirtió en algo más que un colaborador; era un aliado en esta nueva etapa de su vida.

Cuando las primeras noticias sobre un nuevo

virus llegaron, no les prestó mucha atención. Parecían distantes, irreales, como si fueran solo otro episodio de la historia que no le tocaría vivir de cerca. El primer caso reportado le pareció lejano. Luego, los noticieros comenzaron a llenarse de cifras, de mapas con manchas rojas que crecían cada día. Para cuando cerraron los aeropuertos y las calles se vaciaron, la realidad golpeó con toda su fuerza. Había trabajado en hospitales durante décadas, pero nunca había visto algo así. No era solo una crisis de salud, era un colapso global. En su interior, la enfermera que aún vivía en ella quiso correr al frente de batalla, ponerse la bata y luchar contra el desconcierto en los pasillos de urgencias. Pero su nueva vida estaba en otro lado, en las historias que podía contar, en las vidas que podía impactar desde la distancia. Las cifras comenzaron a aumentar, y los hospitales en los que había trabajado se saturaron, llenándose de caos, descontrol y rostros cubiertos por mascarillas; entendió que este sería un capítulo que marcaría al mundo entero. De pronto, todo se detuvo y sobrevino una sensación de que el tiempo se ralentizaba en un bucle sin final. Pero en medio de aquel desasosiego, Emiliana supo que debía encontrar una manera de seguir adelante.

Los días transcurrían en una extraña monotonía, entre el encierro y la angustia que la pandemia imponía al mundo. Emiliana pasó muchas noches en vela, viendo las noticias con el mismo sentimiento de impotencia que le había provocado el terremoto. Sin embargo, esta vez, no estaba dispuesta a quedarse atrapada en el temor. Recordó las palabras de Isaac cuando, años atrás, le dijo que la historia siempre nos muestra que toda crisis es también un punto de inflexión. Tal vez era hora de tomar ese principio y aplicarlo a su propia vida. En lugar de enfocarse en lo que la pandemia le estaba quitando, decidió mirar hacia lo que aún podía construir. No podía volver a los pasillos del hospital, pero sí podía hacer lo que mejor sabía: compartir el conocimiento, inspirar a otros y darle un propósito renovado a su camino.

Para julio de 2020, Emiliana lanzó su primer curso virtual: Historia de Roma. Era un inicio titubeante, pero el primer paso hacia algo nuevo y emocionante. Había pasado mucho tiempo desde la última vez que sintió tanta emoción por un proyecto. Su vida había dado tantas vueltas, y sin embargo, ahí estaba de nuevo, comenzando algo desde cero. Sentada frente a la cámara, ajustando los últimos detalles de su presentación, respiró hondo antes de presionar el botón de transmisión. Quizá no sabía qué le deparaba el futuro, pero sí sabía una cosa: aún tenía muchas historias por contar.

Capítulo 30

EL HALLAZGO
Juan

El caos continuaba mientras los meses avanzaban. La pandemia había alterado todo: las noticias estaban dominadas por cifras de contagios, muertes y las conferencias diarias del Dr. Hugo López-Gatell Ramírez. Cada anuncio parecía más sombrío que el anterior, y la incertidumbre se respiraba en el aire.

A pesar de las restricciones, México no logró detener del todo la actividad económica. El comercio informal seguía siendo vital, y muchas personas dependían de él para subsistir. En los mercados y calles, la vida intentaba continuar entre mascarillas y un distanciamiento social que solo existía parcialmente. Era un extraño equilibrio entre el temor al virus y la necesidad de sobrevivir.

Juan vivía este confinamiento con una mezcla de frustración y desesperación. No había podido llegar a Nabocampo antes de que los vuelos se cancelaran, y ahora, con su hermana Elisa viviendo con Fermín, aunque en la misma Ciudad de

México, su sensación de aislamiento era más fuerte.

Las semanas se desdibujaban en una rutina monótona: clases a distancia, ejercicios improvisados en la recámara de su hermana, partidas de Fortnite con amigos y largas siestas. Aunque intentaba distraerse, sentía que su vida estaba en pausa. La posibilidad de encontrar a Nanavita o resolver el misterio de Emiliana parecía cada vez más lejana.

Pasaba los días sin un propósito definido, acostado más horas de las necesarias, permitiendo que el tiempo se escurriera entre el sueño y la vigilia. A veces, la luz del mediodía lo despertaba con un golpe cegador a través de la ventana, recordándole que otro día se le había escapado sin hacer nada significativo.

Ese día el cuarto estaba sumido en penumbras, con las cortinas apenas entreabiertas dejando filtrar un rayo de luz mortecina. El aire cargado de encierro, con la fragancia tenue de café frío abandonado sobre el escritorio, reflejaba la monotonía de los días sin rumbo. Juan, hundido entre las sábanas revueltas, dejó escapar un gruñido cuando su teléfono vibró insistentemente sobre la mesa de noche. Extendió una mano pesada, con el letargo propio de quien ha dormido más de la cuenta, y contestó.

—¿Qué? —murmuró con voz pastosa.

—¡Juan! Tienes que ver algo en Instagram —dijo su hermana Elisa, con un entusiasmo que contrastaba drásticamente con su somnolencia.

Se frotó el rostro con una mano, tratando de sacudirse la pereza.

—¿Por qué debería hacerlo? —respondió con desgano, aún sin entender el motivo de su llamada.

— ¡Déjame terminar! —Replicó ella, exasperada —Navegando encontré una cuenta llamada Historia para los Curiosos. Lo interesante es que esa cuenta solo sigue a cinco personas, y una de ellas se llama La Zapata.

Juan frunció el ceño, intrigado pero escéptico.

—¿Y qué tiene eso de especial?

—¡No interrumpas, hay más! —gritó Elisa, frustrada —En la cuenta de La Zapata hay fotos de estrellas, frases, vinilos viejos de Pandora, paisajes: un río, árboles, una plaza... ¿Te suena?

Juan respiró hondo, tratando de mantener la calma. Su corazón latía con fuerza, como si su cuerpo supiera antes que su mente que estaba a punto de descubrir algo importante.

—Elisa, eso suena como cualquier cuenta de alguien nostálgico. ¿Por qué insistes en esto?

Pero su hermana no solía insistir sin razón. Había algo en su tono que encendía una chispa de duda en su interior.

—¡No he terminado! —Insistió ella —Lo que me confirma mis sospechas, o al menos me hace creerlas, es la descripción de la cuenta. Dice: «La historia nunca muere, aunque el tiempo insista en enterrarla. Aquí, los recuerdos persisten, aunque los lugares desaparezcan.» ¡No puede ser coincidencia, Juan! Escríbele, haz algo.

Juan se quedó en silencio, procesando lo que acababa de escuchar. Finalmente, respondió:

—No puede ser...

Era una frase tan precisa, tan evocadora, que le heló la sangre. Un escalofrío recorrió su espalda. Algo dentro de él le decía que Elisa podía tener razón.

Con el corazón latiendo rápidamente, tomó su celular y buscó ambas cuentas en Instagram. No tardó en encontrarlas. Mientras revisaba el perfil de La Zapata, sintió un hormigueo recorrer sus brazos mientras deslizaba el dedo por la pantalla. Su respiración se volvió más pesada, y sus manos, antes relajadas, ahora se aferraban al celular con fuerza. ¿Podía ser ella? ¿Era posible? Su mente quería aferrarse al escepticismo, pero su instinto, esa parte de él que nunca había dejado de buscarla, le decía otra cosa. *No es posible* —pensó, pero su pulgar ya estaba tocando el botón de seguir. Un anuncio reciente llamó su atención: un curso en línea sobre la historia de Roma, impartido por alguien llamado E.A. Sanders.

La información para inscribirse estaba disponible. Sin pensarlo demasiado, envió un mensaje para registrarse. Una semana después, estaba frente a su computadora, esperando que la primera sesión del curso comenzara.

Mantendré mi cámara apagada, —se dijo, mientras veía a otros participantes unirse al Zoom.

Cuando la pantalla de la maestra se encendió, su estómago se contrajo, y por un momento sintió que el aire en la habitación se volvía más denso. Frente a él, apareció una mujer de unos 50 años, de mirada cálida y voz segura.

—Hola, muy buenas tardes a todos, —dijo ella —Hoy comenzamos este curso sobre la fascinante historia de Roma. Gracias por confiar en mí. Estoy emocionada de compartir este espacio con ustedes.

Juan sintió que el aire le faltaba. Había registrado su nombre como J.P. para mantener el anonimato, pero no podía quitarle los ojos de encima a la mujer en pantalla.

Luego, ella comenzó a hablar sobre las reglas del curso.

—Este curso será diferente de una clase presencial. Solo podrán verme y escucharme a mí, pero al final de cada sesión abriré los micrófonos para sus preguntas. También pueden usar el chat para comunicarse al final de la clase.

Fue entonces cuando la escuchó decir algo que lo dejó sin aliento.

—Mi nombre es Emily Sanders. Soy historiadora, y desde joven me ha apasionado la historia. Este curso forma parte de un proyecto que nació gracias a la visión de mi esposo, Isaac Sanders, quien soñaba con compartir el conocimiento de una manera accesible para todos.

No pudo evitar parpadear varias veces, tratando de procesar lo que veía. Juan sintió que el mundo se detenía, pero lo que vino después se lo confirmó todo.

—Diríjanse a mí como Emiliana, —continuó ella,

sonriendo— ese es el nombre con el que todos me conocían cuando vivía en México hace muchos años. Espero que este curso sea no solo una lección, sino un espacio para compartir y aprender juntos. Considérenme una amiga.

Había pasado tanto tiempo imaginando este momento que ahora que ocurría, parecía casi irreal. Sintió un vértigo inexplicable, como si su existencia entera se hubiera inclinado de golpe hacia un abismo de posibilidades. Sus pensamientos se arremolinaron en su cabeza, reviviendo la sensación de aquella mano aferrada a la suya entre el polvo y el miedo. La Emy de su memoria y la mujer en la pantalla se superpusieron en un solo instante, como dos piezas de un rompecabezas que por fin encajaban. No había duda. La había encontrado.

Pero entonces, se formuló en su mente una pregunta que lo paralizó: *¿Y ahora qué?*

Capítulo 31

PLANES PARA MARZO
Emy

En Estados Unidos, las restricciones comenzaron a relajarse desde mediados de 2021, particularmente con la distribución masiva de vacunas. Para julio de ese año, muchas escuelas, comercios y vuelos habían retomado operaciones casi normales en la mayoría de los estados. Sin embargo, esto dependía de las políticas locales: algunos estados mantuvieron medidas estrictas por más tiempo, mientras que otros levantaron las restricciones rápidamente para reactivar la economía.

La historia siempre le había parecido cíclica. Ahora, con la pandemia, lo vivía en carne propia, como aquellos que, cien años atrás, en Europa, se vieron atrapados en la sombra de la gripe española. Otra enfermedad, sí, pero el mismo miedo, el mismo encierro, y hasta las mismas estrategias de protección: mascarillas, aislamiento, el anhelo de una cura. Las redes sociales no cesaban de mostrar imágenes de aquellos tiempos yuxtapuestas con el presente, como si el pasado insistiera en recordarle que la humanidad era un eco de sí misma. Aquel pensamiento le dejaba claro que la historia no era solo un cúmulo de fechas y eventos registrados, sino una línea continua de huellas que marcaban generaciones. Ahora, el mundo avanzaba con cautela, como si temiera dar un paso en falso y volver a caer en el abismo del encierro.

En ese contexto, los cursos en línea de Emiliana estaban ganando gran aceptación. Lo que comenzó como un experimento educativo se había transformado en un proyecto sólido y reconocido. La demanda había crecido exponencialmente, y su cuenta en redes sociales no paraba de sumar seguidores. Los mensajes de agradecimiento y consulta inundaban su celular. Aunque se sentía emocionada por este éxito inesperado, también notaba el reto de mantener el ritmo, especialmente mientras preparaba un nuevo curso sobre la historia de la Revolución Mexicana.

Cada sesión le confirmaba que enseñar no era solo compartir conocimiento, sino tejer un puente entre generaciones. Sus alumnos, de todas las edades y trasfondos, le demostraban que la historia no pertenecía al pasado, sino que se reescribía con cada reflexión, con cada pregunta que despertaba en ellos. La historia no era solo un cúmulo de fechas y acontecimientos, sino un río de memorias interconectadas que fluía a través del tiempo. Escuchar las reflexiones de sus alumnos la hacía comprender que, aunque vivieran en distintos lugares y contextos, todos compartían la misma necesidad de entender el pasado para darle sentido al presente. Esa interacción le recordaba por qué había elegido este camino, pues a través de la enseñanza sentía que el pasado cobraba vida en el presente, trascendiendo edades y generaciones.

Una mañana, mientras organizaba su material, hizo una pausa y miró por la ventana. La luz dorada del sol iluminaba su escritorio lleno de libros abiertos, resaltando los subrayados y anotaciones en los márgenes. Sus dedos rozaron una de las portadas con gesto pensativo. Deseaba impartir este nuevo curso de una manera diferente, no solo con fechas y acontecimientos, sino con la esencia misma de la época.

Emiliana sabía que impartirlo requeriría algo más que datos y fechas. Quería que fuera una experiencia inmersiva, que sus alumnos sintieran la pasión y el espíritu de esa época. Pensó en viajar a Ciudad de México para sumergirse en los colores, los olores y los sabores que podrían inspirarla. Sin embargo, era consciente de que aún existían restricciones en el país, donde el proceso de vacunación había avanzado más lentamente y los brotes continuaban siendo un tema de preocupación.

Una tarde, mientras revisaba su material de estudio, la imagen de Nanavita cruzó por su mente. Emiliana se recargó en el respaldo de su silla, dejando escapar un suspiro mientras su mirada se perdía a través del cristal. No había pasado un solo día sin recordarla, pero últimamente su ausencia se le hacía más presente. Hacía mucho que no la veía. *Debería estar pensando más en ir a Nabocampo que a Ciudad de México.* —Reflexionó— *Se me está haciendo viejita, y no sé cuánto más me va a durar.* Sabía que su vida estaba lejos de aquel rincón de Sonora, pero había lazos etéreos que la conectaban con su pasado, con la voz pausada de su nana y con el aroma de las mañanas en casa. No se trataba solo de una visita; era un retorno a una parte de ella que el tiempo jamás borraría.

Afuera, la tarde caía lentamente, tiñendo el cielo de tonos ámbar y lavanda. En la mesa, junto a su computadora, reposaba una taza que apenas había tocado. Sus dedos jugueteaban con el borde de la cerámica, mientras su mente divagaba entre recuerdos y decisiones. El aroma del café con canela la envolvía, despertando una nostalgia tan cálida como punzante. Sabía que debía hacer una llamada, pero, por alguna razón, sentía un nudo en la garganta. Recordó la última vez que estuvo en casa de Nanavita. El sonido del viento contra las bugambilias, el rechinido de la mecedora de madera en la que su nana solía sentarse, la calidez de su voz mientras la arropaba con historias de su infancia. Aquella casa tenía un aroma inconfundible: una mezcla de café recién hecho, pan dulce y la madera vieja del ropero que aún guardaba algunas de sus cosas. En su memoria, todo seguía intacto, como si los años no hubieran pasado. Pero sabía que el tiempo nunca se detenía realmente.

En diciembre de 2021, Emiliana tomó la decisión. Llamó a Nanavita para darle una noticia que había estado rondando en su cabeza desde hacía semanas.

—¡Nanavita! ¿Cómo estás? —dijo Emiliana con voz alegre.

—Ay, mi niña, aquí sigo, vivita y coleando, como siempre —respondió con su tono cálido y familiar—. ¿Y tú? Hace días que no sé de ti.

—Bien, Nanavita, trabajando mucho. Pero, ¿sabes qué? Quiero ir a verte pronto. Si todo sale bien, estaré por allá en marzo. Mamá también irá conmigo.

Hubo un silencio al otro lado de la línea. Durante unos segundos, solo escuchó el leve sonido de la respiración de Nanavita al otro lado del teléfono. Luego, una voz entrecortada, casi temblorosa, rompió el silencio.

—¿De verdad, mi niña? ¡Eso me haría tan feliz! Aquí las espero con los brazos abiertos, como siempre.

—Te lo prometo, Nanavita. Ya pronto nos tendrás ahí.

Nanavita exhaló con fuerza, como si hubiera contenido el aliento sin darse cuenta.

—¡Ay, Emiliana! No sabes cuánta falta me haces. A veces pienso que la vida nos aleja tanto que se nos olvida como regresar.

Emiliana sonrió con ternura, pero sintió un nudo en la garganta al percibir la emoción en la voz de su nana.

—Yo también te extraño, Nanavita. Ha pasado tanto tiempo... No sé cómo lo permití.

—La vida, mi niña, la vida nos va llevando de un lado a otro. Pero lo importante es que vienes. Hace mucho que no te veo y te abrazo. Tu cuarto sigue igual... hasta las cortinas son las mismas. A veces entro ahí y me acuerdo de cuando estabas en la prepa, sentada en la cama escribiendo en tu diario.

Emiliana cerró los ojos un instante y dejó escapar un suspiro cargado de recuerdos.

—Seguro sigue oliendo igual... a casa.

—Igualito, mi niña. Y cuando vengas, te voy a hacer tu café favorito. ¿Todavía tomas café con canela, o ya te has vuelto muy americana?

Emiliana rió.

—Siempre, Nanavita. Nadie hace el café como tú.

—Entonces aquí te estaré esperando con uno bien calientito y con coyotas recién horneadas —dijo Nanavita con un tono cómplice.

—¡Eso sí que no me lo pierdo! —exclamó Emiliana.

Nanavita suspiró de nuevo, pero esta vez con un dejo de nostalgia.

—No tardes mucho en venir, mi niña... No sabemos cuánto nos queda en esta vida, y hay cosas que solo pueden decirse en persona.

El corazón de Emiliana se apretó al escuchar esas palabras.

—No tardaré, te lo prometo.

La conversación continuó unos minutos más, pero Emiliana se quedó con esa última frase resonando en su mente. Sabía que este viaje no sería como cualquier otro. Había algo en su interior que le decía que este reencuentro sería diferente, quizá incluso determinante.

Emiliana pensó en aquel espacio, en las viejas cortinas que filtraban la luz de la mañana, en el olor a café recién hecho que se colaba por la ventana. Sonrió al mismo tiempo que sintió un nudo en la garganta. Por un instante, su mente la transportó a los días en que su mayor preocupación era decidir a qué jugar con sus amigas en la plaza.

Marzo parecía la fecha perfecta. Sería una manera de conmemorar, juntas, los dos años desde que comenzó la pandemia. Un momento para celebrar la vida y el retorno a una nueva normalidad, aunque aún no del todo como antes.

Conforme los días avanzaban, Emiliana se sorprendía a sí misma recordando pequeños detalles de su infancia en Nabocampo. Mientras planeaba el viaje, no podía evitar sentir una mezcla de anticipación y nostalgia: El sonido metálico de la bicicleta de su padre cuando llegaba a casa, las noches frescas en las que su madre le contaba historias bajo el cielo estrellado, la sensación de la arena caliente en sus pies descalzos cuando corría por la plaza.

Se preguntó si el pueblo habría cambiado mucho, si la casa, desde la distancia, seguiría oliendo a pan recién horneado y a las flores del patio. Por primera vez en años, sintió que su corazón le pedía regresar no solo para ver a Nanavita, sino para encontrarse con una parte de sí misma que había dejado atrás.

La idea de regresar a Nabocampo siempre traía consigo un remolino de emociones. Había algo en ese lugar, en esos recuerdos, que la hacía sentirse conectada a partes de sí misma que a veces parecía haber olvidado. Regresar no era solo un viaje en el tiempo; era como abrir un libro cuya última página jamás había leído, un capítulo pendiente que la vida le pedía terminar. Aunque su hogar ahora estaba lejos, en Estados Unidos, había vínculos perdurables que la seguían uniendo a aquel pueblo, a aquellas calles polvorientas, a las historias que alguna vez tejieron su destino. Y tal vez, solo tal vez, ese regreso le revelaría respuestas que ni siquiera sabía que aún estaba buscando.

Las semanas pasaron rápidamente, y Emiliana continuó trabajando en su curso. Sabía que tenía mucho por hacer, pero el pensamiento de reencontrarse con Nanavita y volver a pisar el lugar que un día llamó hogar la motivaba.

Y, en lo más profundo de su ser, una pregunta latente comenzaba a surgir, aunque aún no estuviera lista para formularla en voz alta: *¿Y si este viaje significaba más de lo que imaginaba?*

Capítulo 32

PLANES PARA MARZO
Juan

La normalidad del 2022 fue un alivio para todos. La vida había vuelto a ser casi como antes, el país empezaba a resurgir. Los viajes eran posibles nuevamente, y el auge de las redes sociales seguía en aumento. Las plazas volvían a llenarse de gente, las conversaciones en los cafés parecían más efusivas, como si la gente intentara compensar el tiempo perdido. Las noticias ya no eran dominadas por cifras de contagios, sino por eventos, conciertos y reuniones que parecían marcar el retorno definitivo a la vida que alguna vez se dio por sentada. Pero Juan, a pesar de estar rodeado de ese renacer social, sentía que su propia vida seguía atrapada en una pausa prolongada. Había pasado cinco años intentando encontrarle sentido a lo que vivió en 2017, mientras el mundo se movía con prisa hacia el futuro.

Había tomado todos los cursos que Emiliana había impartido. Cada vez que la veía en pantalla, explicando con pasión sobre historia, no podía evitar sentirse desconcertado. Para Emiliana, habían pasado casi cuatro décadas desde aquel terremoto que los unió, pero para él, solo cinco años. En su mente, ella debía tener veintidós años, aún joven, aún con la vida por delante, no más de cincuenta.

En cada clase, en cada interacción, en cada respuesta que ella daba con la misma seguridad que recordaba en aquella chica de diecisiete años, su mente se resistía a creer que era la misma persona. Sabía que el tiempo no podía jugarle esas trampas, pero entonces, ¿por qué sentía que la Emiliana de la pantalla era la misma que aquella que compartió su angustia bajo los escombros? Su mente le pedía razones, pero su alma le ofrecía certezas inexplicables.

Seguía pareciéndole imposible. Su raciocinio se negaba a aceptar lo evidente, como si su cerebro se resistiera a encajar esa pieza en su realidad. *Debe ser su madre... o una tía*, —se repetía. No había manera de que la Emy de su memoria y la mujer de los cursos fueran la misma persona. Sin embargo, cada vez que hablaba, cada vez que gesticulaba con la misma intensidad con la que lo había hecho en el pasado, no podía ignorar la certeza de que sí lo eran. La lógica le gritaba que no se dejara arrastrar por fantasías, que se aferrara a la realidad, pero su corazón, testarudo, insistía en que aquello que veía no era una ilusión.

Juan era uno de los alumnos más participativos en los cursos, siempre planteando preguntas al final de cada sesión. Sin embargo, un día, la curiosidad lo llevó un paso más allá. Con cierto nerviosismo, decidió escribirle directamente por WhatsApp, formulando una pregunta sobre un personaje histórico. Se aseguró de mantener la conversación dentro de un marco académico, sin revelar demasiado sobre su identidad. A pesar de ello, había algo en esa interacción que lo inquietaba y, al mismo tiempo, lo emocionaba. No era la conversación que realmente anhelaba, pero de algún modo, intercambiar mensajes con ella, aunque fuera en un contexto formal, le daba la extraña sensación de estar cruzando un umbral invisible entre su pasado y el presente.

Aun no sabía qué rumbo tomaría toda esta historia, pero sentía que estaba por hacer un descubrimiento importante. Era como si todas las piezas del rompecabezas comenzaran a alinearse, como si cada respuesta lo guiara hacia una revelación mayor, aún oculta en la sombra de sus vidas. Solo necesitaba el último empujón para ver la imagen completa.

En su mente se convirtieron en constantes una serie de preguntas: ¿Cómo era esto posible? ¿Qué pasaba aquí que parecía desafiar todo lo que había aprendido sobre el tiempo, la historia y la realidad misma? ¿Qué clase de fuerzas desconocidas habían permitido que dos líneas temporales se cruzaran de una manera que, según la lógica y la ciencia, era imposible? Había pasado noches enteras repasando la posibilidad de una alucinación colectiva, de un error de su memoria o de una coincidencia inverosímil. Sin embargo, ¿cómo podía una coincidencia sostenerse durante tanto tiempo? ¿Cómo explicar que los eventos encajaran de manera tan precisa? No solo se trataba de una vida entera que había transcurrido sin él, sino de un orden alterado, de un eco del pasado resonando en su presente. Y si el tiempo no era tan inmutable como siempre creyó, ¿Cuántas otras cosas que daba por sentadas podrían tambalearse? Demasiados eventos encajaban de manera inquietante. Si la historia seguía un orden inquebrantable, ¿Qué había pasado entonces en 2017? ¿O acaso fue en 1985? ¿Había sido el terremoto, la librería... o algo más?

Cada vez que trataba de hallar respuestas, nuevas preguntas surgían, empujándolo hacia un abismo de incertidumbre. La Emiliana que él recordaba había quedado atrapada en un pasado que para ella había seguido su curso natural, mientras que para él, el tiempo se había convertido en una paradoja. ¿Cómo podía una vida entera transcurrir en cuestión de años para alguien más? ¿Qué grieta en el tiempo había permitido aquel encuentro, aquel lazo improbable? Apretó los puños, sintiendo una mezcla de ansiedad y vértigo. Todo lo que creía saber sobre lo imposible parecía haberse desmoronado ante sus ojos.

Días más tarde recordó el incunable encontrado en la librería Renacimiento. Ese libro raro, que había estado en sus manos y en los de Emiliana al mismo tiempo el día del temblor, aún lo guardaba. Durante mucho tiempo, había sentido que aquel objeto no era solo una simple coincidencia, sino un testigo mudo de algo que todavía no lograba descifrar. Sabía que no era lo correcto, pero debido a las restricciones por la pandemia no pudo devolverlo. El dueño, hermano mayor de su mejor amigo, nunca se preocupó mucho por los libros. Había heredado la librería de su padre, lo que le daba la razón suficiente para mantenerla abierta. Así que dejó de preocuparse. *Si sigue aquí conmigo, por algo será*, —se convenció, pero aún no lograba quitarse ese asunto de la cabeza.

Mientras pensaba en ello, recordó una conversación con Emiliana en la que le mencionó que su abuelo le había dado las llaves de la librería. Intrigado por esa conexión, decidió indagar sobre el nombre del dueño del negocio en 1985. Lo que encontró lo dejó perplejo. No solo descubrió que había pertenecido a un hombre llamado Humberto Corbalá, sino que su historia era prácticamente un vacío en los registros oficiales. Era un personaje solitario, casi un fantasma en los archivos de la ciudad. No había documentos que indicaran que tuviera descendencia ni familiares cercanos. El desconcierto lo envolvió. ¿Cómo era posible que Emiliana lo llamara abuelo? ¿Por qué tenía las llaves? ¿Acaso había algo más en su historia que ella misma desconocía? El misterio del señor Humberto Corbalá parecía convertirse en otro enigma más en su búsqueda. ¿Tendría algo que ver con todo este asunto de los brincos en el tiempo? Juan sintió que se encontraba frente a algo mucho más grande de lo que había imaginado. ¿Era posible que Emiliana tampoco supiera quién era realmente aquel hombre? O peor aún, ¿podría ser que ella misma fuera la pieza clave de un secreto que llevaba décadas enterrado? Cada pregunta que respondía lo conducía a un callejón más oscuro, a un laberinto de posibilidades que se retorcían en su mente sin ofrecerle salidas claras.

Con el paso de los días y el nuevo año ya en marcha, Juan decidió comunicarse con Nanavita para contarle todo lo que había descubierto. La llamada la hizo por la noche, antes de que la somnolencia lo atrapara nuevamente. El reloj marcaba las 9:00 p.m., y aunque la ciudad aun no dormía, se respiraba en ella una quietud que contrastaba con la tormenta de pensamientos en su mente. En la penumbra de su habitación, con el libro antiguo entre sus manos y el reflejo del celular iluminando su rostro, marcó el número de Nanavita. El sonido del tono de llamada era un eco en la oscuridad, cada repique aumentando su ansiedad. Su corazón latía con fuerza mientras escuchaba el tono de llamada. No tuvo que esperar mucho.

—¿Bueno? —respondió la voz cálida pero cansada de la anciana.

—Nanavita, hola, soy yo, Juan —dijo él con un dejo de emoción en la voz—. Necesito contarte algo... algo importante.

Nanavita lo escuchó con paciencia, sin interrumpir. Juan le habló de sus avances, de lo que había encontrado y de sus planes para viajar a verla en marzo. Le dijo que ya tenía el boleto de avión listo y que quería mostrarle todos los hallazgos en persona. Mientras hablaba, sintió cómo las palabras se entrelazaban con sus propios recuerdos, con los fragmentos de la historia que tanto ansiaba unir. Se daba cuenta de que no solo era información lo que quería compartirle; quería respuestas, quería entender la magnitud de lo que se desplegaba ante él y que, de alguna manera, parecía envolverlo más de lo que jamás habría imaginado.

Cuando terminó, hubo un silencio en la línea, un silencio pesado, como si Nanavita estuviera procesando cada palabra.

—Aquí estaré, muchacho —respondió finalmente, con voz pausada—. No tardes mucho, que estos huesos viejos saben que les queda poco tiempo.

No añadió más, y Juan, aún con la emoción del próximo encuentro, colgó. Sintió un escalofrío recorriéndole la espalda. Había algo en la forma en que Nanavita pronunció aquellas palabras, en el peso con el que cayeron en el silencio de la línea. No era solo una advertencia del paso del tiempo; sonaba a un aviso velado, a un conocimiento que ella poseía y que él aún no podía descifrar. Había querido preguntarle qué quería decir con eso, si acaso había algo que debía saber antes de su llegada. Pero por alguna razón, su garganta se cerró. En su interior, temía la respuesta. Un sentimiento nostálgico lo invadió, el mismo que había sentido cuando la conoció. Era un eco del pasado que lo llamaba, como un hilo invisible que lo arrastraba inexorablemente hacia un destino que aún no podía nombrar.

Comenzó a prepararse para su viaje, asegurándose de que no se le escapara ningún detalle. Cada objeto que escogía para guardar en la maleta le parecía parte de un ritual, como si estuviera escogiendo piezas de su historia en lugar de simples pertenencias.

Mientras guardaba sus efectos personales, un pensamiento lo golpeó con una claridad inquietante. Aquella no era la primera vez que preparaba una mochila para un viaje importante. Recordó, con una nitidez escalofriante, el momento en que empacó su mochila la noche del dieciocho de septiembre de 2017, con la misma sensación de incertidumbre en el pecho. En ese entonces, sólo había pensado en lo esencial para un día de senderismo: agua, algo de comida, una libreta para anotar sus pensamientos, una brújula y un mapa. No llevaba consigo ni su celular ni ningún dispositivo electrónico ya que le gustaba hacer sus viajes sin tecnología alguna, como su abuelo le había enseñado.

Y entonces cayó en cuenta de algo que le heló la sangre. Emiliana nunca le habló de celulares, de redes sociales, de internet. En todas sus conversaciones, jamás mencionó nada sobre el mundo digital que para él era parte del día a día. ¿Cómo era posible que en tres días de convivencia, entre conversaciones sobre sus vidas, nunca se refiriera a algo tan común? Al principio, su cerebro intentó justificarlo: Quizá simplemente no surgió el tema. Pero luego recordó que él tampoco había mencionado su teléfono en ningún momento. En su primer día juntos, cuando ella le preguntó si habría cómo conectarse con alguien afuera para que supieran que estaban bien, simplemente le había dicho que no tenía manera de hacerlo. Había evitado decir que su celular estaba en casa, porque cuando salía en sus rutas jamás lo llevaba ya que se guiaba sólo con sus aprendizajes y su intuición, pero ese día lo había lamentado y en aquel momento le pareció decepcionante mencionarlo… y quizás, en el fondo, porque no quería crear en ella una sensación de desánimo y desencanto. ¿Cómo podía haber sido tan ciego? Todo había estado frente a él, pero entre la angustia, el miedo y el vínculo que formaron, nunca se permitió notar esos detalles.

Respiró hondo, cerrando la maleta con un movimiento decidido. Sabía que, al pisar Nabocampo, todas esas preguntas que lo atormentaban tendrían que encontrar respuesta. Y estaba listo para enfrentarlas.

Tomó la maleta con manos temblorosas. Entre sus cosas guardó los diarios de Emiliana, pasando las manos sobre sus cubiertas gastadas con reverencia, casi como si llevara consigo reliquias de un tiempo extraviado. Luego, recordó la estrella que él le había regalado bajo los escombros, esa misma que en una de sus cartas había mencionado haber perdido. La tomó y la sostuvo por un instante entre sus dedos, como si esperara que de alguna forma le revelara un significado oculto. En un impulso, había recorrido las tiendas hasta encontrar una idéntica. Sabía que no era la misma, pero sentía tener la certeza de que aquel pequeño objeto cargaba el peso de lo vivido. Tal vez estaba aferrándose demasiado a un símbolo, pero no podía evitar creer que ese pequeño dije tenía una historia aún por contar. Lo guardó cuidadosamente en el bolso, sintiendo que de algún modo cerraba un ciclo.

Ya solo faltaba esperar el día y la hora para subirse al avión. En su mente, se repetía una frase que había leído en uno de los diarios: «Los caminos que nos tocan están escritos, aunque nos pasemos la vida creyendo que somos nosotros quienes los elegimos». Sabía que este viaje no sería como cualquier otro. Había algo en el aire, una sensación ineludible de que, cuando pusiera un pie en Nabocampo, su vida cambiaría para siempre.

Capítulo 33

EL PESO DEL TIEMPO
Emy

El diez de marzo, Amanda y Emiliana aterrizaron en Sonora. El reencuentro con Nanavita fue tan cálido y lleno de amor como siempre. Apenas cruzaron el umbral de la casa, sintieron que el tiempo se comprimía, como si los años transcurridos fueran solo un leve parpadeo en la memoria.

El hogar, aunque marcado por el desgaste de los años, seguía conservando la esencia de lo imperecedero. Los muebles, macizos como se hacían antes; como solía decir Nanavita, parecían fusionarse con la estructura misma de la casa. «Para toda la vida», repetía siempre, y en esas palabras residía una verdad innegable, especialmente en un mundo donde lo desechable imperaba, donde las cosas parecían perder valor tan pronto como llegaban a las manos.

Los días transcurrieron entre conversaciones interminables, memorias rescatadas del olvido y largos paseos por Campo Viejo. Esa primera noche, la casa se llenó con el aroma reconfortante de la cocina de Nanavita. La mujer no les había permitido ayudar, quería consentirlas, y con la misma energía de siempre, preparaba un guiso de carne con tortillas hechas a mano, mientras Amanda y Emiliana se sentaban en la mesa, observándola con una mezcla de admiración y nostalgia.

—Si cierro los ojos, puedo vernos a las tres aquí, pero con veinte años menos —dijo Amanda, sonriendo.

—Y a Emiliana con su guitarra, cantando canciones de Pandora hasta que nos dolían los oídos —bromeó Nanavita, girando ligeramente la cabeza mientras removía la olla.

Emiliana rio con una mezcla de alegría y melancolía.

—Ay, mi guitarra... ¿qué habrá sido de ella? La dejé olvidada en un rincón cuando creí que ya no tenía tiempo para esas cosas.

Nanavita dejó la cuchara de madera sobre la olla y se giró con una mirada cargada de significado.

—Las cosas no desaparecen solo porque las dejamos atrás, Emiliana. A veces, basta con buscarlas en el lugar correcto.

Amanda asintió con una sonrisa melancólica.

—¿Te acuerdas de aquella vez que insististe en cantar en la kermés de la escuela? Hasta organizaste un ensayo con nosotras.

Emiliana rio con nostalgia.

—¡Y al final, por nervios olvidé la letra a la mitad

de la canción!

—Sí, pero seguiste adelante, improvisando con pura emoción. Y la gente te aplaudió.

Nanavita sirvió los platos con esmero.

—La vida es un poco así, mi niña. Uno puede olvidar la letra, pero lo que importa es seguir cantando, —hizo una pausa, —quizá las cosas cambian, mi niña —dijo con ternura—, pero los recuerdos permanecen. Y aunque la vida nos lleve lejos, siempre tendremos un hogar en los sabores, en las canciones y en las historias que compartimos.

Hubo un instante de silencio, no incómodo, sino lleno de significado. Emiliana comprendió que el tiempo había seguido su curso implacable, pero que su historia con Nanavita y Amanda era un hilo que jamás se rompería.

Aquel lugar, que en su infancia les había parecido vasto e inagotable, ahora parecía un rincón perdido en el tiempo, como si fuera una pequeña comisaría al borde de Nabocampo que aún resistía a los embates de la modernidad.

El río, otrora impetuoso, ahora se presentaba como un lecho seco, un vestigio de su antigua gloria. Sin embargo, su nombre, «Río Mayo», persistía en el imaginario colectivo como un eco de lo que fue. Se detuvieron en su orilla, y en un silencio compartido, cerraron los ojos. El agua ya no corría, pero en sus recuerdos aún escuchaban su murmullo, aún sentían la frescura de las tardes de infancia junto a sus márgenes.

—¡Qué tiempos! —dijeron al unísono, con una

sonrisa melancólica, como si sus pensamientos hubieran tejido la misma memoria.

Emiliana observó las casas de su infancia: algunas resistían el paso del tiempo, con pintura deslavada y jardines marchitos, mientras otras se erguían con el peso del abandono. En medio de ese paisaje desolado, distinguió una banca de madera frente a lo que alguna vez había sido la tienda del barrio. Se acercó y, casi por instinto, deslizó los dedos sobre la superficie rugosa, astillada por los años.

—Aquí nos sentábamos después de la escuela —murmuró—; con las paletas derretidas y los cuadernos llenos de dibujos sin terminar.

Amanda la observó en silencio. También recordaba esos días. Emiliana no necesitó decir más. Lo que una vez había sido el corazón vibrante de su niñez ahora era un vestigio de tiempos mejores.

La ciudad, sin embargo, no se había detenido. Algunos edificios, con su modernidad implacable, anunciaban que Nabocampo aspiraba a ser una ciudad vibrante y en crecimiento. Las franquicias comenzaban a multiplicarse, los anuncios de centros comerciales y desarrollos inmobiliarios prometían un futuro distinto al que conocieron en su infancia.

Pero si bien la modernidad traía consigo progreso, también se erguía como un recordatorio de lo efímero. Sin embargo Campo Viejo, a diferencia del resto, era una colonia olvidada donde el contraste era abrumador.

El tiempo, implacable, no se detiene por la nostalgia de nadie.

Los días se escurrieron entre abrazos, visitas a viejas amistades y noches de café con largas charlas sobre lo que fue y lo que vendría. Pero la despedida siempre llega.

El veinte de marzo, en el último vuelo de la noche, Amanda y Emiliana emprendieron el regreso a casa. Antes de partir, Nanavita le entregó tres libros con un gesto que parecía una ceremonia íntima.

—Espero que te ayuden con el curso que estás preparando sobre La Revolución —dijo, ofreciéndolos con un brillo especial en la mirada.

Emiliana los tomó con cuidado, repasando los títulos con la yema de los dedos: *A la sombra del ángel* de Kathryn S. Blair, *Por si no te vuelvo a ver* de Laura Martínez-Belli y *La Derrota de Dios* de José Luis Trueba.

—No solo lo académico sirve, mi niña —continuó Nanavita, con esa sabiduría que se había vuelto su sello—. Las historias que han pasado de voz en voz también son importantes. Por eso te he regalado novela histórica. Tal vez no te ayuden mucho para tu curso, pero aprenderás algo del pueblo. Muchos de esos relatos se basan en historias que pasaron por aquí y por allá. Yo, que tuve la suerte de conocer a mis bisabuelos, escuché tantas historias que ya me siento historiadora como tú.

Emiliana soltó una carcajada y la abrazó con fuerza.

—Ay, Nanavita, cuánto te quiero.

El tiempo parecía diluirse en ese abrazo, como si en ese instante, pudieran quedarse ahí para siempre. Cuando Emiliana se separó, notó que Nanavita la observaba con una intensidad poco común.

—No sé si nos veremos pronto, mi niña, pero recuerda esto: los lazos que se tejen con amor nunca se deshacen, aunque el tiempo haga de las suyas.

Emiliana sintió un nudo en la garganta. Aquella frase se le quedó impregnada en la piel, como un eco que sabía que recordaría mucho después de haber cruzado la frontera de los recuerdos.

Quiso responder algo, prometerle que volvería pronto, que la distancia no sería un obstáculo, pero las palabras se quedaron atrapadas en su pecho. En lugar de eso, se limitó a abrazarla más fuerte aún.

—Voy a extrañarte, Nanavita.

—Yo más, mi niña. Pero la vida es así, va y viene. Lo importante es que aquí —dijo, colocando una mano en su propio corazón— siempre estamos juntas.

Hubo algo en su voz, en su mirada. Un presentimiento. Pero Emiliana prefirió no darle demasiada importancia. Solo le sonrió y volvió a abrazarla.

Más tarde, en el avión, mientras Emiliana guardaba los libros con cuidado, un pensamiento cruzó su mente: *El viaje a la Ciudad de México tendrá que esperar*. A través de la ventanilla, vio cómo las luces de la ciudad se convertían en pequeños puntos lejanos, desvaneciéndose en la oscuridad. Su reflejo en el cristal le devolvió una imagen que la hizo suspirar: la misma mujer que llegó a Sonora días atrás, pero con una sensación de despedida latiendo en su interior. Apoyó la frente contra la ventanilla y suspiró. *Siempre creí que volver era una promesa, pero ahora entiendo que, a veces, volver solo significa despedirse de nuevo.*

Algo se quedaba atrás. No sabía exactamente qué, pero lo sentía.

Cerró los ojos y, cuando la aeronave comenzó a elevarse, el cansancio la venció y se sumió en un sueño profundo. Nunca imaginó que ese abrazo había sido el último.

Capítulo 34

REENCUENTROS
Juan

La primavera comenzaba a teñir el paisaje con su frescura. Desde el aeropuerto, Juan llamó a Nanavita para avisarle que ya estaba por subir al avión.

—Casi la alcanzas... —dijo ella, con un tono inaudible.

—¿Cómo dices, Nanavita? —preguntó Juan, extrañado.

—Que casi no alcanzo... a llegar al teléfono —corrigió rápidamente, arrepintiéndose de su desliz. Aquí te espero.

Un par de horas después, el aire seco de la tarde golpeó su rostro en cuanto salió del avión ya en Sonora. A pesar de que la primavera ya estaba en marcha y el calor no era tan sofocante como en verano, el clima aún le resultaba abrumador. Venía de Ciudad de México, donde la temperatura rara vez era extrema, y el cambio se sentía en su piel como una advertencia de que estaba entrando en otro mundo, en otro ritmo de vida. Se aflojó un poco el cuello de la camisa mientras avanzaba hacia el taxi que ya lo esperaba.

Mientras el vehículo recorría las calles de Nabocampo, Juan observaba por la ventanilla cómo el paisaje urbano se extendía ante él. A diferencia de su primera visita, ya no había sorpresa en sus ojos. Conocía esas calles, pero eso no hacía que el peso de la nostalgia fuera menor. Recordó cómo, la última vez que estuvo ahí, había sentido que el tiempo jugaba con él, que lo que Emy le había descrito en sus cartas pertenecía a una ciudad diferente a la que él veía. En ese momento, sin embargo, no buscaba entre sombras ni intentaba encajar las piezas de un pasado que le pertenecía a medias. Ahora, cada calle era un sendero hacia una verdad inevitable.

Menos de una hora después, Juan se encontraba frente a la puerta de Nanavita, y aunque el sol ya comenzaba a descender, aún sentía el calor aferrarse a su piel, como si el día no quisiera ceder ante la llegada de la noche. Respiró hondo, tratando de calmar la ansiedad que trepaba por su pecho. No era la primera vez que llegaba a esta casa, pero la sensación de estar al borde de algo desconocido no lo abandonaba. Se quedó de pie frente a la puerta, repasando mentalmente cada palabra que había planeado decir. Pero ahora que estaba ahí, la realidad pesaba más que cualquier ensayo previo. Miró la fachada de la casa, notando cómo el tiempo había dejado su huella en las paredes, pero sin borrar la esencia del lugar. Aquel era el umbral entre el presente y el pasado, entre la historia que había vivido y la que estaba por escribirse. Finalmente, levantó la mano y llamó.

El resto del día transcurrió en una mezcla de relatos, preguntas y silencios llenos de significado. Juan le mostró todos sus hallazgos: las cartas escritas, las notas del periódico, las investigaciones, los detalles que había recopilado a lo largo de años. No llevaba consigo los diarios, de último momento los había sacado de la maleta y resguardado en su recámara en su lugar especial, pero con ella no eran necesarios. Para Nanavita, el misterio no era algo que necesitara pruebas; estaba incrustado en su esencia misma.

Cuando por fin terminó de contarle todo, el silencio llenó la habitación.

—Y además de contarme todo esto, ¿hay algo más? —preguntó, rompiendo la quietud que empezaba a incomodar a Juan.

Ella sabía que él no había viajado desde tan lejos sólo para platicar. Había algo más, y él tenía que dar el primer paso.

—Pues... yo..., —titubeó, —la quiero conocer... ¿o tal vez debería decir reencontrar?

—Sí, lo has dicho bien —respondió Nanavita con una sonrisa ligera, aunque con un dejo de preocupación en los ojos. —Pero... sabes que ella tiene edad para ser tu madre. Las cosas han cambiado Juan. ¿Qué es lo que realmente pretendes?

Cuando Nanavita mencionó la diferencia de edades, Juan bajó la mirada por un momento. Sabía que la lógica dictaba que lo que estaba haciendo era irracional, que Emiliana no era la misma joven que conoció bajo los escombros, pero eso no cambiaba lo que sentía.

—Sólo quiero conocerla, hablar con ella. No me importa cuánto tiempo haya pasado, ni las diferencias, ni lo que la lógica me diga. Que me cuente de su vida y yo contarle de la mía. No espero nada... pero necesito verla con mis propios ojos, saber que todo esto no ha sido solo una fantasía que construí con los años. Quizá... no lo sé, tal vez podamos ser amigos. Pero es imperativo que la vea, Nanavita. Es lo único que quiero., —hizo un silencio largo y casi susurrando añadió, —fue mi primer amor...

Nanavita entrecerró los ojos y su expresión se tornó seria. Sus dedos rozaron la tela del mantel, como si buscara en su memoria algo que no lograba atrapar. Finalmente, inhaló con calma y fijó su mirada en Juan, sus ojos reflejando una mezcla de nostalgia y certeza.

—Sabes, muchacho, no cualquiera haría lo que tú has hecho. La mayoría olvida, la mayoría se rinde. Pero aquí estás. Y eso... eso significa algo.

Juan sacó un paquete cuidadosamente envuelto de su maleta, lo colocó frente a ella. Cuando abrió la pequeña caja sostuvo el *charm* entre sus dedos unos segundos antes de entregárselo a Nanavita. Era un objeto pequeño, insignificante para cualquier otra persona, pero para él contenía todo un universo de recuerdos, promesas no dichas y una historia que aún no encontraba su desenlace. Nanavita entrecerró los ojos, como si un recuerdo lejano comenzara a formarse en su mente.

—Pandora… —murmuró, con una sonrisa llena de nostalgia—. Quién diría que una confusión con un nombre la haría aprenderse todas sus canciones. No había día en que no la escuchara cantar.

Lo giró en sus manos, recordando a Emiliana adolescente, con su guitarra en el regazo y su voz llenando la casa con canciones que había aprendido de memoria.

Levantó la vista y miró a Juan con una expresión que mezclaba ternura y una silenciosa comprensión.

—¿Sabes lo que esto significa? —preguntó con suavidad.

Juan asintió. Era más que un objeto, era un puente entre tiempos, una pieza de un rompecabezas que solo ellos podían entender.

—Me tienes que ayudar. Eres mi único recurso. —Y comenzó a explicarle la idea que había planeado junto con Elisa.

La idea era simple pero efectiva, una estrategia bien pensada y elaborada. Juan había hecho su tarea. Había estudiado no solo todo lo relacionado con Emy, sino también los eventos y contextos de los 80 y 90, asegurándose de saber de sus intereses y vivencias. La pieza clave del plan era involucrar a Nanavita.

La propuesta consistía en que ésta le escribiera a Emiliana, informándole que por fin había encontrado a Juan. En la carta, le diría que él la había contactado y le había explicado todo, que deseaba reencontrarse con ella porque sentía que ambos merecían cerrar ese capítulo. También mencionaría que Juan tenía el incunable y quería entregárselo personalmente y le aseguraría que él sería quien la reconocería.

Nanavita escuchó atentamente mientras Juan explicaba, cada detalle meticulosamente preparado. Estaba impresionada por la dedicación y el esfuerzo que él había puesto en esta búsqueda.

Cuando Nanavita escuchó todo el plan de Juan, se quedó en silencio por un largo rato. Parecía sopesar cada palabra, cada detalle, como si en su mente se tejiera una respuesta más allá de lo evidente. La anciana se quedó en silencio un momento, acariciando el *charm* con la punta de los dedos. Su mirada se perdió en un punto indefinido de la habitación, como si estuviera viendo más allá de lo tangible. Cuando volvió a hablar, su voz fue un susurro lleno de convicción.

—Sabes, muchacho, estoy segura de algo ahora —dijo finalmente, con la voz pausada—, Esta es mi última misión.

Juan la miró, confundido. Había algo en su tono que le provocó un escalofrío, una sensación que no supo explicar.

—Te prometo que haré mi parte, —continuó Nanavita —y todo será como lo has propuesto, en el lugar y la hora que me has dicho, y te prometo que mi niña ahí estará. Pero mi parte la haré cuando tú estés de regreso en casa. Sé cuándo el momento será el adecuado. —y le guiñó un ojo.

Juan quiso preguntar más, pero algo en la mirada de Nanavita le hizo entender que debía confiar. Había una certeza en ella que lo hizo asentir sin más.

Se quedó un par de días a petición de Nanavita. Mayormente hablaron de Emy y aquella época cuando ellos se habían conocido. Los detalles que le daba, Juan los atesoraba, como si le ayudaran a conocerla aún más y le fueran a ser útiles para el momento de su encuentro.

El día que se iba se tomó una *selfie* con Nanavita prometiéndole no subirla a redes. —¿Qué es eso de tenerla en un aparato? Mejor la imprimes muchacho que será tu amuleto de buena suerte. —y rio.

Juan pensó que era excelente idea y se lo prometió. Nanavita soltó una risa baja, como si el simple acto le trajera recuerdos de un tiempo en el que la fotografía era un tesoro tangible y no solo un archivo digital. Juan no lo dijo en voz alta, pero en su mente ya había decidido que aquella imagen se quedaría en su cartera, como un pequeño talismán que lo conectara con todo lo que estaba por venir. Se despidieron con un fuerte abrazo, le agradeció todo y tanto, y se fue con una sensación de que la historia con esa viejecita tan misteriosa apenas comenzaba.

Antes de subir al Uber que lo esperaba en la puerta de la casa, sintió un nudo en la garganta. Por un instante, sintió el impulso de quedarse un poco más, de decir algo más, pero no encontró las palabras adecuadas. Sólo pudo observarla enmarcada en la puerta, con su figura pequeña pero imponente, como una guardiana de secretos que no estaban destinados a ser revelados todavía. Volteó y la miró, memorizando su rostro, cada destello de sus ojos que parecían contener un saber ancestral. No podía explicar por qué, pero la despedida le pesaba. Algo en el aire le decía que este momento era más trascendental de lo que él alcanzaba a comprender.

—No lo olvides, muchacho —dijo ella con suavidad, como si pudiera leerle el pensamiento—. Algunos lazos nunca se rompen, aunque el tiempo haga de las suyas.

Hizo una breve pausa y, con una mirada profunda, añadió:

—Las despedidas no siempre son lo que parecen, Juanito. A veces son solo una pausa en la historia que aún no termina de escribirse. Y dibujó una sonrisa enigmática antes de añadir: «Y recuerda siempre empacar tu morral con lo necesario».

Juan frunció ligeramente el ceño, sin entender a qué se refería. ¿Un morral? ¿Qué tendría que empacar? Antes de que pudiera preguntar, el Uber ya se estaba alejando. Nanavita levantó la mano en un gesto pausado, despidiéndose con esa calma suya que parecía saber más de lo que decía.

Mientras el carro se alejaba, Juan la vio quedarse en la entrada, despidiéndose con una sonrisa que parecía encerrar un enigma. La imagen le recordó las palabras de Emiliana muchos años atrás: *Mi nanavita es un poco clarividente, mística... y bruja.* El recuerdo le hizo sentir un suave estremecimiento, aunque en el fondo no podía sacudirse la sensación de que Nanavita sabía mucho más de lo que dejaba ver.

Capítulo 35

UN PAQUETE INESPERADO
Emy

[LLÁMAME PERO DE YA], decía el mensaje que Luu había recibido en su WhatsApp. Las mayúsculas y la letra negra denotaban urgencia. Y le marcó.

—¿Qué es tan urgente que no puede esperar? —preguntó tan pronto Emiliana respondió del otro lado.

—¿No me digas que no has visto las noticias?

—Pues he visto las noticias, pero no sé si son las mismas que tú. —Rio con picardía.

—¿De verdad no has visto algo increíble que nos puede importar mucho a ti y a mí?

—¿Lo de la revocación de Roe vs. Wade por parte de la Corte Suprema de los Estados Unidos?

—Luu, eso sí es importante, pero... no es lo que me tiene emocionada ahora mismo. Piensa en diversión, baile, luces, tú y yo.

—No pienso jugar a las adivinanzas contigo otra vez. Ahora me dices, porque me dices. —El sonido de una notificación interrumpió la conversación.

—Revisa tu celular. Te acabo de enviar algo.

Luu miró su pantalla y vio la noticia que Emiliana le había compartido:

[Pandora y Flans anunciaron oficialmente su gira conjunta, Inesperado Tour, diseñada para celebrar 35 años de carrera de ambas agrupaciones icónicas de los 80.] La nota mencionaba que la idea había surgido más de una década atrás, pero que fue durante la pandemia cuando retomaron los planes con seriedad. La gira prometía momentos únicos, combinando grandes éxitos como *Las mil y una noches*, *No controles* y *¿Cómo te va, mi amor?*

—¿¡Qué queeeé!? —gritó al leer la noticia.

—¿Lo puedes creer, Luu? Lo que alguna vez dije como broma, ¡se hizo realidad!

—¡Tenemos que ir! —gritaron al unísono.

—No me lo puedo creer… —susurró Luu, con la voz temblorosa de emoción—. Emm, ¿te das cuenta de lo que esto significa? ¡Es nuestro sueño de adolescentes hecho realidad!

—Nos tomó treinta y tantos años, pero ahí estaremos, listas para cantar a todo pulmón —respondió Emiliana, riendo mientras secaba una lágrima que no supo en qué momento había escapado. — ¿Recuerdas cuando nos peleábamos porque yo decía que Pandora era superior y tú que Flans tenía más onda?

— ¡Y nos lo tomábamos tan en serio! —rio Luu—. No sé cómo no terminamos mal aquella vez que discutimos sobre cuál tenía las mejores letras. —Lo peor fueron los *looks* ochenteros… Dios, qué horror.

—Horror para ti, yo me veía fabulosa —bromeó Emiliana, haciendo un gesto dramático con la mano.

—Ajá, claro. Seguro te olvidaste de aquel día que intentaste hacerte los rizos de Ilse y terminaste con un desastre pegajoso de *mousse* y *spray* en la cabeza.

—¡Luu! —exclamó Emiliana, cubriéndose el rostro—. ¡No me recuerdes eso! ¿Qué tal cuando intentaste hacer el paso de *Las mil y una noches* y te caíste de la banqueta?

—Ay, no, basta… —dijo Luu entre carcajadas—. Es oficial, tenemos que ir. Pero dime, Emm, ¿no sientes que eres un poco… bruja?, digo, esto exacto tú misma lo mencionaste… lo predijiste hace años —y soltó una carcajada que la contagió.

Emiliana se quedó en silencio unos segundos. La pregunta la tomó por sorpresa, pero al mismo tiempo la hizo reflexionar. Últimamente, la vida parecía estarle mandando señales. Su corazón latía con una extraña anticipación.

—Tal vez —murmuró— pero de las buenas, obvio —y rio.

Luu notó el tono en la voz de Emiliana, pero decidió no decir más.

—Bueno, entonces dime —dijo finalmente, con una sonrisa traviesa—. ¿Flans o Pandora?

Emiliana fingió pensarlo por unos segundos y luego contestó con picardía:

—Después de todo, creo que la vida siempre ha sido una mezcla de las dos.

Ambas rieron como en los viejos tiempos, sin saber que aquella conversación, llena de nostalgia y promesas de reencuentro era el inicio de algo más significativo. Al colgar, ambas prometieron encontrar la mejor fecha y lugar para vivir juntas esa experiencia.

Justo cuando Emiliana terminó la llamada, el timbre de la puerta sonó. Había alcanzado a ver por la ventana el camión de UPS alejándose. *Qué curioso*, —pensó, mientras recogía el sobre manila que alguien había dejado en la entrada. Provenía de México.

Lo tomó entre sus manos; era de Nanavita. El sobre pesaba más de lo que parecía, no en gramos, sino en significado. Su pulso se aceleró de inmediato. Sentía un nudo formarse en su estómago. Sus dedos recorrieron el borde del sobre con cautela, como si en su interior se encontrara una noticia importante que estaba a punto de ser liberada. En los años que llevaba lejos, jamás había recibido algo de su nana que no fuera una llamada o una carta sencilla con una bendición. Pero esto... esto se sentía diferente. Sintió una intuición extraña, como si todo su mundo estuviera a punto de dar un giro. Tragó saliva, su respiración se entrecortó, y con un movimiento casi mecánico, rompió el sello del paquete. Lo abrió y adentro venía otro sobre y una cajita; en el sobre se leía: «Abre lo otro primero». Extrañada, Emiliana abrió primero la caja.

Dentro, encontró un *charm* Pandora con forma

de estrella, con un pequeño diamante en una de sus puntas. *¿Se acordó de que yo quería uno? ¿Cómo lo consiguió?* —pensó, emocionada. Sin embargo, algo le decía que había más tras ese regalo. Con manos temblorosas, abrió el sobre, sacando una carta extensa en la caligrafía cuidadosamente legible de su nana.

Mi querida niña,

Si estás leyendo esta carta, sabes que lo que en ella te voy a contar es muy importante. Prométeme desde ahora que harás caso de todo lo que aquí te expongo.

Siempre supiste que nunca me detuve en mi misión de buscar a Juan. En el fondo de tu corazón tenías esa certeza, como yo la tuve siempre, de encontrarlo.

Emiliana sintió un escalofrío recorrerle la espalda. Se sentó, sujetando la carta con fuerza.

Después de mucho tiempo, di con él... o quizá él conmigo, o tal vez un poco de las dos.

Un grito ahogado salió de su garganta mientras se tapaba la boca con la mano. Su respiración se entrecortó y tuvo que beber agua para calmarse antes de continuar leyendo. Se llevó la mano al pecho, como si intentara contener los latidos desbocados de su corazón. Por un momento, la letra de Nanavita se volvió borrosa ante sus ojos llenos de lágrimas contenidas. Inspiró hondo, tratando de calmarse, pero cada palabra que leía era un eco de algo que había querido olvidar, algo que en el fondo siempre había esperado. *Juan*, —repitió en su mente, con una mezcla de incredulidad y certeza.

He tenido la dicha de conocerlo, y puedo entender todo lo que sentiste. Es una excelente persona. Le he entregado tus diarios, porque, después de todo, le pertenecen a él.

Poco después de tu última visita, él también vino a verme, pidiéndome ayuda. Cuando lo vi, supe que mi última misión había llegado... y con ella, se acerca mi propio final.

Emiliana sintió un escalofrío recorrerle la espalda. *Mi última misión*. Aquellas palabras pesaban como una despedida velada. Su nana, la mujer que siempre estuvo ahí, le estaba diciendo que su ciclo estaba por cerrarse. Sintió el impulso de marcarle, de oír su voz, de pedirle explicaciones... pero sabía que no lo haría. Nanavita hablaba con la certeza de quien conoce los caminos secretos del destino.

No estés triste por esto; le he dado demasiadas vueltas al sol, y ya es hora de reunirme con el hombre que amé desde mi juventud. Ese hombre fue Humberto, a quien cariñosamente llamabas tu 'abuelo', pero esa historia te la contará Juan.

Es mi deseo, y sé que no me fallarás, que cumplas con lo que te pido y lo que Juan vino a solicitar: reencontrarte con él.

Sé que parece una locura después de tantos años, pero la vida trabaja en formas misteriosas. Estoy segura de que la historia que comenzó bajo los escombros en 1985 aún no ha terminado.

El encuentro será en la misma librería, que ahora se llama «El Nuevo Renacimiento». La dirección cambió, está en la misma esquina, pero una cuadra al norte, según sus indicaciones. Él te reconocerá, Emiliana. Confía en mí.

La estrella Pandora te la manda a regalar Juan, en reposición de aquella que perdiste en el 85. Es idéntica a la que te regaló aquel día. Él te la quería dar cuando se vieran, pero le mencioné que sería mejor que te la mandara con esta carta, de alguna manera como un tributo de ambos, pues tú has sido nuestra estrella, y quiero que la lleves siempre cerca de tu corazón.

Casi se me olvidaba la fecha, dirás que tu Nanavita se puso cursi, pero le sugerí que se reencontraran el 19 de septiembre a la una de la tarde, en el aniversario (doble) del terremoto. ¡Qué mágico y misterioso suena!, ¿verdad?

Te quiero.

Nanavita.

P.D. Perdón, mi niña, pero no puedo darte más información. No me marques hasta que hayas ido y regresado.

Emiliana pasó por un torbellino de emociones. Primero, un sentimiento de indignación: ¿Cómo era posible que Juan no la hubiera buscado antes? Ya habían pasado casi 40 años. Pero ese mismo sentimiento pronto se convirtió en arrepentimiento, al darse cuenta de que no conocía la historia completa ni los motivos de Juan. Sabía que la petición de Nanavita no era algo que pudiera tomarse a la ligera.

Además, su vida había sido plena, llena de momentos felices y logros personales, pero Juan... Juan había sido su primer amor, alguien que había arriesgado su vida por la suya bajo los escombros. ¿Cómo no sentir gratitud hacia él? Sabía que en realidad nunca lo había olvidado.

Para agosto, después de haber repasado mil ideas distintas y otros tantos escenarios durante noches enteras, Emiliana se debatió entre su razón y su corazón. ¿Y si él ya no era el mismo? ¿Y si ella tampoco lo era? ¿Lo reconocería? ¿Podría soportar ver en esos ojos verdes que nunca olvidó, una vida que nunca compartieron? ¿Habría acaso enviudado igual que ella? Tenía que suponer que había tenido también una vida plena y solo ahora, por algún motivo desconocido para ella, podrían reunirse de nuevo. Y así se formulaba una pregunta tras otra, intentando respondérselas, pero cada vez que creía tener una respuesta, una duda nueva la envolvía. Podía racionalizarlo de mil maneras, encontrar excusas, inventarse razones para no ir. Pero no podía, no solo Nanavita le pedía que prometiera hacerle caso, algo en su interior se rebelaba ante la idea de dejar pasar esta oportunidad. Había aprendido a vivir con las preguntas sin respuestas, pero esta vez, la vida le estaba ofreciendo la posibilidad de obtenerlas. ¿Cómo podía negarse? ¿Cómo podía seguir adelante con su vida sin saber qué había pasado con Juan, sin mirarlo a los ojos y escuchar su historia? Un susurro apenas perceptible en su interior, le decía que no tenía opción. Que si no lo hacía ahora, se pasaría el resto de su vida arrepintiéndose y preguntándose qué habría pasado si hubiera aceptado la invitación que la vida le ponía en charola de plata. Sin embargo una verdad se impuso sobre todas: no podía ignorar este llamado del destino. Se permitió cerrar los ojos y respirar hondo. Entre el desconcierto, la emoción y la inevitable nostalgia, compró sus boletos de avión.

Vaya vaya, me iré a pasar las fiestas patrias, como lo hice por tantos años, pensó. *Pero esta vez, este diecinueve de septiembre después de treinta y siete años, volveré a encontrarme con Juan.* Por un instante, el aire pareció espesarse a su alrededor. Emiliana cerró los ojos y dejó escapar un suspiro tembloroso, como si su cuerpo intentara asimilar la magnitud de esas palabras. Su mano se aferró inconscientemente al borde de la mesa, buscando anclarse a algo tangible, a la realidad que de pronto parecía resquebrajarse bajo sus pies. Sintió un leve mareo, una mezcla de vértigo y emoción contenida, y se obligó a recuperar la calma. Sus dedos acariciaron el colgante que traía en el cuello, como si en aquel pequeño objeto pudiera encontrar la estabilidad que su corazón parecía perder.

Esa noche, antes de dormir, dejó la estrella Pandora sobre el buró junto a su cama. Antes de apagar la luz, deslizó los dedos sobre la superficie fría del colgante. Durante años había evitado mirar hacia el pasado, convencida de que las respuestas no cambiarían su presente. Pero ahora... ahora sentía que el pasado y el presente estaban a punto de entrelazarse de una forma que jamás imaginó. Por primera vez en mucho tiempo, sintió que un nuevo capítulo estaba a punto de escribirse... y esta vez, ella no sabía cómo terminaría.

Capítulo 36

A TAN SOLO UN PASO

En Ciudad de México, desde el comienzo de septiembre, las calles comenzaron a vestirse de verde, blanco y rojo. Los edificios, los puestos de mercado y hasta los coches lucían banderas, luces y adornos patrios. Toda la ciudad se preparaba para una gran fiesta que no podía detenerse.

—¡Ah, las fiestas patrias en la Ciudad de México!, —comentó Emiliana con cierta emoción a sus amigas. —Las volveré a vivir de lleno. *De manera distinta*, —pensó. Su papá y el abuelo, a pesar de no encontrarse ya presentes estaban siempre acompañándola de alguna manera.

—¡Qué bien que decidiste darte una escapada!, —comentó una de sus amigas, sonriendo con complicidad—, te hacía falta un buen respiro.

—Es una experiencia que, si se puede, se debe vivir al menos una vez en la vida —afirmó Emiliana, con un brillo en los ojos—. Imaginen una ciudad entera vestida de fiesta, con un mar de luces ondeando en cada rincón. Es un despliegue de música, color y energía que te atrapa. ¡Y la comida!

No hay nada como el sabor de los antojitos en cada esquina.

—¿Y qué es lo que más extrañas de esas fechas en México? —preguntó otra, con curiosidad.

Emiliana hizo una pausa, su sonrisa se tornó nostálgica mientras un suspiro escapaba de sus labios. En su mente, las figuras de su papá y su abuelo se dibujaron con una nitidez que la tomó por sorpresa. Por un instante, sintió la calidez de aquellos días pasados, pero decidió guardarlos sólo para ella. No era el momento de traerlos a la conversación.

—Todo. Pero si tuviera que elegir, diría que el ambiente... esa sensación de hermandad que se siente en el aire. Es diferente a cualquier otra celebración. Es el único día del año en el que el estruendo de las calles no molesta, sino que une. Aunque no conozcas a la persona de al lado, en ese momento todos están cantando el mismo himno, gritando el mismo ¡Viva México! y compartiendo la misma emoción. Si alguna vez les ha tocado el 5 de mayo en el Riverwalk de San Antonio, esto lo supera con creces.

—¿De verdad más que lo que se vive aquí en Texas? —preguntó otra, con cierta incredulidad.

—¡Claro! Es EL país y es SU historia, no una celebración recreada en otro lado. En México, el quince de septiembre es la raíz, el corazón de la fiesta, el lugar de donde todo nace. Es cuando la identidad mexicana se siente más fuerte. Puedes escuchar rancheras en una esquina, cumbia en otra y, si caminas un poco más, te encuentras un mariachi tocando en vivo. Todo es un reflejo de la pasión por la historia y la cultura. La gente se une, celebra, se abraza, incluso entre desconocidos.

—Me da curiosidad —dijo una de ellas, pensativa—. ¿Cómo lo vivías tú cuando eras niña?

Emiliana dejó escapar una risa baja antes de responder.

—Mi papá me llevaba cada año al entonces Distrito Federal, como se llamaba en aquel tiempo. —Me tomó años dejar de llamarlo así y empezar a decirle Ciudad de México... y ahora, CDMX— Pero para mí, sigue siendo el mismo lugar de siempre, con su energía vibrante y su historia impregnada en cada esquina. Era nuestro viaje especial anual para pasar las fiestas patrias con mi abuelo. Él tenía una librería en el centro, una de esas en las que el tiempo parecía haberse detenido entre estantes llenos de historia. Era un ritual esperado: llegábamos unos días antes, caminábamos por las calles adoquinadas, y al llegar la noche del quince, nos llevaba hasta el Zócalo para vivir el grito. El estruendo de la multitud, el ondear de las banderas, el eco de las campanas... Todo se sentía como estar en el centro de algo más grande que nosotros. Mi papá compraba antojitos para todos, y recuerdo cómo me sostenía en hombros para que pudiera ver por encima de la multitud.

Las voces de sus amigas la hicieron volver al presente.

—Debe ser un recuerdo precioso —dijo una de

ellas con calidez.

—Lo es. Y ahora, después de tantos años, volveré a estar ahí, pero esta vez, con otros ojos. No sé si el Zócalo será el mismo de mi infancia, pero sé que la emoción será igual. *O mayor* —pensó trayendo a Juan a su mente.

La plática del viaje llenó las reuniones previas al quince de septiembre. Emiliana parecía emocionada, aunque no podía evitar que, en el fondo, la incertidumbre de su cita en la librería comenzara a pesarle.

Las fiestas patrias en Ciudad de México estarían llenas de eventos culturales y conciertos gratuitos en las dieciséis alcaldías. Emiliana decidió que iría a ver a Los Ángeles Azules, quienes se presentaban después del grito, pero no sin antes disfrutar de presentaciones de música regional, ballet folclórico y verbenas populares. También planeaba degustar la comida típica, una delicia que extrañaba.

Quizá me anime con un buen tequila o mezcal para brindar... y para tener valor por lo que me espera, —pensó.

Juan, por su parte, intentaba lidiar con la ansiedad del reencuentro. Aunque estaba acostumbrado al caos de Ciudad de México durante las fiestas patrias, no podía dejar de pensar en cómo sería ese momento que le aguardaba. Le preocupaba especialmente el impacto que causaría en Emy cuando se diera cuenta de que él apenas había cambiado desde la última vez que lo vio bajo los escombros, mientras que para ella habían pasado casi cuarenta años.

—¿Y si no consigue boleto de avión? —le dijo a Elisa, quien era la única que sabía de la cita.

—No seas pesimista, Hermano. Es una mujer madura que seguro es más precavida que tú y yo juntos —respondió ella con una sonrisa.

—Quizá tengas razón…

—¿Y ya decidiste qué te vas a poner? Porque te vas a ir muy guapo, ¿verdad?

—Eli, no es una cita romántica. Es una mujer madura. Iré… pues normal.

—Juan, no te digo que te vacíes la loción, pero de perdida da tu mejor cara.

Entre risas y bromas, cambiaron de tema.

El día del grito Juan decidió unirse a sus amigos para disfrutar del concierto de Los Ángeles Azules esa noche. Aunque al principio no estaba seguro, algo lo impulsaba a asistir. El Zócalo se convirtió en un mar de gente desde temprano y, como cada año, miles de personas llegaron al lugar con anticipación para asegurar un buen sitio, tanto para presenciar la ceremonia oficial como para disfrutar de los conciertos.

Antes de partir al Zócalo, Emiliana se tomó un momento frente al espejo. Su reflejo la observaba con una mezcla de nostalgia y emoción contenida. No podía negar que la emoción de regresar a ese lugar le revolvía el alma. *Voy al mismo sitio,* —pensó, *pero no soy la misma.* Con un suspiro profundo, ajustó la bolsa en su hombro y se dispuso a salir. A pesar de las largas filas y el tráfico colapsado, estaba feliz. La atmósfera festiva la envolvía.

El taxi avanzó con dificultad por las calles atestadas de gente. Juan miraba por la ventanilla y aunque estaba acostumbrado al caos de la ciudad, esta vez lo sentía distinto. Apenas abrió la puerta del coche, una ráfaga de calor le golpeó el rostro. El aire vibraba con el estruendo de los fuegos artificiales, iluminando los rostros de la multitud en destellos de rojo, verde y blanco. El aroma de antojitos mexicanos se mezclaba con el de los cuerpos apretujados, generando una sensación de fiesta inigualable. Entre la algarabía, las voces de vendedores ambulantes resonaban ofreciendo elotes, banderas y bebidas refrescantes, mientras el retumbar de la música hacía temblar el suelo bajo sus pies. Cada espacio del Zócalo estaba lleno, y la energía de la multitud se mezclaba con la euforia dentro de él. Ajustó su mochila al hombro y por un instante se quedó quieto, contemplando las luces patrias reflejadas en los edificios, como si el tiempo se hubiera detenido sólo para él. Respiró hondo, tratando de calmarse. *En tres días*, —se recordó a sí mismo. Algo en su pecho se apretaba con una emoción indefinible.

Por un instante, Emiliana se encontró de pie, inmóvil, sintiendo el pulso del Zócalo a su alrededor. Recordó su infancia en estas mismas fechas, cuando miraba el espectáculo con asombro desde los hombros de su padre. Ahora, estaba aquí de nuevo, con una sensación diferente, más madura, más consciente de los años que habían pasado. Suspiró, dejándose envolver por la emoción colectiva, y decidió que quería acercarse más al templete. Avanzaba entre la multitud con paso firme, dejándose llevar por la corriente humana que se movía al ritmo de la música y la euforia de la celebración. La calidez del ambiente era casi sofocante, y el sonido de las trompetas y tambores vibraba en su pecho con cada compás. El aire estaba impregnado de pólvora y el dulce aroma del algodón de azúcar mezclado con el inconfundible olor a fritura de los antojitos. Alrededor, la multitud oscilaba en un vaivén constante de cuerpos en movimiento, una marea humana que latía con la misma intensidad que la música. Emiliana respiró hondo, dejando que aquella energía la invadiera, sintiendo la familiaridad de la celebración, pero con la extrañeza de vivirlo en otra etapa de su vida. Observó a su alrededor, maravillada por la energía del momento, cuando de pronto notó un pequeño claro despejado por donde pasar, lo que le permitiría acercarse al escenario. *Desde ahí podré ver mejor*—pensó. Ajustando la bolsa en su hombro y acelerando el paso, se dirigió hacia el espacio que ubicó antes de perderlo de vista. Avanzó con la emoción vibrando en su pecho, sin dejarse envolver por la masa de gente.

 Juan y sus amigos habían acordado reunirse en «la jaula unitaria», un punto icónico marcado por un árbol protegido por una reja, el único de su tipo en el área. Mientras charlaban y reían, uno de sus amigos se dio cuenta que podía tener el más insensato accidente.

— ¡Juan, tus zapatos están desabrochados! Si alguien te pisa y caes, no salimos vivos de aquí.

Juan rio, se giró hacia la reja y apoyó un pie en ella para atarse los cordones.

El estruendo de los fuegos artificiales iluminó el cielo y un destello de luz dorada se reflejó en la superficie mientras ella iba acercándose a donde había visto el espacio para su paso, con el resplandor Emiliana notó a un grupo de jóvenes junto a una reja, donde había un árbol solitario, notando que uno de ellos estaba inclinado, aparentemente abrochándose un tenis, es lo que le permitía ver con más claridad entre el gentío. Sin saber por qué, en ese instante exacto, sintió un impulso de moverse. Un presentimiento sin forma, un eco lejano en su interior que le susurró al oído, sin palabras, que debía avanzar. Apresuró el paso, sin prestarle demasiada atención a los muchachos y se perdió entre la gente que, en un instante la rodeó, como si la multitud la absorbiera. Se detuvo un momento justo cuando se deslizaba entre los cuerpos apretujados, sintió un leve cosquilleo en la piel, como si el aire cargara una electricidad imperceptible. Por un instante, tuvo el impulso de girar la cabeza, de ver quién estaba detrás de ella. Pero no lo hizo. No había razón para hacerlo. Siguió avanzando, sin notar que, a escasos centímetros, una mirada buscaba sin encontrar. Inquieta por algo que no comprendió, decidió continuar.

Juan sintió el roce del aire en su nuca, un escalofrío inesperado, una extraña sensación de vacío. Fue un segundo. Un segundo donde todo pareció suspenderse en el aire, como si la realidad misma contuviera la respiración. No era solo un escalofrío, era una ausencia, un vacío punzante, como cuando uno despierta de un sueño a medias y sabe que olvidó algo importante, pero no puede recordar qué. Sus ojos recorrieron el mar de gente, buscando un punto, una silueta, algo... pero todo seguía igual. O quizá no. Era absurdo. No había razón alguna para que, en medio de la algarabía, sintiera de pronto una extraña falta de aire, como si algo vital se hubiera escapado entre la multitud. Parpadeó y miró a su alrededor, tratando de identificar qué lo había alterado. Pero solo había rostros anónimos, movimiento constante, un torbellino de voces y luces que seguían su curso sin detenerse. Era como si algo, una posibilidad, se hubiera escapado en el último segundo. Un escalofrío le recorrió la columna, un impulso irracional le hizo voltear a todos lados, pero lo único que encontró fue el incesante vaivén de la gente. Nada fuera de lo común. Se llevó una mano a la nuca, como si intentara disipar la sensación, pero ahí seguía, punzante, inquietante. Algo le decía que acababa de perder un momento crucial. Pero, ¿perder qué? ¿A quién?, como si algo —o alguien— estuviera demasiado cerca. Se enderezó lentamente, y se sacudió ese sentimiento absurdo cuando escuchó que sus amigos lo apuraban.

—¡Vámonos, Juan! Era solo amarrar los cordones de un zapato, ¿Cuánto puedes tardar?

—¿O si quieres te los amarro yo, mi rey? —le dijo otro riendo.

Entre risas, se fueron en dirección opuesta a la que Emiliana había tomado momentos antes, perdiéndose también entre la multitud. Parecían destinados a cruzarse. Si tan solo hubiera girado la cabeza un segundo antes. Si hubiera levantado la vista en el instante exacto… Tal vez, solo tal vez, su historia habría cambiado en ese preciso momento. Pero no. Así como la suerte los había acercado sin previo aviso, también los separaba con la misma indiferencia. La historia, caprichosa, tejía sus hilos con precisión cruel. Como un relojero que ajusta sus engranajes al milímetro, asegurándose de que todo marche con exactitud… pero sin prisa. Quizá no era tiempo aún o tal vez nunca lo sería. Quizá el universo necesitaba que se cruzaran una vez más, pero no esa noche, no bajo esas luces, no en ese instante. La vida no nos concede reencuentros cuando se anhelan, sino cuando menos se esperan.

Entre la multitud, un murmullo de voces y risas se perdía en el aire. Emiliana continuó caminando sin darse cuenta de cuán cerca habían estado. Juan, en otro punto, intentó sacudir aquella extraña sensación de pérdida. Si tan solo uno de los dos hubiera mirado hacia atrás. Si tan solo el destino hubiese permitido que sus ojos se cruzaran por una fracción de segundo. ¿Qué hubiera pasado? Pero no. Ambos siguieron sus caminos, sin saber que el universo acababa de jugar con ellos una vez más. El destino, misterioso como siempre, tenía otros planes.

La vida tenía sus propias reglas, su propio ritmo. Y esa noche, entre el estruendo de la música y la multitud en euforia, dos almas que se buscaban sin saberlo estuvieron a centímetros de reencontrarse.

A centímetros.

Pero a mundos de distancia.

Capítulo 37

EL DIA ESPERADO

Aunque la efervescencia del quince de septiembre había disminuido, el centro aún latía con una energía residual, como si se resistiera a volver a la rutina cotidiana, con un flujo extra de automóviles, transeúntes y puestos adornados con decoraciones alusivas a la independencia. La librería no era la excepción. Aunque no estaba completamente decorada, los empleados portaban algo relacionado con la fecha, ya fuera unos aretes, un moño o incluso paliacates al estilo José María Morelos y Pavón, o sombreros de mariachi. Incluso había alguna Adelita por allí, a pesar de ser personaje de la Revolución Mexicana y no de la Independencia, ya que sus vestimentas se han vuelto parte de las celebraciones patrias. Ese toque festivo contribuía a que la experiencia de los clientes fuera aún más amena y divertida.

Juan llegó temprano a la cita, con el incunable guardado. Como en aquella ocasión en la que preparó su mochila antes del temblor, ahora había dispuesto su bolso con el mismo cuidado. Había metido el incunable con un gesto casi ritual, seguido de la foto del selfie con Nanavita —su amuleto silencioso—, aunque sabía que no se la mostraría a Emiliana, su cable de carga para el celular por si necesitaba contactarla, el primero de los diarios que ella había escrito, por si de algún modo podía servirle, y, casi como una broma privada con el destino, un Gansito. Sonrió al ver el pequeño paquete entre sus cosas, preguntándose si esta vez tendría oportunidad de compartirlo con ella.

Tal como le había sugerido su hermana, se arregló un poco más de lo habitual. Quería parecer un hombre profesional, ya que había cumplido los veintidós años y casi tenía una licenciatura en arqueología. Pensaba que debía dar una buena impresión, incluso si todo parecía algo irreal, como un sueño del que todavía no podía despertar.

Sabía que se estaba acercando a una nueva etapa de su vida, no solo por el paso de los años, sino porque algo dentro de él le decía que aquel día marcaría un antes y un después. Se miró en el reflejo de la ventana y se preguntó si Emy lo reconocería. Se había asegurado de rasurarse muy bien. *Debo encontrarme lo más parecido a como me veía hace cinco años,* —había pensado esa mañana. En su mente, ella seguía siendo la joven que conoció bajo los escombros, la que le sonreía entre la tragedia, la que había llenado sus pensamientos en incontables noches de insomnio, y sin embargo, su lado racional se negaba a aceptar lo que al parecer era la vida jugando una broma imposible. Perfectamente sabía que la Emiliana que estaba por ver era una mujer de cincuenta y cinco años. ¿Cómo podía ser? Durante años había visto su rostro en la pantalla, observado sus gestos mientras explicaba sus clases, incluso había escuchado el eco de su risa en alguna videoconferencia. Era ella, sin duda, y aun así, en su interior, algo le gritaba que era una locura.

La necesidad del encuentro sería clave, pero, ¿Cómo se vería él ante sus ojos? ¿Qué diría ella al encontrar en su rostro al muchacho que una vez le prometió que se volverían a ver y no un hombre maduro como el que, para ella, debería encontrar? Si bien en esos años había crecido en estatura, y el tiempo que había pasado encerrado, entrenando en el gimnasio improvisado que había montado, le había dado un aspecto físico que no era común entre compañeros de su misma edad; aún parecía ser el mismo joven que ella conoció bajo los escombros, eran pocos los años transcurridos, no representaban en él un gran cambio.

Se creía maduro para su edad. Y a decir verdad, sí lo era. Siempre había tenido pequeñas ventajas: las que le habían dado sus lecturas, además de los consejos y enseñanzas que su abuelo le había transmitido. Éste siempre le decía que los muchachos de antes sabían más que los jóvenes de su generación, y por ese motivo le enseñó a hacer y arreglar de todo lo que había ejercido, en que Juan no era un joven entregado a los videojuegos y las redes sociales sino que había aprendido habilidades «antiguas», como le decían sus amigos, y eso lo diferenciaba de la mayoría. Pero seguía siendo un muchacho joven que sólo le había dado cinco vueltas más al sol desde aquel día en que sus vidas se habían cruzado, no un hombre, el que seguramente ella esperaría ver.

Mientras esperaba, preguntándose si lo reconocería, se sentó en una mesa; sacó el incunable y lo abrió. Tratando de divagar un poco, lo comenzó a hojear con la seguridad de que con sus estudios de arqueología, podría ver el libro de una manera nueva. La luz no era la mejor, pero necesitaba quedarse allí, en un lugar tranquilo, con buen campo de visión, y cada tanto echaba un vistazo alrededor, esperando que Emy llegara.

Sentado frente a la mesa de lectura, Juan miraba el incunable con una profunda concentración. El libro lo absorbió tanto que dejó de estar pendiente en quien entraba a la librería. La claridad que entraba por la ventana ayudaba a que pudiera ver los detalles del texto, y cada página le parecía más fascinante que la anterior.

Emiliana atravesó el caos de tráfico, el tumulto de gente y, para colmo, se equivocó de dirección. Caminó una cuadra hacia el sur antes de darse cuenta y tener que regresar. Era extraño. Aunque había caminado por esas calles muchas veces en su vida, en ese momento le parecían ajenas. Como si la ciudad hubiera cambiado mientras ella no estaba viendo, o quizás, como si fuera ella la que ya no encajaba del todo en este escenario. Todo parecía envolverla en una sensación extraña. Emiliana ajustó la correa de su bolso y se detuvo un instante en la esquina antes de cruzar la calle. Su corazón latía con fuerza, pero no supo si era por la caminata apresurada o por otra razón. Algo dentro de ella le decía que aquel día traía consigo una especie de peso invisible, un peso que no lograba descifrar. *No empieces con presentimientos absurdos*, —se dijo a sí misma, obligándose a dar el último paso hacia la librería.

Finalmente, entró a la una en punto, apenada por el retraso pues había tenido toda la intención de llegar al menos cinco minutos antes, como debía ser en cualquier cita. No reconoció los estantes ni el mobiliario, sin embargo el inconfundible olor a libros nuevos y viejos la envolvió inmediatamente, y esa atmósfera mística del recinto la tranquilizó. Nadie la abordó, y ella tampoco reconoció a los jóvenes que pasaban por su lado. Algunos, al sentir su mirada, le sonrieron nerviosos y rápidamente cambiaron de lugar.

En uno de esos momentos, a lo lejos, vio a alguien sentado en una mesa con un libro entre las manos. El inconfundible incunable. Juan Estaba tan interesado en las páginas que se le pasó completamente el momento en que ella llegó y se acercó con cautela.

El hombre que lo leía no pareció notar su presencia. Con voz suave, casi en un susurro, preguntó:

—¿Juan?

El sonido de su nombre en los labios de Emiliana

lo sacudió como un eco del pasado. Era la misma voz, pero con la cadencia de los años, con un matiz de incredulidad y emoción contenida.

Cuando Juan levantó el rostro, Emiliana sintió como si el tiempo se plegara sobre sí mismo. Por un instante, su mente le jugó una trampa cruel: su corazón reconocía a Juan antes que su razón, como si su cuerpo hubiera guardado memoria de él de una forma que su mente aún no asimilaba.

—Emy... —susurró Juan, como si temiera romper el frágil equilibrio de la realidad, y se levantó.

El corazón de Emiliana tamborileó en su pecho. El tiempo pareció detenerse. Emiliana, en *shock*, tocó la mesa como si temiera desfallecer. Sentía un nudo en la garganta, un vértigo que la hacía dudar de lo que veía. Sus manos temblaron, se tapó la boca con una mano, incapaz de creer lo que veía. Reconoció sus ojos, aquellos ojos que había recordado tantas veces. Un millón de pensamientos recorrieron su mente en ese instante, desde el dolor de la despedida hasta las cartas que había guardado, y la promesa nunca cumplida de un reencuentro. La librería desapareció. La ciudad, el ruido, el mundo entero se desvanecieron. Solo existía él, el mismo muchacho que dejó atrás, al que le escribió cartas que nunca pudo contestar, el muchacho que... seguía siendo un muchacho, de pie frente a ella. La incredulidad de lo que tenía frente a ella la invadía y la cimbraba mientras sus emociones luchaban por salir.

Sus primeras palabras salieron solas:

—¡No puede ser!

—Sí, Emy, soy yo, Juan, dijo él, acercándose un poco y poniendo el incunable sobre la mesa.

Por un momento, todo a su alrededor se detuvo. No hubo palabras, no hubo movimiento, solo miradas que buscaban respuestas. Instintivamente las manos de ambos se acercaron, como queriendo unirse pero lo que encontraron fue el libro, y se detuvieron en él. El encuentro había comenzado.

Se miraron fijamente a los ojos, con la sensación de que los años de separación habían desaparecido en un instante. La conexión era inmediata, como si algo más profundo parecía haber estado desde siempre presente.

El sonido de la alerta sísmica los sacó de su ensimismamiento. Primero, fue un eco lejano, un pitido que rompió la burbuja de su reencuentro. Pensaron que era otro de esos simulacros que la ciudad había adoptado tras tantos años de temblores. La sensación del suelo moviéndose bajo sus pies, el vértigo, el instinto de correr pero estar paralizada. Volvió a ver los estantes tambalearse, y por un instante, en el rabillo del ojo, creyó ver polvo cayendo como si estuviera de vuelta en 1985. Luego, el suelo bajo sus pies comenzó a moverse con fuerza. Emiliana sintió un escalofrío y gritó, paralizada por el horror. La respiración se le cortó. Era el diecinueve de septiembre y el universo parecía haberse ensañado con ellos, jugando con los hilos del destino para reunirlos en el único momento en que la tierra volvía a rugir.

No podía ser. No otra vez. No aquí. No ahora. Pero lo era.

Lo sentía en la vibración del suelo, en el rugido lejano que se arrastraba desde el centro de la Tierra. En la forma en que su cuerpo reaccionó antes de que su mente pudiera racionalizarlo, como si una parte de ella hubiera quedado congelada en aquel primer terremoto, repitiendo el miedo, la confusión, la pérdida.

Capítulo 38

EL DÍA QUE EL FUTURO COMENZÓ

Un terremoto de magnitud 7.7 había azotado a Ciudad de México por tercera vez en la historia en una misma fecha.

El estruendo resonaba en sus oídos, la tierra no había terminado de soltar su furia. El aire se espesó, dificultando la respiración y la visión. El caos era tangible, pero lo único que Juan podía sentir en ese momento era la presión de la mano de Emiliana en la suya, un ancla en medio de la incertidumbre. A su alrededor, los sonidos de la ciudad herida se filtraban entre los escombros, los gritos, las sirenas, las órdenes urgentes de los rescatistas. Y entonces, con una claridad devastadora, comprendió que la historia se repetía.

Juan había reaccionado con rapidez, tomando a Emiliana con una mano y el incunable con la otra, corriendo hacia la parte trasera de la librería. Poco sabía que esa parte del edificio estaba debilitada, pues había sufrido daños en un terremoto anterior que la había dejado vulnerable. Fue esa parte la que colapsó.

Treinta y siete años después de su encuentro, se encontraban nuevamente bajo los escombros, solos y con el mismo libro entre sus manos. Pero a diferencia de aquella vez, Emiliana se encontraba atrapada, y no podía salir ni respirar con normalidad. Sin embargo, podían ver luz que llegaba del exterior y escuchaban con claridad las voces y gritos de gente en el exterior.

Si Emiliana estaba mal herida, Juan no lo sabía, pero mantenía cierto grado de calma creyendo saber que la ciudad estaba más preparada para estos eventos y confiaba en que pronto serían rescatados. No estaban en la misma oscuridad de aquel año. Cuando el polvo comenzó a disiparse, él se acercó a ella, buscando tranquilizarla. Aunque se encontraba serena dentro de lo que podía, la situación era clara: su vida pendía de un hilo.

—¿Juan? –dijo Emiliana, con un tono suave, como si finalmente reconociera la presencia de alguien.

—Aquí estoy —respondió él, intentando mantener la calma en su voz.

—Juan, —volvió a repetir, pero esta vez ya no como pregunta. —Creo que estoy más en *shock* por verte... que por el terremoto. –dijo, asombrada, mientras lo miraba detenidamente. —¡Eres... joven! —señaló, sorprendida. —No han pasado los años para ti, ¿Cómo es posible? ¿Qué está pasando?

Y fue de esta manera, mientras esperaban a los rescatistas que se escuchaban a lo lejos, que Juan le relató todo, paso por paso, sobre su vida, sobre todo lo que había sucedido en esos años. Emiliana, con gran esfuerzo, también le relató un poco de lo que fue de su vida, en especial aquel año después del terremoto. Juan recordó los objetos que traía en su mochila y se los mostró, y Emy tuvo una sensación de enternecimiento y tranquilidad al ver su primer diario y la selfie con Nanavita. Sonrió levemente y acercó su mano a la de él. Nuevamente, parecía que estaban en una burbuja, sin tiempo ni espacio, solo ellos dos.

Un crujido sonó cerca de ellos, y Emiliana lo miró con una mezcla de miedo y resignación.

—No sé si sobreviviré a esto, Juan, —dijo, con una triste expresión en sus ojos— de nuevo el mundo parece caerse a pedazos —susurró, como si se esforzara por respirar, intentando a ratos moverse; pero su cuerpo estaba atrapado, imposibilitándoselo.

El polvo se mezclaba con la humedad de su aliento entrecortado. Emiliana sentía el peso sobre ella como una sentencia del pasado que volvía para atraparla una vez más. Su pecho subía y bajaba con esfuerzo, cada bocanada de aire era una lucha silenciosa contra la resignación. Juan, con su mano aferrada a la suya, sentía cómo su pulso se debilitaba. El tiempo jugaba en su contra.

—Lo haremos, Emy, lo haremos, —respondió él, con más determinación que nunca— y saldremos y… seremos amigos. Los mejores… —le sonrió.

Ambos compartieron un largo y profundo

silencio, como si las palabras ya no fueran necesarias.

—Siento que la vida se me está escapando, y si no salimos de aquí... quiero que sepas que... —empezó Emiliana, su voz quebrada por la emoción.

—No, no hables de eso, —interrumpió él, sosteniendo su mano con firmeza.

—Juan —continuó ella, sin hacer caso a la interrupción— quiero que sepas que haberte encontrado de nuevo me ha hecho muy feliz. Y ahora que lo entiendo todo... —y se quedó en silencio, un silencio lleno de aceptación, de aquellos momentos que indican el agotamiento de las fuerzas que se van escapando.

—Por favor, no hables, Emy. Ya pronto llegarán por nosotros. Aguanta.

—Gracias... por encontrarme, —dijo ella, cerrando los ojos, como queriendo descansar. Su respiración parecía estarse apagando poco a poco. Juan, con el corazón acelerado, no supo qué contestar, pero sí sabía una cosa: no se separaría de ella. Seguía sosteniéndole la mano.

—¿Emy? —le dijo con suavidad. Pero el silencio fue su respuesta— ¿Emy? le dijo con un tono de voz más fuerte, pero ella no le respondía. Juan sintió el leve temblor en sus dedos hasta que, de a poco, su mano comenzó a ceder. Su pecho se oprimió con una angustia indescriptible. ¿Podría perderla de nuevo, justo cuando el destino los había reunido? No. No esta vez. Los ojos de Juan se llenaban de lágrimas en el momento que empezó a escuchar ruidos por encima de él.

Después de lo que pareció una eternidad, Juan sintió una mano en su hombro. El toque era de un rescatista, quien lo jaló con fuerza por un espacio que habían abierto y que lo llevaba al exterior, separándolo así de Emiliana. En el último segundo de su rescate un estruendo sacudió el aire, y en un parpadeo, los escombros bajo sus pies vibraron. Un grito quedó ahogado entre el polvo, era de Juan quien sintió que el suelo se abría bajo sus pies, pero fue el vacío en su pecho lo que lo derrumbó por dentro. Quiso lanzarse de nuevo, pero varias manos lo sujetaron. La angustia lo consumió. ¿Y si esta vez no había un después?

Mientras, la parte de la librería donde se encontraban parados, con el movimiento de los escombros tuvo un pequeño desplomó. Se movilizaron inmediatamente llevándose Juan a terreno firme. Emiliana, en un intento de protegerse, fue sepultada nuevamente bajo más escombros. Juan intentó gritarle: «aguanta, ahí van», pero los rescatistas ya lo habían sacado de allí llevándoselo a una distancia donde su voz no alcanzaba a llegar.

—¡Hay alguien más adentro! —gritó Juan, desesperado— . ¡Hay que sacarla! —exclamó, intentando moverse con todas sus fuerzas hacia la parte de la librería desplomada, pero los rescatistas no se lo permitieron. —Por favor, —susurró, con los ojos inundados de lágrimas. Sabía que lo que quedaba por rescatar era el cuerpo sin vida de Emy, aunque deseaba haberse equivocado, esperando que algún milagro la trajera de vuelta después de finalmente haberla encontrado.

—Calma, joven —le dijo el rescatista que lo sujetaba. Seguiremos buscando, pero tomará más tiempo. Vaya a que lo revisen, tiene golpes visibles.

—No, no puedo. Tengo que ayudar, —le contestó, sin dejar de intentar moverse hacia el derrumbe.

En ese momento, escuchó a alguien más acercándose.

—¡Chino, aquí viene «el Flaco»! —se escuchó una voz. Él puede entrar por los espacios más pequeños, y más «topos» vienen para ayudar.

Juan, con asombro, volteó a ver a su rescatista. Reconoció el nombre «el Chino»; lo había salvado de nuevo, pero, este era un hombre joven.

—¡Chino! —gritó, con lágrimas en los ojos.
—¿Qué día es hoy? ¡Dime!, ¿qué día es?

«El Chino», viendo la confusión en su rostro, pensando que estaba con un poco de *shock* le responde:

—Es diecinueve de septiembre, amigo. Acaba de haber un terremoto. Estás a salvo.

—¡No! ¡El año, dime el año! —gritó Juan, desesperado.

«El Chino» lo miró sorprendido, ahora pensaba que era posible que tuviera una contusión.

—Pues 1985, muchacho.

La cabeza le comenzó a dar vueltas. Su mente

trataba de rechazar la información, y al mismo tiempo de encontrarle un sentido lógico. Todo encajaba. La ropa, los autos…, un escalofrío le recorrió la espalda. No era un sueño, ni una ilusión. Estaba allí. De verdad estaba en ese año.

«El Chino», al ver que no parecía reaccionar repitió con mayor claridad y énfasis para disipar cualquier confusión, —Mil-no-ve-cien-tos-o-chen-ta-y-cin-co. ¿Te encuentras bien, te sientes bien?

Juan sintió que el aire abandonaba sus pulmones. Su mente rechazaba la realidad, pero sus sentidos no le permitían negarla. Miró alrededor, vio los edificios heridos por el terremoto, la vestimenta de los rescatistas, los vehículos de otra época. Su propio reflejo en un vidrio roto le devolvió la imagen del joven de veintidós años que era, en un año que no le correspondía. El tiempo le tendía una trampa o, quizás, una oportunidad. En ese instante, su mente trabajó a una velocidad vertiginosa. Con su mano apretaba su mochila, dentro de ella estaba el libro, ese incunable que había estado sosteniendo durante los terremotos. Era el mismo libro que Emy había tomado también. Juan miró a su alrededor, procesando todo lo que sucedía.

Emy, de cincuenta y tres años, se había ido, pero… él, de veintidós estaba en el pasado… y ella… ¡tenía diecisiete! *Esto es una locura* —pensó. Con el libro en sus manos, Juan supo que algo había cambiado. Estaba conectado con Emiliana. Miró a su alrededor, pensó en todo lo que sabía sobre el futuro.

—Tengo veintidós años, —murmuró para sí mismo— y estoy en 1985. Sé lo que va a suceder en los próximos años. Conozco el futuro. Puedo encontrar a Emy. Me va a estar esperando.

Con gran calma, como recordando algo, volteó hacia su rescatista, quien se disponía a seguir trabajando con sus compañeros y le dijo:

—Chino, deberías considerar formar una brigada de rescate de «topos», uno nunca sabe. Un evento de esta magnitud puede volver a suceder..., y quizá hasta el mismo día y en el mismo lugar.

Este se quedó viéndolo con extrañeza, como si las palabras de Juan fueran demasiado grandes para ese momento. Pero algo en su tono, en su certeza, hizo que la idea quedara suspendida en el aire. Tal vez era locura, o tal vez era una advertencia. Juan, con una última mirada a la devastación y el mundo que lo rodeaba, sintió que la historia volvía a escribirse bajo su piel. Esta vez, tenía una ventaja. Y esta vez, no pensaba dejar que el destino dictara las reglas.

Comenzó a dejar atrás el caos y la destrucción del terremoto, avanzando decidido a reconstruir lo que la vida les había robado; aunque ahora solo él se sabría esa historia de un futuro que hoy era parte de su pasado.

Con su mente llena de determinación y esperanza, empezó a alejarse pensando en Emy, prometiéndose:

«Hoy, en este pasado, mi futuro…; nuestro futuro, está por comenzar».

AGRADECIMIENTOS

A mis hermanos, quienes desde el primer momento en que les compartí esta historia, creyeron firmemente en su potencial y me animaron a plasmarla en papel. Sus sugerencias y constante interés mantuvieron viva la chispa de mi inspiración.

Con profunda gratitud, reconozco la invaluable contribución de Gabriel: leer y releer cada capítulo, casi de memoria, no es tarea sencilla. Su disposición para pulir detalles, corregir errores y fomentar nuevas ideas infundió vida a estas páginas.

A mi familia, gracias por su infinita paciencia. Por permitir que me sumergiera en este proceso creativo sin exigirme lo que quizá necesitaban en ese momento, y por entender que el espacio frente a mi computadora era mi refugio. Su apoyo silencioso y su fe en mis proyectos me sostuvieron más de lo que imaginan.

A mis amigas del «*Quarantine Book Club*», gracias por los ánimos y el entusiasmo que me brindaron en cada reunión y en cada mensaje. Han logrado transformar la distancia y las dificultades en motivación pura, y con su cariño han contribuido a que este libro sea más que un simple sueño.

Mi más sincero agradecimiento y reconocimiento a Karla Salido Sánchez, no solo por su excepcional trabajo como diseñadora editorial, sino también por su amistad inquebrantable desde la infancia. Su emoción al leer mi libro y su generoso ofrecimiento para diagramarlo personalmente fueron un impulso invaluable en este proceso. Gracias por creer en este proyecto y por alentarme a seguir creciendo como autora.

A todas las personas que han estado presentes a lo largo de este camino, con sus palabras de aliento, su compañía y sus consejos: este libro es tanto de ustedes como mío. Me han mostrado el poder que tienen la perseverancia, la imaginación y el amor compartido para convertir una historia en realidad.

NOTAS DEL AUTOR

Advertencia de spoilers

Te recomiendo no leer esta sección hasta que hayas terminado el libro, para que puedas disfrutar completamente de la experiencia narrativa.

Este libro es una obra de ficción, aunque algunos de sus elementos están inspirados en hechos reales, muchos de los cuales me han tocado personalmente. Los personajes, situaciones y eventos han sido creados para construir una historia que pertenece al mundo de la imaginación

La idea para esta historia nació de un momento casual, cuando me topé con un libro que mostraba en su portada la palabra «grietas» acompañada de la imagen de una pared partida en dos. Esa imagen, por algún motivo que aún no entiendo del todo, se quedó en mi mente. Por aquellos días, me encontraba inmersa en la lectura de la saga *Outlander*, escrita por Diana Gabaldon, que aborda viajes en el tiempo, y me preguntaba constantemente cuántas personas (incluyéndome) se han planteado alguna vez qué harían si la vida les otorgara una segunda oportunidad. ¿Y qué mejor forma de conseguirlo que retroceder al pasado?

Fue así como las «grietas», convertidas ya en un símbolo en mi mente, me recordaron los temblores de la Ciudad de México que, para mi asombro y el de muchos, han ocurrido tres veces en la misma fecha; luego recordé al personaje de «el Chino», un topo que ayudó a rescatar personas entre los escombros en los tres terremotos, como lo de la formación de su brigada de rescatistas, que también es una historia verídica. Estas coincidencias me parecieron tan fascinantes como sobrecogedoras, y finalmente me impulsó a trazar la premisa de esta novela. A través de sus páginas, he querido explorar la posibilidad de volver atrás, reescribir destinos y, en última instancia, reflexionar sobre el peso de nuestras decisiones y el poder transformador de la esperanza.

Dicen que los escritores suelen escribir sobre lo que conocen; quizá no sea una regla universal, pero en mi caso, se cumple en parte. En este libro decidí recrear una ciudad ficticia, tomando de la urbe donde pasé la mayor parte de mi infancia, a la que se suman fragmentos de sucesos históricos que tuvieron lugar años atrás, como elementos de otros lugares en los que he estado o vivido. Así, por ejemplo, trasladé una gran inundación de 1907 a 1986, hablé de lugares como el Colegio Pestalozzi, que aunque sí existió, no se encontraba donde lo ubiqué, ni terminó de la manera que lo describo, ni cerró sus puertas en las fechas que menciono. También hice referencia a las pizzas Carimali, un verdadero sello de la ciudad donde crecí, y El

Bronco, un excelente restaurante de carne sonorense, que es un *must* para quienes visitan Ciudad Obregón. Así otras tantas pinceladas que surgieron de mi memoria y de mi cariño de algunos rincones que han marcado mi vida.

Por otro lado, me inspiré con el conocimiento de saber que, a principios de 1907, la gente de una población real solicitó el cambio de su fundo legal tras una gran inundación para mudarse a tierras más altas, abandonando su asentamiento original. En mi versión novelesca, cambié fechas y nombres para crear Nabocampo, una ciudad que tras la inundación de 1986 se ve obligada a reubicarse, dejando atrás su primer emplazamiento, pasando a ser conocido su lugar de origen como Campo Viejo. Con este detalle quise rendir homenaje a la resiliencia y determinación de quienes, en la historia real, entre ellos muchos de mis ancestros, se vieron forzados a levantarse de la adversidad.

De igual modo, incluí menciones a algunos amigos y conocidos, así como a amistades de mi madre, utilizando combinaciones de sus nombres o apellidos, para honrar los lazos que tejemos a lo largo de los años. Creo que cada persona que cruza nuestro camino deja una huella, y quería reconocer ese impacto brindándoles un lugar en estas páginas.

Los viajes en el tiempo siempre me han resultado fascinantes; estoy convencida de que todos, en algún momento, hemos soñado con volver atrás y cambiar el rumbo de ciertos acontecimientos. Ya sea un último abrazo que no dimos, o una llamada que no hicimos. Al final, todos cometemos errores, pero creo firmemente que esos tropiezos son partes esenciales de nuestro crecimiento personal: nos moldean, y debemos abrazarlos. Gracias a nuestro pasado, forjamos nuestro presente, y tomar con fuerza lo que nos pertenece, sintiéndonos orgullosos de ello, nos convierte en lo que somos. Cada fragmento, cada experiencia, nos integra para formar un todo indivisible y único.

Finalmente deseo compartir contigo mi decisión de poner estas notas. Sé que algunos reconocerán algunos lugares o nombres de personajes que menciono, muchos recordarán, como yo, la mañana de aquel terremoto, cuando la reportera Lourdes Guerrero estaba dando las noticias y, de repente, todo empezó... y la pantalla se quedó en negro. Se identificarán con la sensación de vivir a oscuras, sin saber nada de lo que ocurría, porque los celulares y las redes sociales aún no invadían nuestras vidas. La gente de mi generación sabrá lo que significaba esperar hasta los domingos para hacer las llamadas de larga distancia. Pero, las nuevas generaciones no recordarán muchos de esos detalles, ya sea porque no los vivieron, o porque nunca se los han contado. Y en este camino, también he incluido eventos reales más recientes, como el impacto de la pandemia o incluso lugares como Laredo, Texas, el Mercy Hospital de esta ciudad, entre otros tantos, que contribuyen a la construcción de esta historia. Por eso decidí dedicarles estos párrafos, para que tengan muy presente que este libro, aunque ficción, está lleno de detalles verídicos que han sido parte de nuestra historia, la historia de todos.

Espero que, tras haber llegado al final de esta novela, hayas sentido la misma mezcla de curiosidad, emoción y esperanza que me acompañó al concebirla. Gracias por compartir conmigo este viaje literario y por permitir que estas páginas formen también parte de tu historia.

Biografía

L.D. Felix es una autora con una profunda comprensión de las complejidades de la vida, el amor y las relaciones. Su obra debutó en 2017 con *Hasta Pronto, Mi Amigo Fiel* (disponible en inglés como *Until We Meet Again, My Faithful Friend*), una emotiva obra que captura las conmovedoras historias de sus queridas mascotas y las profundas conexiones entre los humanos y sus compañeros peludos.

En su segundo libro, *Eternidad, Milagros Inesperados* (disponible en inglés como *Unexpected Miracles, A True Story*), explora temas de familia, pérdida y los milagros que pueden surgir desde lo más profundo del corazón.

Ahora, con su tercer libro, *Siempre Eterno*, da un giro hacia la ficción, presentando una novela llena de misterio y lecciones de vida que no solo atraparán al lector, sino que también lo harán reflexionar sobre la complejidad y la simplicidad de las decisiones que tomamos en la vida.

La escritura de L.D. Felix se caracteriza por su capacidad para explorar la esencia de lo que significa apreciar a los seres queridos y abrazar los momentos extraordinarios que la vida ofrece. Con una habilidad única para conectar con las emociones humanas, sus historias dejan un impacto duradero, creando una sensación de conexión profunda con sus lectores.

Puedes seguir a L.D. Felix en sus redes sociales y ponerte en contacto con ella a través de los siguientes canales:

- Instagram: @luisafelix_autora
- Facebook:www.facebook.com/luisa.felix
- Email: dfelixv2008@gmail.com

ÍNDICE

Parte 1

Capítulo 1
EL DÍA QUE EL MUNDO SE DETUVO — 13

Capítulo 2
EN EL SILENCIO DE LOS ESCOMBROS — 23

Capítulo 3
UN DÍA ANTES DEL TERREMOTO
Juan — 37

Capítulo 4
SEGUNDO DÍA
La desesperación — 45

Capítulo 5
EL TERCER DÍA
Entre ruinas y esperanzas — 55

Capítulo 6
EL RESCATE DE JUAN — 69

Capítulo 7
LA ESPERA
Emy — 77

Capítulo 8
LA LUZ QUE NOS UNE
Juan — 91

Capítulo 9
FLORES DE JUAN
Emy
— 101

Capítulo 10
NECESITO TU CONSEJO
Emy — 111

Capítulo 11
MI CÓMPLICE
Juan — 121

Capítulo 12
DE MISIONES
Emy   129

Capítulo 13
DESTINOS Y AUSENCIAS   137

Capítulo 14
EN EL UMBRAL DEL CAMBIO
Emy   147

Capítulo 15
LA ESPERA INTERMINABLE
Juan   155

Capítulo 16
AGOSTO 20   163

Capítulo 17
NADA ES COMO UNO LO IMAGINA
Juan   175

Capítulo 18
UNA CAJA MISTERIOSA
Juan   185

PARTE 2

Capítulo 19
LA DECISIÓN
Emy   197

Capítulo 20
CAMBIOS Y NUEVOS COMIENZOS
Emy   203

Capítulo 21
LA CAJA DE PANDORA
Juan   213

Capítulo 22
UN NUEVO COMIENZO
Emy   221

Capítulo 23
BLOQUEADO
Juan   233

Capítulo 24
CAMPANADAS DE MEDIA NOCHE
Emy   243

Capítulo 25
VOLVER AL FUTURO:
La película
Emy   251

Capítulo 26
UN NUEVO NOMBRE
Emy   261

Capítulo 27
ISAÍAS
Emy   269

Capítulo 28
EN BLANCO Y NEGRO
Juan   281

Capítulo 29
RECUERDOS ENTERRADOS
Emy   289

Capítulo 30
EL HALLAZGO
Juan   303

Capítulo 31
PLANES PARA MARZO
Emy   309

Capítulo 32
PLANES PARA MARZO
Juan   317

Capítulo 33
EL PESO DEL TIEMPO
Emy   327

Capítulo 34
REENCUENTROS
Juan
                                                                    335

Capítulo 35
UN PAQUETE INESPERADO
Emy   345

Capítulo 36
A TAN SOLO UN PASO   357

Capítulo 37
EL DÍA ESPERADO   369

Capítulo 38
EL DÍA QUE EL FUTURO COMENZÓ   377

Made in the USA
Monee, IL
13 March 2025